彩排

〔新西兰〕埃莉诺·卡顿 著
田丽娟 译

译林出版社

图书在版编目（CIP）数据

彩排 /（新西兰）卡顿（Catton，E.）著；田丽娟译．
—南京：译林出版社，2015.7
（国际畅销榜）
书名原文：The rehearsal
ISBN 978-7-5447-5361-6

Ⅰ.①彩… Ⅱ.①卡… ②田… Ⅲ.①长篇小说－新西兰
－现代 Ⅳ.①I612.45

中国版本图书馆CIP数据核字（2015）第054581号

著作权合同登记号　图字：10-2011-554号

书　　名	彩　排
作　　者	〔新西兰〕埃莉诺·卡顿
译　　者	田丽娟
责任编辑	陆元昶
特约编辑	刘文硕
出版发行	凤凰出版传媒股份有限公司 译林出版社
出版社地址	南京市湖南路1号A楼，邮编：210009
电子信箱	yilin@yilin.com
出版社网址	http://www.yilin.com
印　　刷	三河市祥达印刷包装有限公司
开　　本	960×640毫米　1/16
印　　张	19.75
字　　数	204千字
版　　次	2015年7月第1版　2015年7月第1次印刷
书　　号	ISBN 978-7-5447-5361-6
定　　价	50.00元

译林版图书若有印装错误可向承印厂调换

第一章

星期四

“我不能这么做，”她说，“我是不会招收没有音乐基础的学生的。亨德森夫人，我想我的教学方式远比你想象的要特别。”

一段爵士乐响起，只有鼓和低音提琴的声音。她旋转着手中的勺子，敲了它一下。

“单簧管就是萨克斯风的小蝌蚪，你明白吗？——一颗银黑相间的精子，若你真心喜欢，它总有一天会长成萨克斯风。”

她隔着桌子将身体往前靠了靠。“亨德森夫人，你女儿现在还太小。这么说吧：她现在就是个乳臭未干的黄毛丫头，酸涩得像裹着一层裹尸布。”

亨德森夫人低着头，于是萨克斯风教师言出刻薄：“你在听我说话吗？看看你，嘴唇薄得只剩条红色的细线了，胸部干瘪，还有你这过时的芥末色衬衣！”

亨德森夫人几乎令人察觉不到地点了点头，不再摆弄她的衣袖。

萨克斯风教师接着说道：“我要求我所有的学生身上都已经长出了绒毛，内心骚动，长着粉刺的脸上写满阴沉的不信任，愤世嫉俗、渴望激情却又为此抑郁不安、备受煎熬；我会让他们每次上课前至少要在走廊外罚站十分钟，温柔地滋养他们内心中不公正的种子，我会百般挑剔，让他们觉得自己一无是处、前途惨淡，就像人们会温柔地爱抚已经结痂的伤疤又或是舔舐内心的伤口一样。让我来教你的女儿，这位亲爱的、无计可施的、不称职的母亲大人，你想看见她喜怒无常、困惑不解、野性难驯、焦躁不安、道德沦丧吗？只有当她意识到自己的身体是一个秘密——一个黑暗的、让她惊恐万分的秘密，并越来越为此感到羞耻时，您再来找我吧。这一点请您必须要理解，我是不会去教小孩子的。”

静默中，小军鼓沙沙沙地鸣奏着。

“但是她想学萨克斯风，”亨德森夫人最后说道，声音里充满了难为情，与此同时又有点儿生气，“她不想学单簧管。”

“你们可以去她学校的音乐系试试。”萨克斯风教师说。

亨德森夫人在那儿坐了一会儿，眉头紧皱，然后跷起另一条腿，想起还有一个问题要问：

“所有你教过的孩子的名字和模样你都能记住吗？”

萨克斯风教师似乎觉得这是一个好问题。

“我会记住一个模样，”她说，“不是某一个学生的模样，而是他们整体留给我的印象，就像是底片上的剪影，深刻得如同硫酸般在我记忆中灼出个洞来。”她伸手拿出一张名片，接着说，“我推荐你们去跟亨利·苏西尔学单簧管。他很棒，是为交响乐团演奏的。”

“那好吧。”亨德森夫人接过名片，脸色阴沉。

星期四

前面一次是在四点，五点钟又有人敲门，萨克斯风教师打开门。

“温特夫人，”她说，“为你女儿的事而来？进来吧，咱们讨论一下如何把你女儿按半小时切切片儿，供我一周周地慢慢享用。”

她将门缝开大一些好让温特夫人快步走进。还是刚才那个女人，只是换了一套装束——于是就成了温特而不是亨德森了。还有一些其他的不同之处，因为这个女人很专业，并且已经对如何演好这一角色进行了长时间的思考。比如说温特夫人笑不露齿，温特夫人不住地点头，温特夫人思考时会透过齿缝轻轻吸气。

两人都礼貌地假装没有注意到实际上她就是之前来的那个女人。

萨克斯风教师递给女人一杯红茶。“首先我要声明，我不允许父母旁听这种私人课程。虽然我明白这个规矩好像有点老套，但我有我的原因：其一，有父母在场，学生们永远不能真正放开；他们变得面红耳赤，忸怩不安，很容易笑场，姿势也全都变味儿了，就像花瓣一样把自己层层叠叠地包裹起来；当然，我不公开课程还有另外一个原因，那就是我认为享用这些小薄片儿们是我的特权，我不愿和人分享。”

“没关系，我本也没有旁听的意思。”温特夫人道。她环顾着四周，工作室设在阁楼上，满眼看到的都是麻雀和石板瓦片儿。钢琴后面的砖墙本是乳白色的，但墙砖脱落后显现出病态的苍白。

“我给你讲讲萨克斯风吧，”萨克斯风教师说，她从钢琴旁的架子上拿过一个中音萨克斯风，像火炬一样举着，“萨克斯风属于管乐器，也就是说它是靠你的呼吸控制的。而有意思的是，如今的‘灵魂’一词，正是源于拉丁语中‘呼吸’这一词根。人们曾认为呼吸与灵魂是一回事，认为活着就是指被气息充满。因此，当你向这管里吹气时，亲爱的，你不仅是在赋予它生命——你更是在赋予它你的生命。”

温特夫人用力地点着头，持续了几秒钟之久。

“我问我的学生们，”萨克斯风教师说，“你们赋予的生命有价值吗？那些平凡而乏味的生命，放学后速食的泡面，开到十点的电视，梳妆台前的蜡烛，还有水槽边上的洗面奶，这样的‘礼物’

值得赋予吗？”她微笑着摇了摇头，“答案当然是否定的，原因就在于他们还没有经历足够多的磨难，多到值得人们去聆听。”

她亲切地向温特夫人微笑，坐在那儿，肉黄色的膝盖并拢在一起，双手紧握着她的茶杯。

“我很期待你女儿在课上的表现，”她说，“她有着近乎完美的感受力，可塑性惊人。”

“我们也这么认为。”温特夫人立即接口道。

萨克斯风教师盯着她看了一会儿，接着说：“让我们回到你将要换气的那一刹那。你肺部所有的气息都已经注入了萨克斯风，那里充满了你的呼吸，而你的身体里空空如也：这一刻，萨克斯风要比你更有活力。”

“温特夫人，你我都了解那种掌控生命的感觉。当然我并不是指看孩子、看炉火或是过马路等红绿灯这样的普通职责——我是指你手中握着一个如陶瓷花瓶般脆弱的生命——”她将手中的萨克斯风举起，用手托住喇叭，“——而如果你愿意，你完全可以……放手。”

星期四

走廊的墙壁上挂着一幅黑白照片，装裱在相框里，照片上一个男人弓着背，穿着大衣，向上走着，正隐没在一小段楼梯上。他的下巴低垂，领子竖立起来，靴子上的鞋带松散在那里。你看不到他的脸和手，只能看到他大衣的背影，半个鞋底，一小截灰色的袜子，还有他的头顶。楼梯的侧面墙上映出他弯曲的影子，就如同手风琴层叠的风箱。如果近距离地观察这影子，你会看到他在上楼梯的同时正吹奏着萨克斯风，只是他弓着的腰挡住了它，而他的臂肘夹在身体的两侧，因此从后面一点儿也看不到萨克斯风。他的影子像是他的敌人，从他身上剥离出来映在一旁，与他本人形影相随，形成两个影像，泄露了他藏在他衣服下面的萨克斯风。萨克斯风的影子看起来有点像水烟袋的烟斗，黯然而纤细，歪歪扭扭地映在砖墙上，像是一股烟，弯曲地折入他的下巴中，折入他黯然而纤细的手影里。

等着上音乐课的女孩儿们便坐在这走廊上，等待之余，仔细地打量着这幅画。

星期五

伊索尔德吹奏了六小节后磕磕绊绊起来。

“我没有练习，”她马上说道，“但我有理由，你要听吗？”

萨克斯风教师看着她，一边呷着红茶。借口几乎是她最喜欢的东西。

伊索尔德先用了点时间把自己的短裙抚平，与此同时做着准备。她吸了一口气。

“昨晚我正在看电视，”她说，“爸爸一脸严肃地走了进来，手微微扯着领带，仿佛被它勒得喘不过气来一样，最后他干脆把它解下来放到一边——”

她把萨克斯风从挂带上解下来放到椅子上，模仿父亲的样子去松挂带，好像它特别紧一样。

“——他说坐下吧，尽管我一直都坐在那儿，然后使劲地搓了搓手。”

伊索尔德使劲地搓着自己的手。

“他说，你妈妈认为我暂时还不应该告诉你这些，但是你姐姐在学校被一位老师欺负了。”这时她飞快地瞟了萨克斯风教师一眼，然后看向别处，“然后又补充了一句，‘性侵犯’，怕我认为那老师只是因为不守交通规则之类的小事说了她几句。”

头顶的灯光暗了下去，只剩下一盏灯照在她身上，闪烁着苍白的蓝光，清冷的光芒就像是电视屏幕在开关机时发出的荧光。萨克斯风教师遁入阴影之中，半边脸色铁青，另外半边则是苍白，随灯光若隐若现。

“然后，他开始以一种怪异而忐忑的声音，小声地讲起那位不知是萨拉丁还是什么先生的事情来。讲他怎么教高级爵士乐队、管弦乐队和高级爵士乐团，课程如何全部安排在星期三上午，一节接着一节。讲我若是想参加爵士乐队，那么到六年级就会碰上他，但是因为爵士乐队的课与无板篮球[①]课时间冲突，所以我必须从两者当中做出选择。

“爸爸就用这种惊恐的表情看着我，好像我就要做出什么疯狂之举，又或是突然变得极度情绪化，让他不知道该如何面对一样。于是我问道：‘你是怎么知道的？’他回答——”

伊索尔德在沙发旁蹲下，把手摊开，郑重地说：

“亲爱的，据我所知，开始的时候他表现得很不明显，有时只是轻轻地把他的手放在她的肩上，就像这样。”

伊索尔德伸出指尖，轻触萨克斯风的顶部，萨克斯风侧卧在椅子上，随着她手指的触碰，开始发出匀速的声响，像是心跳。萨克斯风教师坐在那儿，非常安静。

“然后，偶尔在两人独处时，他会靠近她，深嗅她的发香——”

她把脸颊抵到萨克斯风上，沿着它的侧面一路嗅下去——

“——就像这样，饱含试探却又羞涩暧昧，因为他还不知道她是否会接受，不想让自己早早出局。但是她很顺从，因为她也有

---

① 无板篮球，又称为投球、篮网球、英式篮球，是一种发源自篮球的团队球类运动，比赛目的与篮球一样，要将球射入对方的篮筐内，但篮筐背后并无篮板。该运动发源于1890年代的英格兰，随后成为英联邦国家中一项非常流行的女性体育活动。

点儿喜欢他，甚至还有点儿一见钟情的意思，很快他的手便顺势而下，再向下——"

伊索尔德的手顺着萨克斯风旖旎而下，沿着喇叭的边缘游走——

"——向下，而她似乎也开始做出回应，有时她在课上冲他微笑，让他的心跳加速，而当他们在器乐室或是放学后单独相处，又或是开着他的车去兜风时——他们有时候会开车去某个地方——总之就是他们单独在一起的时候，他会称她'我的吉卜赛女孩儿'。他会一遍一遍地这样叫她，'我的吉卜赛女孩儿'，而她也希望自己能说些什么来回应他，一些能在他的耳际呢喃的低语，一些最最特别的、他从未听过的情话。"

背景音乐停了，伊索尔德看着她的老师，说："可是她什么也想不出来。"

灯光重新开启，跟平常一样。伊索尔德愤愤地把自己扔进单人沙发里。"但是无论如何，"她生气地说，"她已经没有时间再想了，太晚了。她的朋友们已经开始注意到她最近反常的样子，就是那种把下巴放低，侧到一边，像是与人调情一般的样子，事情就这样开始失控，像是纸牌砌成的城堡，不攻自陷。"

"我明白你为什么没有时间练习了。"萨克斯风教师说。

"就算是今天早上，"伊索尔德说，"去学校之前我吹了几个音阶什么的，可我刚一开始，她就露出一副'你能不能有点良心啊'的样子，之后就装哭跑出了房间。我一看就知道她是装的，因为如果是真哭的话，她就不会跑开了，巴不得能让我看到呢！"伊索尔德用短裙饰针的一头戳着膝盖，"他们现在把她当成一件该死的工艺品！"

"有那么反常吗？"萨克斯风教师问。

伊索尔德对她翻了翻白眼。"这很恶心好不好，"她说，"就像孩子们把自己的宠物打扮得跟真人一样，穿上衣服戴上假发什么的，然后让它们立起来用两条后腿走路，还大肆拍照一样恶心。就是那样，但是比那还变态，因为你能看出来她有多享受这种待遇。”

“我确信你姐姐不会觉得那是享受。”萨克斯风教师道。

“爸爸说，要等萨拉丁先生得到应有的裁判，锒铛入狱，还不知要过多少年呢。”伊索尔德说道，“所有的刑侦文件上都写着‘猥亵少女’，可到那时哪儿还有什么少女啊，她早就长成了和他一样的成年人。就像是有人故意破坏了犯罪现场，还在原地重建了什么干净而闪亮的东西，将之彻底掩盖。”

“伊索尔德，”萨克斯风教师说，语气前所未有的肯定，“我相信他们之所以害怕，只是因为他们知道罪恶并未消失，而是悄悄地潜入她的体内，迅速地抽枝发芽，而那粒种子却早已永远地消失在了一个不为人知而又无处可寻的地方。他的罪恶只是一次行动，在午间明媚、烟尘弥漫的阳光下一次愚蠢的、极具毁灭性的摸索。而她——她的罪恶却是一种状态，一种已经深植内心并将永远无法消除的病态。”

“我爸爸不相信原罪，”伊索尔德说，“我们是无神论者。”

“人总要吃点儿亏才能学会开明。”萨克斯风教师说。

“让我告诉你他们为什么这么害怕吧。”伊索尔德说，“他们害怕是因为她已经拥有了他们全部的认知，他们害怕是因为在她面前自己已再无秘密可言。”

萨克斯风教师突然起身走向窗户。沉默许久，伊索尔德才再次开口：

“爸爸只是说：‘亲爱的，我不知道这是怎么发生的，但重要的是现在我们知道了，这种事情不会再发生。’”

星期三

“所以他们取消了今天早上的爵士乐队课。”布丽奇特说。

“他们说：‘萨拉丁先生今天下午不能来了，他在协助一个调查。’”

她大声地吸着哨片。

“嘿！事情严重了知道吗！”她说，“当他们开始权衡是否已经透露了足够的信息，还是透露了太多的信息时，这事儿就真的严重了。一般情况下，他们只会说：‘嘿，听着，小鬼头们，爵士乐队课取消了，你们有三分钟的时间把这些乱七八糟的东西收拾好，然后就滚出去晒晒太阳吧！挪屁股，赶紧的，我说现在！’”

布丽奇特的嗓音模仿力很强。她以前其实想当伊索尔德，因为伊索尔德这个角色更好些，但是这姑娘面色苍白、骨瘦如柴、不修边幅，而且看起来总是有些微微受惊的样子，这些特点都很不伊索尔德，所以她只能是布丽奇特。而事实上，正是这种成为伊索尔德的渴望，让她变得十分布丽奇特：布丽奇特最突出的特点就是总是想成为其他的什么人。

“或者，”她说，“他们会走另外一个极端，故意告诉我们一些我们本不应该知道的内容，这样我们就会认为自己受到了特殊的优待。他们会睁大眼睛摆出一副庄重而神圣的表情说：‘嘿，孩子们，注意了！下面宣布一则重要消息。萨拉丁先生必须得临时离开，因为他的家人生病了。因此，如果他哪天回来上课了，你们一定要予以谅解，给他留一点私人空间，这事情很重要，请严肃认真对待。’”

这是布丽奇特思虑良久才得出的理论，她很是为此骄傲自豪。于是装上哨片，试着吹了一声。

"协助调查！"她轻蔑地说，又转回去重新调整萨克斯风的吹嘴，"协助个调查就能劳动这么多人来一起宣布？是打包还是要怎样！这么同气连声，连急促的呼吸都如出一辙，眼睛还不时地朝走廊里瞟。连校长都出动了，领着一群人排成个V字，就像是雁队里顶风的头雁似的。"

"如果是雁队的话，我想，头雁是会轮换的。"萨克斯风教师心不在焉地说，"我猜顶风飞行一定是项艰难的工作。"她正在翻查一叠活页乐谱。身后的书架上堆满了破旧的手稿，散落的谱页滑了一地。

萨克斯风教师是绝不会以这种轻率的口吻打断伊索尔德的：这也是布丽奇特为什么想要成为伊索尔德的原因之一。布丽奇特又想起自己苍白的面孔、瘦削的身材和不修边幅的样子，想起自己完全不受重视，登时面红耳赤，决定继续描述完刚才的场景：

"于是他们拖着脚步走进来，"她说，"排成V字或类似的队形。这一大队穿着灰色涤纶大衣的人马全力避讳着去关注任何一个学生，尤其是第一中音萨克斯风旁边那个巨大的缺口，维多利亚平时就坐在那儿。"

布丽奇特在说"维多利亚"的时候特意加重了语气，还带着明显的满足感。她看了一眼萨克斯风教师，试图从她的神情中看出些什么来，但萨克斯风教师正忙着用她那布满青筋的大手翻找乐谱，什么反应也没有。

"练习室的门上开有镶着钢化玻璃的小窗，所以你可以看到里面，"布丽奇特说，再次加重了语气，声音也随之越来越大，"但是萨拉丁先生把他门上的窗户用上课的预约单给糊上了，所以你能看到的只是预约单上的时间安排表，或者如果里面的灯是亮着的，你可以看到从纸缝四周透出来的星星点点的白色亮光。但在维多利亚单独上木管乐器辅导时，那星星点点的白色亮光就会熄灭。"

“找到了，”萨克斯风教师举着一沓活页乐谱说道，“《展览会上的图画》[①]中的《古堡》。我想你会感兴趣的，布丽奇特。我们可以讨论一下为什么萨克斯风从来都成不了流行的管弦乐器。”

萨克斯风教师有时会觉得，自己用这种方式激怒布丽奇特其实挺卑鄙的。有一次，她曾对布丽奇特的母亲这么说：“正是因为她这么绞尽脑汁、想方设法地要赢得我的注意，才会让她变得如此暴躁，但愿她能不这么急功近利，我还会多少试着尊重她些。”布丽奇特的妈妈一再地点着头，说：“是啊是啊，我们也发现这通常就是问题之所在。”

于是萨克斯风教师就这么看着布丽奇特，看她站在那儿瘦骨嶙峋、邋里邋遢的样子，看她扬着眉毛，那么拼命地、不顾一切地想要引起重视……

布丽奇特沮丧地涨红了脸，刻意地跳过所有可能涉及《展览会上的图画》的话题：穆索尔斯基、拉威尔[②]，还有为什么萨克斯风没能成为一种风靡的管弦乐器。她跳过所有这些，直奔自己喜欢的主题。

“他们把这当做一剂良药，”她说道，声音扬得更高，“就像是接种疫苗，他们试图将一丝病菌注入你的身体，于是你就能在病毒真正来临之前形成抗体，做好防御。但这次的病毒不一样，他们从未给我们打过类似的疫苗，所以他们害怕了，进而想要悄悄地将疫苗注入我们的体内，却不告诉我们真正的病症是什么，甚至不想引起我们的注意！哼，那根本不管用！”

两人的目光终于开始碰撞。萨克斯风教师花了点时间把那一

---

① 又名《展览会之画》，俄罗斯作曲家莫杰斯特·彼得罗维奇·穆索尔斯基（1839—1881）创作于1874年的古典钢琴组曲，经后代音乐家改为管弦乐版后，吸引了更多的听众。《古堡》是其中一支曲目。

② 莫里斯·拉威尔（1875—1937），法国作曲家和钢琴家，被认为是二十世纪的主要作曲家之一，曾将《展览会上的图画》改为管弦乐版本。

沓纸与小地毯的边缘对齐，然后开口问道："为什么不管用，布丽奇特？"

"因为我们早就注意到了，"布丽奇特说，然后深吸了一口气，"我们一直在观察。"

星期一

朱莉娅的双脚总是有擦伤，嘴角上还有个疤。

"他们今天上午召集全年级的学生集合，"她说，"心理辅导员也在那儿，那么神气十足，好像这辈子都没觉得像今天这么重要过。"

她一边打开乐器箱一边扭头说着话。萨克斯风教师正坐在窗边，看着窗外的海鸥在空中盘旋、拉屎。一丝冷冷的阳光落在她身上。云层很低。

"他们开始说话，用那种特别的、平静而又甜腻的声音，好像如果声音再大一些我们就会崩溃一样。他们说：'你们都清楚，在过去的这一周里，一些谣言一直在四处流传。所以，现在我们必须坐在一起好好地谈谈，以明确自己应该怎样看待这件事情。同学们，这一点，很重要啊！'"

朱莉娅转过身去，把萨克斯风扣入颈带中。她在那儿呆站了一会儿，双手叉腰。萨克斯风就像兵器般悬挂在她的身上。

"辅导员就是个白痴，"她断然说道，"上三年级的时候，我和卡特里娜去找过他一次，因为艾丽斯·富兰克林在电影院里和人做爱了，我们都很害怕她会变成一个荡妇，如果意外怀孕，她这一辈子就毁了。于是我们把这事告诉了他，告诉他我们有多么害怕。卡特里娜都哭了。那白痴却只是坐在那儿眨着眼睛，不断地点头点头再点头，但他那动作就像特殊处理的慢镜头似的，速度连常人的四分之一都不到！最后，直到我们说得都已经无话可说了，连卡特里娜都哭停了的时候，他才慢吞吞地打开抽屉，拿出一张纸，然后在上面画了三个相交的圆圈，写上你、你的家人、你的朋友，说道：‘这，就是人生啊，不是吗？’后来还说如果你们愿意，可以把这张纸拿走。”

朱莉娅不屑一顾地嗤了一声，然后翻开她的塑料谱夹。

“艾丽斯怎样了？”萨克斯风教师问。

“哦，后来我们发现她在说谎。”朱莉娅说。

“她没有在电影院里做爱？”

“没有。”

朱莉娅调整了一下谱架细长的支架腿。

“那她为什么要向你们撒谎呢？”萨克斯风教师礼貌地问。

朱莉娅大手一挥。“不知道，无聊？”她说得理直气壮，冠冕堂皇。

“好吧。”萨克斯风教师说。

“反正不管怎样，他们问道：‘要不我们就这么开始吧，有谁想先一吐为快吗？’话音刚落，一个女孩儿哭了起来，这还什么都没有发生呢！辅导员听见哭声，兴奋得都快尿裤了了，然后说：‘大家今天上午所说的一切，不管是什么屁话，都只限于这个房间之内，不用有所顾忌。’于是那个女孩儿就开始该死地废话，她的一个朋友还伸出手去握住她的手，反正就是之类的恶心的动作，然后大家就开始分享或谈论类似的话题：什么信任啦、背叛啦、自信啦还有迷茫恐惧什么的……真他妈是个狗血而漫长的上午！”

朱莉娅向萨克斯风老师瞟了一眼，想看看她对这些字眼有什么反应，但是萨克斯风教师只是向她冷冷地笑了一下，等着她继续。布丽奇特在这种情况下就会退缩、会慌乱、会满脸通红，然后胡思乱想很长一段时间，但是朱莉娅不会。她只会嘿嘿地傻笑，然后多余地去整理那些滑溜溜的乐谱，仔细地把它们固定到谱架上。

朱莉娅接着说："就这样又过了一会儿，辅导员问：'好了，姑娘们，那什么是骚扰呢？' 他用一种热切且充满鼓励的神情看着我们，老师们在这种时候总是很纠结，他们一方面想让你说出正确答案，但与此同时又希望你的答案是错的，这样他们就可以享受那种传道授业的快乐。然后他说，用那种温柔又庄重的口吻，就好像是在揭示一个不为人知的秘密：'骚扰不见得是触摸，宝贝们。骚扰也可能是注视，是某个人以一种你不喜欢的方式注视着你。'

"于是我举手问道：'是因为他们看了什么就是骚扰了吗？还是因为他们看的时候会想些什么，所以我们觉得那是骚扰？' 他们都转过头来看我，我一下子脸全红了。辅导员攥着指尖，久久地盯着我，就像是在说我知道你想做什么，你想故意破坏我们已经顺利达成的、确定无疑的观点，我会回答你的问题的，那是因为我必须回答，但是我绝不会给你你想要的答案！"

萨克斯风教师终于站了起来，拿过自己的萨克斯风，似乎在说："够了。"但是朱莉娅的话已出口，全身像是被一股奇特的热流击中，让她的面色涨得绯红。

她的话是这样的："我在看别人的时候就是会想一些东西。"

星期五

伊索尔德正在厅外等候。三点半的课已经快结束了，她能透过墙隐隐约约地听到萨克斯风教师的说话声。在这空旷的走廊上，在获得可以敲门进入的信号之前，伊索尔德享受着这片刻的内心的安宁。她吸着气，用舌尖儿品味这种静谧和随意，在这种时候她可以完全不被人注视，自由地放任自己。

通常在单独指导之前，她的内心会充满恐惧，所以她会从头到尾地翻阅乐谱，默默地练习，眼睛盯着放在腿上的乐谱，张开双手在虚拟的萨克斯风上弹奏。但是今天，她却没有在想她的课程。她安静地坐在那儿，全身心地试图保持并抓住她内心深处那种私密的膨胀感。

就好像是一小股空气突然闯进她嘴里，让她的后背微微地战栗了一下，然后顺势而下进入她的骨盆，拖曳着那空荡荡的半盆状区域。她觉得肚子里有一种持续而混乱的力量急转直下，同时胸口一阵空虚，突然就开始燥热不安。偶尔在洗澡时，或是看到电视上的情侣接吻，又或是当她躺在床上，用指尖顺着自己腹部轻抚那柔软的曲线，并把那想象成是别人的手时，伊索尔德就会有这种感觉。但大多数时候，这种感觉的降临却显得毫无预兆，比如说在公交车站里，或是在中午打饭的长队中，又或是像现在——在等待着铃声响起时。

她想：我第一次从性的角度看姐姐时是否有过这种感觉呢？当时爸爸摸了摸我的头，对我说“在接下来的几周里，我们会有一段艰难的时光”之后，他就把我留在那儿继续看电视了。过了一会儿，维多利亚进来坐下，看向我，说道：“很好嘛，所以现在所有人都知道了。”然后我们就坐在那儿看周四夜间特别频道播出的某个 C 级恐怖片的结局。只是我无法集中精神，满脑子想的都是：那是怎样的情景呢？你是怎样转过头去，与他深情凝视，然后迎上去，吻上他的双唇？你如何不曾因害怕或者犹豫而浑身瘫软？你怎么知道他会接纳你，拥你入怀，疯狂律动直至发出压抑的、近似呻吟的呐喊，就仿佛从喉咙深处迸发的低吼？

伊索尔德坐在走廊上，心想：那天晚上，我也有这种感觉吗？这种因恐惧和渴望而滋生的心烦意乱、惴惴不安，这如云霄飞车般的极速俯冲，又或是这奇异的、如喷嚏前奏般高悬不下的感觉。

或许将来她会把这种感觉定义为年少时恍惚的情欲萌动，那是一种紊乱的旋律，不时撩拨着她的身体，就如同一根安静的琴弦，因与一旁的钢琴生出共鸣，于是心生悸动。或许将来她会总结说这种情感就像是一种饥渴的刺痛，而不是那种持续的、令人痛楚的真正欲望,只是刺了一下,类似于一种提醒——戳一下就消失了。但是到了那个时候，在几年之后，当她已经慢慢地了解了自己身体的潮汐和节奏时，她就会说：这是一种沮丧或者这是一种渴望或者这是一种期盼，一种怀旧的对性的期盼，把我拉回到从前的一段时光。到那个时候，所有这些感觉都会被归类，所有这些感觉都有自己的名字和形状，即使是最细微的愿望都能用分界线给分割开来。她会根据自己的了解、经历以及感受来对这些感觉进行划分。到目前为止伊索尔德还不曾经历过什么，所以这种感受并不意味着我今晚必须做爱，或者我还因昨晚而满足，还处于充盈状态。这种感受并不意味着我一定是爱上谁了吧，所以才会有这种感觉？或者我又开始渴望那些无法拥有的东西了。目前这种情感还不会给她任何指引，这只是一种空虚，一种需要被充溢的落寞。

你无法从伊索尔德的脸上看出任何异常：她只是坐在那灰暗的灯光里，双手放在腿上，目光盯着墙面。

星期一

“我一直不太确定，”萨克斯风教师说，“当那些母亲说‘我想让女儿去经历当时我所不能经历的东西’时，她们真正想说的是什么。

“就我的经验而言，那些最强势、最咄咄逼人的母亲总是最不蒙主感召，最没有音乐素养的。她们都是失败至极的女人，恨不得把女儿的照片像徽章一样佩在胸前，仿佛这样就可以扭转自己平庸的形象，使之光鲜亮丽。当她们说‘我想让她全身心地体验当时我所被剥夺的一切’时，她们其实是要说‘我想让她全身心地去享受当时我所被剥夺的一切’。而话里的真正含义则是：‘如果我的女儿拥有了所有这些，我生命中的缺憾就能得到弥补。我的生命本是平庸的，没有价值，什么都没有。但是如果我的女儿经历丰富、机遇连连的话，那么人们反而会同情我：我平庸的生活及有限的选择并不是出于无能，而是出于奉献。如果我培养的女儿拥有了我所不曾拥有的一切，那么别人对我就会更加同情，也更为尊敬。’”

萨克斯风教师用舌尖儿舔了舔牙齿。她说：“那些成功的母亲——那些懂音乐、爱体育、有修养，满足而充盈的女人，那些没被剥夺过任何权利，从小就在父母的安排下学习各种课程的女人——这些成功的母亲从不咄咄逼人。她们不必去监督、去控制，或是代表女儿的利益而挑起事端。她们本身就是完整的。她们是独立的个体，因而要求所有其他人都能独立自主。她们会靠后站，把自己的女儿当做一个独立的个体看待——她们是完整的，因而不需强加干预。”

萨克斯风教师走到窗前把窗帘放下。黄昏将至。

星期二

萨克斯风教师打开门，泰克夫人已经在走廊上等了十分钟了。

“我只是想了解一下，真的。”她刚一进门就这样说道，“学校里蔓延着一些恐怖的流言，我担心孩子们。”

“我理解，”萨克斯风教师说，一边说着一边倒了两大杯茶。一个杯子上印着一名荒岛上的萨克斯风手和“沙滩上的萨克斯风”几个字；另外一个杯子则是白色的，上面写着“咱们谈谈萨克斯风吧”。萨克斯风教师把茶壶放回到托架上，然后精心挑选着茶匙。

“泰克夫人，”她说，“你是不是很想把孩子们的手缝到你的裤腰带上，好让他们寸步不离左右？你快步向前，他们小腿儿蹒跚苦苦追赶；你悠闲漫步，他们在沥青路上亦步亦趋；你忽然一个转身，他们便以你为核心四散开来，像是一条百褶裙。你若是一位身穿紧身胸衣、套着裙撑的女神，你的孩子们就是那些四下辐散的、漂亮的小辐条。”

“我只是担心孩子们，仅此而已。”泰克夫人道。她伸出双手接过那满满一大杯红茶。萨克斯风教师任由沉默蔓延，直到泰克夫人忍不住再次开口：“我只是在担心她最近在家里表现出来的一些想法，这在以前可从来没有过。它们就像核桃一样被她含在嘴边，她说话的时候，我都能瞥见星星点点的影子——在她张大嘴巴的时候一闪而过——但这已经足够让我非常紧张了。就好像她正在品尝它们，或者是在用舌头拨弄它们。这在以前可从来没有过啊！”

她朝萨克斯风教师愁眉苦脸地眨了眨眼睛，无助地耸了耸肩，然后低下头啜着手里的茶。

“我能说说我的看法吗？”萨克斯风教师以一种特别的、平和而又柔腻的嗓音说道，“我认为你现在感觉是：好像学校里那个可怕的男人，那个卑鄙、恶心的男人，已经在你的眼镜上留下了他硕大的指纹，因此无论你在看什么，你所看到的一切都沾上了他的印记。”

她站起来踱着方步。

“我知道你曾希望你的女儿自然而然地接触到这些事。希望她会在自行车棚的后面或是在橄榄球场的露天看台下发现，又或是从社科学习白板黑字的事实陈述中得知。你希望她会偷偷地瞄几眼被列为禁忌的杂志或电影，又或是在某个周六的夜晚，当她的朋友们在外面对着花盆呕吐，而她则留在伙伴家的客厅中，第一次尝试那种黏腻而盲目的摸索。那有可能会发生不止一次，有可能会持续一段时间，但是你会为之做好准备。”

当泰克夫人看着萨克斯风教师的时候，一些什么东西悄悄地滑过了她的脸庞，那不是什么直截了当、不加修饰的心领神会或是翻然醒悟，只是表情上的些许松弛，一丝微小的解脱。她的表情极为逼真，萨克斯风教师几乎忘记了那是在表演。

“你希望后来，或许是在六年级的时候，她终于交了一个男朋友，是那种你不怎么喜欢的既没定性又没内涵的男生；你希望某天，你因为某种微妙的预感而提前回家，正好看到他们在沙发上、地板上或是在卧室里亲热，两人身边还围绕着她不大喜欢，却绝不会扔掉的泰迪熊和粉色花边靠枕，于是终于发现了他们的秘密。

“我尊重你所希望的所有有关你女儿的这些事情，”萨克斯风教师说，“我想这些也必然是每一位好妈妈的希望。但是这恶毒的男人却如此诡异地偷走了你女儿的单纯，从未碰过她一根手指头，却像是从牛皮纸袋中倒糖果一样，把他那些肮脏的小秘密乱七八糟地顺着她的嗓子眼儿都倒了进去。

“但是亲爱的，你要明白，”她低语道，“你女儿已经隐约地尝到了这种味道，这种有可能会发生的事情的味道。她已经把它吞下。它现在就在她的肚子里。”

第二章

二月份

“第一个学期，”他们说，“基本上是一个解放身体与情感的时期，你会推翻之前所有学过的东西，将它们一层层剥离，一层层揭落直到原始的本能重新绽放。”

他们说：“这所学院并不能教你如何成为一名演员。我们无法给你一张示意图、一本秘籍或是一张字母索引表什么的，让它们去引导你如何行事、如何感受。在这里，我们不会填鸭式地扔给你们一大堆技巧，然后让你们像收集弹珠、代币或是小饰品一样的去收集。在这里，我们要做的是先破后立，也就是教会你们如何‘丢开自己’。

“或主动，或被动地去打破那些桎梏和束缚，”他们说，“就是这样。”

最后，胖子身体前倾，用强调的语气说：“好演员会让自己成为一份礼物。”

“演员是要将身体呈现给大众的人，”他们说，“他们可以通过两种方式做到这一点。一种是演员充分挖掘自己，把自己的身体当做一个驯服的、现成的工具，一件待售的商品。在这里，我们并不推荐这种方式，我们培养的不是糖果商或小丑。你们到这儿来不是为了出卖你们的身体：而是为了献上它。”

然后他们说：“这里，已经不再是高中了。”

二月份

“我是十二月份从这所学院毕业的，”金发男孩儿说，他的目光平静、淡然地扫过每一张面孔，“今天他们让我到这儿来，跟你们说说我在这儿的学习经历以及我现在的发展前景。如果你们有什么问题的话，也可以问我。”

他盘腿坐在体育馆的地板上，像是个布道者。

“上帝啊，我真羡慕你们！”他说，然后笑了笑，“不是特别懵懂，也没有特别世故，坐在这儿，周身散发着光芒，孕育着最美好的将来。”

金发男孩儿看着他们，一张张神色紧张的脸庞围成了一个苍白、紧凑的圆圈。一水儿崭新的黑色T恤，中间的折痕还清晰可见。

“在这里度过的三年时间不仅让我成为一个艺术家，更让我成为一个人，”他说，“这个地方唤醒了我。”

他激动得脸色绯红，就像是在描述一个已经失去的爱人。

“所有你们曾经拒之于门外的东西在这儿又被重新开启，”他说，“如果你们没有到这里来试镜并最终被他们接纳，那么你们所有人都将被禁锢，就像被扔进石膏浇铸的模子里，然后在僵硬中度过余生。在这校门之外，每个人都在经历着这样的禁锢。然而在这里，你们永远不会僵结，永远不会被定性，也不会被束缚。每一种可能都是向你敞开的——而且一定是敞开的。你们将学会把所有这些可能性都紧握在自己的手里，永远不让它们中的任何一个溜走。”

一阵沉默。金发男孩儿用手捋了捋自己的灯芯绒裤子，然后说，就好像他刚刚想起来似的："记住，任何一个足够聪明到把你放飞的人，也总是足够聪明到把你奴役。"

十月份

到目前为止，斯坦利对自己的人生是失望的。而今，在他十八岁生日的前夕，他站在这布满烟尘的、静谧的、关闭的前厅里，完全迷失在自己的苦闷与不满当中，细数这些年来所有的失意。

斯坦利曾经希望自己是一个狂野、叛逆却不失正义的青年——这甚至可以说是他的渴望——但是随着他的中学时光即将斯文地走向终点，他却变得越来越失望。他曾经期望自己能在河边喝着从纸袋里掏出来的威士忌，在网球场外围的灌木丛中把冰冷的双手滑入女孩儿的裙子里，在邻居的车库的房顶用土豆枪攻击路过的车辆；他曾经期盼自己喝得酩酊大醉后肆意破坏郊区的公交站棚，无证驾驶，离家出走，性格乖戾，或是通过绝食和把自己闷在房间里之类的方式威胁自己的母亲。他被赋予了做这些事情的权利，这也是他理应具有的状态，而现在，恰恰相反，在这几年的中学时光中，他彬彬有礼地进行着体育运动，不愠不火地看着家里的电视，在远处羡慕地瞅着那些敢于大打出手的男孩子们，渴望着每个与他擦肩而过的女孩都抬起头来，对他深情凝视。

学院指导老师的声音在斯坦利的脑海中回荡。"舞台之所以让人振奋，"他们说，"是因为人们清楚地知道在任何时候，任何东西都有可能出错；任何时候，舞台上都可能有东西坏掉或脱落；有人可能会漏掉提示；有人可能会搞砸灯光；有人可能会忘记自己的口音或台词。你看电影时是从来不会感到恐惧的，因为你所看到的东西总是完整的，它们永远是一致的，完美的；但当你去看一场话剧时，却经常会感到恐惧，你害怕哪里出了纰漏，然后必须尴尬地看着台上的演员手忙脚乱、全力救场。但与此同时，在那黑漆漆的观众席上，你却又那么的渴望——打心底里希望——他们能出些什么纰漏。有人掉了帽子或是坏了扣子，你会觉得同情；有人绊了一跤却终于没有摔倒，你会倒抽一口凉气，旋即又鼓起掌来；如果发现了一个别人没有注意到的小失误，你便觉得那是种殊荣，就好像瞥见了一隙走光的内衣，或是更为私密的，女人大腿内侧的红痕。"

斯坦利站在学院的门厅里，环顾四周。在这里，有另一种生活的可能，那是一种他有能力获得的，而且分外渴望的生活。在他还是一名腼腆而一无是处的青年时，他便希望自己可以冷酷无情、目无尊长、任意妄为、卑鄙龌龊。现在他感到一种可怕的惯性将他钉在门厅的地板上。他再一次悲哀地承认这样一个令人沮丧，却又确凿无疑的事实：这个世界不会为他而停留，不会为他而等待，甚至不会为他而暂时停下脚步；如果他等在原地，那么这种生活只可能会与他擦肩而过。斯坦利思及此处，就像泄了气的皮球，大叹世事不公。

在六年级的学校表演中，他曾扮演了一个叫霍雷肖[①]的角色。当时他很高兴——霍雷肖是一个能让人记住的名字，至少是在他接触这个剧目之前唯一知道的名字。每个人都记住了霍雷肖。这个名字让人印象深刻。随着那些缺少共鸣、生涩拗口的名字被层层剥离、逐渐减少，霍雷肖这个名字却贯穿全剧、举足轻重，在人们对艺术的记忆之中留下了响亮的一笔。然而，斯坦利的戏份却几乎被那尖鼻子的戏剧老师删完了，她说："观众是不会在这儿坐满三个半小时的。"在几次彩排中她都是这样评论斯坦利的："有那么点儿霍雷肖的意思了，啊？斯坦利，不是吗？还真地道！"斯坦利点头微笑着喃喃道"谢谢"，内心涌上一股兴奋的悸动，却

① 莎士比亚戏剧《哈姆雷特》中人物，为哈姆雷特在大学中的朋友，与丹麦王宫中的阴谋无直接牵涉。

一直没有明白她真正的意思。直到几个月之后他才反应过来，这些“赞誉”从来都只是刻薄而绝非友好。即便是当他站在舞台上，在哈姆雷特忧郁的身影旁颠来跑去，替他整理马甲和紧身裤时，他都没有意识到这一角色的存在只是为了将其他更让人感兴趣的角色引入到更复杂的情节当中，以期达到更强烈的戏剧效果。妈妈称他为“棒小子”。在令人振奋的谢幕仪式上，演员们排成一排，他就站在最靠近中心的位置：哈姆雷特的旁边，拉着哈姆雷特汗涔涔的手。

七年级快要结束时，斯坦利看到就业建议栏里钉着一则破旧的试镜广告，于是摸出钢笔，签下了自己的名字。他从小就想成为一名演员。演员被收在了孩子对成人工作最初的认知辞典里：老师、医生、演员、律师、消防员、兽医。选择成为一名演员不需要创新和深谋远虑；它不同于骑手、蔬果商，或是地方信托公司的项目经理。在一定程度上，那些陌生的选择本身就意味着寻求和开创；而选择成为一名演员，却只需从那一堆已知的、毫不相关的行业里挑出一个来，然后两手一抱就走。斯坦利写下自己名字的时候并没有想到这一点。那张试镜广告上打着水印，纸张很厚，还印着青铜色的学院标志。

后来，为了让这平淡无奇的举动在他的记忆中丰满起来，他幻想着正是在那一刻，他提起笔来，使劲地用手按着那张纸，把墨水通过笔尖上的圆珠划到纸上，他的指尖儿因为过于用力而变得苍白、失去血色、僵硬麻木——他想，正是在那一时刻，他抓住了机遇，把自己从霍雷肖变成了一个崭新的什么人。

十月份

“欢迎来参加第一次试镜，”表演主任短暂地笑了一下，说道，

“在这里，我们认为没有经过训练的演员不过只是个骗子。”他站在桌子后面，十指张开，撑着绿色的皮质桌面，“正如你们所知，”他说，“你们都是骗子，不是那些冷静的、令人信服的高手，而是焦虑不安、面红耳赤，让人一看就心生疑虑的新手。你们中肯定有人进不了这所学院的大门，那么，你们就只能永远当个骗子。”

笑声稀稀落落地响起，发笑的大多是些不明就里而注定与学校无缘的人。表演主任又笑了一下，那笑容如幽灵般掠过他的脸庞。

斯坦利僵直地坐在后面，这里有些男孩儿他上中学时就认识，于是他远远地避开了他们，生怕有人会泄了他的底或是怂恿他变回原来那个他极力想摆脱的自己。整个房间都充斥着一种紧张的希冀与渴望。

“那么，”表演主任说，“这所学院到底在教些什么？这里抽风的诡异日程是如何安排的？在这里你们会受到怎样的折磨？如何才能把伤害最小化？”

他让这些问题像尘埃一样飘落到地面。

“这个周末的时间实际上是对学院学习环境，也就是学生日常生活的一种模拟。”他说，“今天我们会安排即兴表演、哑剧、声乐、形体以及戏剧历史等课程。明天你们会更详尽地分组合作，研习并排演一个剧目。我希望你们都能全身心投入，尽可能地向我们展示你想要进入这所学校的决心以及愿意为此付出的努力。

“我们都会在各个房间里巡视，观察你们在课上的表现并作相应的记录。如果你们成功地通过了这一周的试镜，我们会邀请你继续参加接下来的面试和正式的试镜。对于接下来的这个周末，谁还有疑问？”

所有人的胸前都佩着一个纸质号码牌，像马拉松运动员那样。45号举手问道：

“为什么你们不像其他表演学校一样进行普通的试演呢？”他说，“比如准备两段独白，一段现代的，一段古典的。”

“因为我们不想要那样的学生，”表演主任道，“那种自我标榜的学生。他们会选择两段截然不同的独白，借以完美地展示他丰富的演技和深厚的功底。我们不在乎什么现代和古典，只是不稀罕那些用彩笔标出重点，提前好几周开始准备的学生。”

45 号顿时涨红了脸，觉得那个“用彩笔标出重点，提前好几周开始准备的学生”说的就是自己。其他候选者也纷纷向他投去怜悯的眼光，私下里决定要和他保持距离。

“表演是一种需要完整性的职业，”表演主任说，“今天我想提醒你们一点：在这里，你们的那些天赋论调一文不值。我们决定让你入选的那一刻——我们决定你有资格在这所学院获得一席之地的时刻——或许并不是你在表演的时刻，有可能你当时正试图辅助别人；又或是正在用心观看；或许那一刻你正在为下一次练习做准备；又或许你正双手插兜，孑然独立，双眼紧盯着地面。”

他们之中的一些谋士郑重地点了点头，已经开始筹划着让自己尽可能频繁地表现出无意中被瞥到的样子。他们在头脑中做了一个记号，让自己记住在某一刻要双手插兜站一会儿，双眼盯着地板。

斯坦利环顾了一下自己的对手，所有人都充满渴望与热诚，像是候选殉道者。表演主任居高临下，环视着他们，因手里掌握了生杀大权而倍感尊荣。

“现在我把你们转交到即兴表演主任手里，”表演主任说，“好运！”

十月份

学院里最长的走廊位于体育馆外围，其长度正好与体育馆一致。走廊的一侧是高高的玻璃窗和向内凹陷的门，窗上挂着长长的窗帘，而另一侧则几乎是一整面的墙，只在中间有两扇厚重的、通向体育馆的门向外半敞着。在这长长的墙面上挂着一些被留存起来的演出服，它们被高高地贴在砖墙上，空空的袖管向两侧张开，就好像是鬼魂被一束突如其来的、令人惊惧的光线钉在了墙上一样。

斯坦利驻足观看。他想，这些演出服可能是对那些重要表演的纪念吧。他上前去读第一块黄铜匾额。它被挂在一条软塌塌的格子花呢裤和一条时髦的花边衬衣下。上面既没有写剧目的名称也没有写演员的姓名，只写了剧中人物的姓名，还有一个日期，像是一块立在坟头的墓碑：拜维勒，1957。这些牌匾整洁地沿着墙壁一路延伸下去。斯坦利沿着走廊前行，仰望着那些僵直的向两侧展开的袖管、毫无生气的裤管以及那些破旧的系带，像是在瞻仰逝者。那些老旧一些的演出服已经褴褛不堪，布满斑驳的霉点：文迪希、费迪南德、阿尔文夫人、朝廷使节。他在一套沉重的宫廷服饰面前停下了脚步，那是由银色的锦缎制成，衬里也是缎子。一条高贵的袖管已然掉落，软软地悬在身体一侧，因此整个肢体形象就像是在用手指向门厅，掉落的袖管向下拖曳着肩膀，一副痛苦的样子。战争大臣，哈尔。这墙上肃穆的演出服就像是一个个诡异的幽灵，从地狱的缺口幽幽流入人间。斯坦利战栗了一下。珀迪塔、狐坡尼、蟾蜍。

十一月份

“他们会在那儿对你做出可怕的事情，”斯坦利的父亲说，“你会触摸到你的情感和你的心灵之眼，甚至更糟。明年的这个时候我就会不认识你了。到那时你就会变成一个多愁善感的娘娘腔了。”

“你看看这些功成名就的‘过来人’。”斯坦利说，一边从父亲手里抽出那本宣传册，指着封底上的人名列表。其中所有的电视、电影明星都被标上了红色星号，册子的纸张也因为不断被人翻阅而变得稀软。

“我希望能在白天的电视节目中看到你，”斯坦利的父亲说，“‘看见没，那是我儿子！’我会大声炫耀，尽管旁边没有人。‘那儿，那儿！电视上，拿着油漆喷雾枪、戴着假发那个，那是我儿子！’”

“你看过那些实景照片吗？”斯坦利说，一边快速地向前翻着宣传册，直到他找到他所提及的那些照片，“那是一座古老的展馆，里面全都是石头啊，马赛克地板啊之类的东西，还有又高又大的窗户。”

“看过。”

“三百人的试演。”

“很棒，斯坦利。”

“只有二十人能入围。”

“很棒。”

“我知道这只是个开始。”斯坦利说。

侍者走过来，斯坦利的父亲点了酒。斯坦利把身子靠到后面，环顾四周。这个饭店刻板而晦暗，充斥着喃喃的浅笑低语以及古龙水的味道，天花板上悬着些小红灯笼，在他们的头顶上摇曳生辉。

侍者躬身离开。斯坦利的爸爸抖了抖袖口，露出他治疗病人时的经典笑容。他把那闪闪发光的手册在桌布上推回给斯坦利。

“我为你骄傲，”他说，“你会变得很棒。但是你要知道，我们算是在背道而驰了。”

“什么意思？”斯坦利问。

“戏剧就是未知，对吗？戏剧根植于巫术、宗教典礼和祭祀，而巫术、宗教典礼和祭祀又依附于一定的神秘性。心理学则旨在破除神秘，把迷信和恐惧转变为我们能够理解的东西。”他眨了眨眼睛，用牙签挑了一块橄榄，“我们实际上是敌对的双方。”

斯坦利被问住了，很多时候在他的父亲说出一些精辟的见解之后他都会有这种感觉。每年的这顿饭吃完之后，斯坦利都要在床上躺上几个小时，回想当时该如何做出更明智的回答。他用手指摆弄着盘子里的那些醋泡泡。

“你不同意？”父亲问道，目光尖锐，嘴里还在咀嚼着什么。

“有点儿吧，”斯坦利说，“我觉得……似乎……可能……大概对我来说，表演是一种了解他人或是走进他人内心世界的方式。我的意思是，你总得要明白什么是悲伤才能演得出来吧。我也不确定。不过这似乎和你的工作还有点儿像。”

“哈！”斯坦利的父亲不悦地迅速反驳，不愿在儿子面前折了威风，“那你认为演员比普通人更了解他们自己了？”

“没有啊，”斯坦利说，“只是我也不确定心理学家是不是比普通人更了解他们自己而已。”

他的父亲突然一拍桌子，大笑起来。

“你不给我一些人生忠告吗？比如文明火炬的传承什么的？”斯坦利问道，换了个话题。

“该死，”父亲说，“我该做点儿准备的。要不你给我讲讲最近流行的脏话吧，咱们还可以交流下黄段子。我可从来没上过表演学校。就别问我的感受了。”

“我不知道最近有什么新词，”斯坦利说，“我想那些旧的都还在用吧。”

他们沉默了片刻。

“我这儿有个笑话，”斯坦利的父亲说，“你怎么给神父结扎？”

“不知道。”斯坦利说。

“照唱诗班男孩的后脑勺来一脚呗！”

斯坦利大笑，觉得有点恶心，老子竟然比儿子还黄。他又把那本宣传册从头到尾地翻了一遍，以免自己漏掉了什么东西。

侍者上了酒。斯坦利的父亲煞有介事地品了一番，用手轻轻晃着杯子，之后检查了瓶子上的商标。“不错。”他最后向侍者道，并在他递上酒杯时，向他微微颔首示意。然后，他将笑容转回到斯坦利脸上。“所以，你想听一些人生忠告。”他说。

“也不是啦，”斯坦利说，“我只是在想你是不是又要来‘现在你已经长大了’之类的老一套。”

“你想要心理呓语？”

“不想。”

“孩子，你出身不错，有双好鞋。”[①]

“这不重要。”

“我有没有告诉你我有一个病人想把自己烧死？”

“我听你说过罗杰。”

“人生忠告，”斯坦利父亲一边举杯祝酒，一边说道，“好吧，我是有些不错的龌龊东西。斯坦利，为了纪念你的成年礼，我告诉你一个秘密吧。”

他们碰了碰酒杯，各自呷了一口。

“好吧。”斯坦利不情愿地说。

他的父亲用手指捋了捋衣领，酒杯在另一只手里随意晃荡着。他看起来可笑、做作而荒唐。他说：“我要告诉你怎么挣到一百万！”

斯坦利心里的挫败感又开始翻腾，嘴上却应和着：“好吧。”甚至还笑了笑。

父亲说：“好，你去回忆一下你的中学时光，五年，对吧？在这五年当中，像任何其他人的五年中学时光一样，曾有一个同年级的孩子死掉，对吗？”

“有吧。”

“可能是超速、酗酒，或者是擦枪走火，总之不管什么原因——

① 英国俚语，形容家世好的人会有好的出路。

肯定会有那么一个孩子挂掉。”他说，“你知道吗，斯坦利，你可以在别人不知情的情况下，为别人办理人寿保险。”

斯坦利定定地看着他。

他的父亲继续说：“而学龄孩子的保险费，是非常非常低的。因为人们没有什么理由相信这些孩子会死掉。你可以为某个孩子办理一份一百万的人寿保险，大概也就每年花两百左右吧。”

“爸？”斯坦利难以置信。

“你唯一要做的就是去选个人。你唯一要做的就是行动起来、做些调查、获取一些对你有用的信息。”

“爸！”斯坦利再次开口。

斯坦利的父亲举起双手，一副无辜的样子，之后大笑起来。

“嘿，我正在给你淘金子呢，”他说，“想一想你的那个同学，那个你们学校死掉的孩子。你有没有可能在事发之前把他挑出来呢？如果你真能猜中，那其实是可以插上一脚，为自己谋点儿利益的。这就是我给你的人生忠告，斯坦利：人们就是这样一夜暴富的。唯一的秘密就是他们预见到了事情发生的可能性，然后抓住不放。”

斯坦利的父亲露出职业的笑容。

“我不可能选对，”斯坦利最后说，“我是说我们学校的那个男孩儿。他被撞的时候正踏着滑板从商店里出来准备回家。人这么多，我怎么也选不上他啊。”

“可惜。”父亲说道，然后便没再说什么。他把玩着叉子，伸手去拿酒，一边呷着酒一边透过玻璃杯薄薄的边缘看着斯坦利。

斯坦利不悦地用手指轻触着表演学校的宣传册。他觉得身上的西装外套让他又热又不舒服，就像是一只烤炉里的鸡。“那我呢？”他说，“你能事先看出我身上会发生什么事儿吗？”

他的父亲把身子向前靠了靠，用粗糙而白皙的手指戳弄着桌布。

“我能看出来，”他说，“你会度过非凡的一年。你会有非凡的成就。”

十月份

“表演不是一种模仿形式。”在所有候选者都盘着腿，像参差不齐的省略号一样坐在排练厅的地板上之后，即兴表演主任简洁地说道。表演主任拿着记事板站在门口，居高临下地来回巡视，手里捏着笔，神色漠然地衡量着每个学生的价值和品质。

即兴表演主任说：“表演不是对已知事物的复制。舞台前的拱架不是一个窗口；舞台不是一个由三面墙圈起来的小房间，里面上演着日常的生活。戏剧是对日常生活的浓缩，是对真实人生的*净化*，它是一种萃取，是人类行为的本质，比你我身边的任何平常的琐事都更奇特、更悲剧、更完美。”

即兴表演主任从身旁的帆布兜子里摸出一个网球，把它抛向远处的一名候选者，男孩儿用双手接住球。“别去看表演主任，”即兴表演主任说，“假装他不在这儿，看着我。”

她把手掌展开，那个男孩儿局促地把球抛了回来。表演主任用笔在记事板上龙飞凤舞地写了点儿什么。

“现在花几秒钟的时间想象一下古代世界，”即兴表演主任道，她调整了一下，把双腿拢到身下，“在古代，阿波罗和阿芙罗狄忒雕像的存在并不是要让人们以为这雕像*是*神，或是认为这就是神的*样子*。雕像的存在只是为了告知人们这是一个进谒之地。雕像矗立于此，因此人们能够在*此*接近或感受神明。对吗？都听见了吗？”

她把网球抛向另外一个候选者，后者退缩了一下，但还是设法抓住了它，并小心翼翼地把球抛了回来。即兴表演主任抓住球，双手握了一会儿，若有所思地捏着那已经渐渐磨光的绒毛，坚硬表皮凹了进去，然后又在她在手里迅速恢复原状。

“因此，雕像绝对不是*真神*，”她继续道，“这雕像不是阿波罗本人——所有人都认同这一点，对吗？也不是真神的复制。它不是阿波罗的肖像，因此我们不能由此判断阿波罗真实的模样和他真正的服饰。所有这些它都不是。它只是一个场所，让膜拜得以进行，使人们没有必要再到别处寻求那种特定的联系。这就是全部。我说的这些内容为什么是重要的？”

她把网球抛向远处的一个女孩儿。

“是因为戏剧正是这样的吧？”女孩子快速地说道，她利落地用指尖儿接住球，在把球抛回之前，停顿了一下来回答问题，“戏剧不是真实的生活，不是真实生活的完美复制。它只是一个切入点。”

即兴表演主任接住了球，使劲地把球击向她的另外一只手掌。“没错。”她说道。

女孩儿的脸上迅速地闪过一丝笑容，瞟了一眼表演主任，想看他是否看到了她的胜利。他没在看。

即兴表演主任说：“舞台不是真实的生活，舞台不是真实生活的复制，就像雕像一样，舞台只是一个让事物得以展示的平台。在日常生活中不会发生的事情得以在舞台上展现。舞台是这样一个场所，在这里人们有机会接触平常无法接触到的事情；舞台是这样一个地方，在这儿我们可以亲眼看见一些事情，这样一来，就不必再去亲身经历或感受。我现在谈的是什么概念？”

这个问题太具体了，候选者都眉头紧锁，沉默着，抿着嘴表示没有答案。即兴表演主任几乎颤抖起来。她迅速地扫了他们一眼，并没有失望，而是扬起嘴角，满脸笑意，答案就好像泡泡一样随着她的喜悦而翻腾欲出。

“精神净化，”她最后说道，像是雄鸡报晓一般吐出这个词，“我现在要谈的正是精神净化。精神净化是你们所有人都应该知道的一个词。精神净化就是那个让你们的努力物有所值的原因。”

十月份

门厅中，两张陶瓷面具从装满水的瓷盆中缓缓浮起，像是两个眼神空洞的密谋者。喜剧面具转过脸去，用笑意盈盈的空洞眼神望向走廊，目光一一扫过秘书办公室、奖杯储藏室和厕所。悲剧面具则探头向上，双眼悲哀地张望着。它由两根黄铜管支撑，黄铜管隐藏在它下巴的后面，从水下伸出水面，沿着面颊骨延伸至陶瓷做成的下眼睑处。当喷泉被打开时，这黄铜管就会从水盆中汲上水，悲剧面具则被迫潸然泪下。

水盆的水位线附近有一层黄铜污垢，而在其底部，则散落着几个许愿用的银币。水盆的底座上有一块牌匾，上面写着：

眼之所见，心悦诚服，
遂随心而动：
此之为魅力之玄妙也

十月份

斯坦利看到这对面具时最先想到的是，有人虽然满脸堆笑，却藏不住一张苦脸；有人明明出离愤怒，却仍只见满面春风。他现在没在看面具，只是站在喷泉旁，双手插兜，眉头紧蹙，盯着水盆，试图平复他那怦怦乱跳的心。喷泉还没有打开，水面像鼓皮一样紧致而光滑，陶瓷面具映出隐隐的蓝色纹路，在清晨的静谧中呈现出干涩、暗淡的色泽。

斯坦利几乎早来了一个小时。之前他在卧室里一遍遍地整理着自己的头发，仔仔细细地核对报名表，伸手到兜里去摸他那用硬纸片儿做成的试演顺序牌，这顺序牌是他要在试演的时候用一对金色的安全别针别在胸前的。他一遍遍地重复着这些动作，终于无法再容忍卧室里那袖珍的活动空间，提前出了门。门厅空无一人，秘书办公室的门紧紧关闭着，所有的走廊通道都一片黑暗。他站在那里一动不动，试图驱除自己的紧张，仿佛那是晕船、抑郁症或是什么阴冷的幻觉一样。

他听到有人轻轻地推开了礼堂的大门，于是转过头，看到一个男孩儿正走过来，脸色潮红，不修边幅，搬了一台老式的圆盘留声机，管状的黄铜喇叭垂到他的肩膀上。留声机看起来很沉，他小心翼翼地挪着步子，走向黑暗的走廊，双手紧紧地搂住那贴了毡垫的基座底部，眼睛绕过它向前仔细探寻着，确保前面没有什么障碍物。

“嘿，”他叫道，“你是个技师吗？有没有主办公室的钥匙？”

“对不起，”斯坦利说，“我是来这儿试演的。”

男孩子打量着他。“哦，你是个候选者啊，”他冷淡地说，“我都忘了又到周末了。紧张吧？”

斯坦利耸了耸肩。“是啊。”他说。他挥了挥手臂，试图想一些什么能泛泛而谈的合适的话题，但却没想到什么。“你是个演员吗？”于是他问。

“不是，我是服装部的，”男孩子答道，“我们在给《美丽的机器》剧组打包，昨晚是最后一场，明天有人需要剧场。”

“什么是《美丽的机器》？”斯坦利问。男孩在门厅的边缘停了下来，觉得两个人在这么大的大理石厅里相互喊话似乎有些奇怪。

“一年级学生的原创剧目，”男孩儿说，“类似于向学院证明你们自己，在第一学年完全依靠自己去做点儿什么。他们的创意会让你大吃一惊。他们把这排成了年终大戏，连灯光啊什么的都安排得妥妥当当。”

"哦。"斯坦利说。

"你真该去看看，"男孩儿说，"昨晚是闭幕场，那叫一个轰动啊。"他对怀里的留声机点着头，"今年这帮家伙有很多是玩音乐的，所以我们就弄了一出类似音乐剧的东西，真是太多元化、太抽象了。你要是看了的话，保准会大开眼界！"

斯坦利看着那个趾高气扬的男孩子，注意到他已经不再说*他们*，而是改成了*我们*。他意识到*多元化*和*抽象*是两个关键词，是行话，有一种排他的力量，标志着说话者本人已经入围了。男孩儿在不经意间被人审视着，他像匹小马驹一样昂首挺胸，收腹提臀，就像是男装杂志上的模特。

"这是你第一次参加试演？"男孩儿问。他又开始移动，走向秘书办公室的门口，之后小心地屈膝把留声机放下，靠在被漆成金色的文件架下。斯坦利的脑海中响起了中学戏剧老师的教诲：说台词的时候就要开始行动，别说完再动。

"嗯，"他说，"我该担心吗？"

"不用，"男孩儿酷酷地说，"只要放松下来，自己舒服就行，别精益求精。绝对没你们想象的那么夸张。"

"你进服装部也要试演吗？"

"不用。"

斯坦利等着他继续，可是他没有再说什么，而是直起身来，心不在焉地试图打开秘书办公室的门，但门是锁着的。他又看了看斯坦利。

"这地方最神奇的是，"他说，"没人会出言不逊。即便是那些没被录取的人——你和他们说过话吗？"

"没。"斯坦利说。

"他们总是说：'我终于知道自己有多想进来了。我已经瞥见了冰山的一角，虽然这次可能没有被录取，但是我的内心已经燃起了熊熊的烈火。上帝啊，我会不断努力，明年再接再厉，一直这么试演下去，直到最终被录取。’他们会说：‘能和这样一群惊才绝艳的人一起试演，在学院里度过一个周末，看一眼造就真正的天才的地方，这是怎样一份殊荣啊！’他们会说：‘这是一个真正让人觉醒的地方。’你不觉得这很奇怪吗？”

斯坦利不太确定地耸了耸肩。男孩儿说话的时候，他向后退了半步，感到从陶瓷水盆里冒出的凉气直逼他的后腰。

“没人会在走出这扇门时比出中指，没人会说‘我他妈真是太感谢你们了’；没人会说‘我根本就不稀罕来你们这混账的鬼地方搞这些破事儿’；没人会说‘放屁，我怎么就不如这家伙好了，还有那家伙，凭什么不录取我，你得给我说出个一二三四来！’没有人说任何脏话，说实话你不觉得这很奇怪吗？”

“这所学校声名在外，我想大家确实是很喜欢它吧。”斯坦利说。

“是啊，”男孩儿说，突然变得目空一切，明显无视了斯坦利的存在，不发一言，也没有任何建议，“哼，祝你好运。说不定明年还能在这里见到你呢。”

“好吧。”斯坦利说。他为自己的愚钝而感到羞愧，但即将到来的试演让他无比紧张，无暇顾及那话里的嘲讽。他回到喷泉处，气急败坏地重新把双手插到兜里，竖起耳朵，听着男孩儿的脚步沿着走廊渐行渐远，最后隐没在礼堂沉重大门轻柔开启的声音里。

第三章

星期三

早报上的题目是这样的：教师否认与学生发生性关系。

“可怜的萨拉丁先生，”萨克斯风教师说，“可怜的萨拉丁先生，那纤细的双手，那颗孤独搏动的心脏，他的脸就像——”

“报纸上看不到他的脸，”帕齐插口道，她今天有些心浮气躁，“他把外套罩在自己头上了。”

电话铃声响起。

“和她们想得一模一样，”萨克斯风教师说，“那些如饥似渴、满脸悲伤、眼袋重重的母亲。她们想象他牙尖齿利，湿漉漉的喉结上下游移，他眼睛下面还垂着两片青黑的眼袋。”

帕齐把头歪在一边，看着这篇文章，手指漫不经心地轻搅着盘子里的碎屑。

“我完全理解，米斯库斯夫人，”萨克斯风教师对电话另一头的人说，“哦上帝，没有，我从没见过那个男人，但我对他还是有所了解的。”（帕齐已经站起来，伸手去拿自己的衣服。萨克斯风教师一边说着话，一边用眼睛盯着她。）“萨拉丁先生给我们留下了一份‘大礼’——他在我的学生中散播了一种名为怀疑的特殊病毒，让她们吃惊、着迷，而又愤怒。受侵犯的女孩儿无论走到哪里，都会被人在身后指指点点，推推搡搡，四周全是盲目而伤人的猜忌。暗夜里，她的父母亲抱头痛哭，问对方那个男人到底对她做了些什么，而女孩子们也因心底的疑虑而愤怒：她到底做了些什么？她到底知道些什么，以至于变得如此危险，就像是黄色的毒烟一样缓缓逸出？”

帕齐扭动着身体穿上衣服，招手，打了个飞吻，然后离开。

“她们试图想象她摩挲着他的脸庞，探过头去，在他耳旁低语，说着别人从来没有说过的密语；她们试图想象她背倚音乐室的墙壁，呼吸急促，双眼紧闭，双手举过头顶，紧握成拳；她们试图想象那些日常的对话，比如‘午饭时怎么样’或者‘我昨晚睡不着’，或者‘我更喜欢那个带条纹的衬衫’。她们想也许现在她的某些动作，比如说双臂环胸，或是把头发顺到一边，又或是突然陷入沉默，紧咬双唇，或许都有了不同以往的新含义。她们在试图想象着，米斯库斯夫人，她们在试图猜测这些动作中可能的意味。”

萨克斯风教师沉默了，安静地倾听着，手指不停把玩着电话线。门砰的一声在楼梯井处关上。

“我理解，”过了一会儿她说，“你可怜、脆弱而又敏感的女儿想到这事儿就觉得恶心，她想尽最大可能与这个可怕的男人保持距离。告诉她，我在周二的三点钟还有一个空档。”

星期五

一张告示张贴出来，说排练将会继续进行，学校已经为爵士乐队、高级爵士乐团及管弦乐队找到了新的指挥，指挥的名字还用黑体标了出来：吉恩·克里奇利夫人。这种对姓名的突出显然是不必要的，目的就是要强调这是一位夫人，并且名叫吉恩。

“当然是找个女人了。”第一中音萨克斯风手闷闷不乐地说道。

她们站在走廊里，满腿泥泞。

“我还挺喜欢萨拉丁先生的。”布丽奇特拖着细长的声音土里土气地说。

“他已经进监狱了吗？”第一中音萨克斯风手问。

“可能是软禁吧，”低音提琴手道，“这样就不会再犯了。”

“放屁，”第一长号手说，“他只会穿着睡衣在家看白天的电视。”

她们已经没什么可说了，于是就盯着那个用黑体标出来的名字看了一会儿：吉恩 · 克里奇利。

“听着就像个贱货。”第一中音萨克斯风手说，道出了所有人的心里话。

星期五

“我昨天去找帕特里奇先生，希望他批准我在放学后补习，”伊索尔德说，“他当时在办公室里，我一进去，他立马就从桌子后面弹了起来，嘴里还说：‘咱走廊上说，快出来。’大家现在都这么做，都害怕封闭的空间。”

萨克斯风教师看着伊索尔德，心想：“新的伊索尔德已经觉醒，她正在变得坚毅、麻木，见证着这个世界肮脏、堕落的诱惑。然而在内心深处，她仍留存着一丝疑虑，因为这些所见所闻，她还不曾亲身经历。”

“于是我们来到走廊里。”伊索尔德说。萨克斯风在她身边荡来荡去，像书包一样了无生气地耷拉在肩膀一侧，而她的双手则抓着肩上的挂带。她把身体的重心从一条腿上转到另外一条腿上，屁股一扭，眨巴着大大的眼睛，立时就把自己变成了一个甜美、无辜的受害者。灯光变幻，更暗淡、也更模糊了，伊索尔德站在午后学校的走廊中，被氤氲的淡紫色灯光笼罩着。走廊上的橱柜敞开着，空空如也；装薯片的袋子被散乱地扔在走廊的地面上，像是一片片的银色树叶。

“于是我说：‘我就是想问问能不能参加课后补习或是类似的课程，因为家里的气氛真的很压抑——’”

她把萨克斯风从肩膀上贴身滑下，环在双臂之间，两手则放在喇叭的下面，松松捏住它的边缘，随意地压在腹部上。这是一种下意识的自我保护姿势，就像是在其他学生都已经离开学校之后，一个男人在氤氲的淡紫色灯光下和一个学生单独站在走廊里，把文件夹紧紧贴在身上一样。

萨克斯风教师思忖着自己有多么享受这种变化，伊索尔德正从一个人物形象中走出来，变成了另外一个人。布丽奇特的长处主要是声音模仿，而伊索尔德的动作却总是生动形象、面面俱到，就像一次次不期而至的蜕变。萨克斯风教师在椅子里动了动，点头示意她在听。

“他摇摇头，”伊索尔德说，身体舒展开来，后脚撑地，仰头深吸一口气，挺起胸膛，“然后说道：‘伊索尔德，我不是那种靠谄媚来博得学生爱戴的老师。那不是我的风格。我是那种以严厉著称、明察秋毫的人，我对教过的所有的班级都一视同仁。如果我给你开小灶，那我就成了伪君子，自毁名誉。’

“他说：‘伊索尔德，如果我想要赢得学生的爱戴，是不会用这种方法的——给一个不需要补习的学生开小灶。我会在班级里培养攀比之风，成绩上的攀比对于任何一个班级来说都是不可或缺的，因为攀比意味着竞争，而竞争意味着优秀。只有在一个充满嫉妒的班级里，真正炽热的爱戴才会绽放。

“‘只有在我确信我的学生都已经蓄势待发，彼此间疯狂攀比时，我才会挑出那只替罪羊。挑选替罪羊可不是一件简单事儿，伊索尔德，它不同于给一个不需要补习的学生开小灶，没那么简单。挑选替罪羊是一个艰巨而又精细的任务，秘诀就在于——’”她挥起萨克斯风，猛然戳向空中，以此来强调她要说的话，“‘——不要选那个所有人都已经非常讨厌的女孩儿，因为这会导致其他的学生都可怜那只替罪羊，而且会因为我的残忍而轻视我。我可不想对我的学生残忍。

“‘秘诀就在于挑出班级中最笨的女孩儿。你之所以想要找个笨蛋，是因为你需要确定将来每次利用她们的时候，她们仍旧会我行我素；你想要找个笨蛋，是因为你需要她们足够迟钝，甚至会相信自己之所以被选中是因为颇有搞笑的天赋；你需要她们相信，这些哄堂大笑其实都是包容的。

“‘伊索尔德，’他说，‘我是一个让所有的学生都爱戴的好老师。这种爱戴是由于我为了她们所有人的利益而挑出了一个牺牲品，而不是一个个去拍她们的马屁。这是一个好方法，而我是一位好老师。我不会因为你的姐姐有一段广为人知的性史，出于同情就同意给你补习。我已经向你解释了原因。对不起。’”

灯光又逐渐亮起。伊索尔德优雅地叙述完毕，重新把萨克斯风系回挂带中，准备上课。

“所以他没有同意补习。”萨克斯风教师一边起身一边说道。

“没有，”伊索尔德说，“他说：‘伊索尔德，你要明白，生命就是不公正的。’”

星期五

在这所世俗学校中流行着一种新的风尚，那就是去杂货店买那种粗口的塑料瓶装可乐，然后用指甲贴着瓶盖的侧边抠出一个带硬边的蓝色小圆片。女生们会用嘴含住这小圆片，然后用门牙在中间咬出个小洞来，撕掉那油腻的塑料膜，只留下硬硬的边缘。她们轻柔地向外拉伸这小小的半透明塑胶环，让它在手中一圈圈地转啊转，小心地抻着，于是它被拉得越来越大，越来越细，变成了一个浅白色的带状圆环，可以把手伸到里面去。然后女孩儿们就把这些塑胶手环戴到自己的腕上。

通常，它们被称做“求爱手环”。敢于戴上这样一个从可乐瓶盖上取下来的密封垫环是一个女孩勇气的标志。任何人只要弄断了这个手环，无论是多么不经意，都会因此与佩戴手环的女生建立某种关系。有时在聚会上，男孩会俯身去亲吻一个女孩，同时腾出一只手去摸索她的手腕，试图把那可乐环弄断，而多数情况下，女孩会有所察觉，然后假意挣扎。她们心知肚明手环断掉的含义：她会假装抵抗，扭动手腕，试图把手从男孩身边抽走，但结果只会让手环更快地断掉。他们都知道，一旦手环断裂，那个使命就必须去完成。

如果自己把手环弄断了，那会是一件很丢脸的事，女孩们一想到有人能蠢到让手环薄薄的边缘刮在门框上或是背包的搭扣上然后拉断，便会在心底暗暗讥笑，并同时与那个蠢货保持距离。

一个女孩说：“他们在萨拉丁先生的辅导室里看到了一个求爱手环，就在钢琴下面，还是被扯断的。”

这不是真的。

星期一

“谢谢在座的各位，”辅导员的声音盖过了女孩们的吵闹和推搡，他举起手掌，像是一个政客或者牧师，“我衷心希望，今天的话题能够建立在上一次讨论的基础上。今天，我想和大家探讨一下‘掌控’。”

朱莉娅坐在后排，低低地窝在椅子里，双手抱肩，脚踝交叉，头发顺着脸颊垂落下来。她看着其他女孩儿从寒冷中走进来，与自己要好的朋友们牵着手，排成长方形的中队向教室中挺进。她们低声细语、推搡着商量如何就座，还不时蹙起眉头，露出一副绝望的神情，唯恐被分配到讨厌的外围座位上，于是得总是俯下身子问别人："怎么了？笑什么呢？她说啥了？"

朱莉娅看着她们鱼贯而入坐到目前备受欢迎、最为明智的座位上，心中泛起一阵轻蔑和些许的嫉妒。大多数女孩都是七年级学生，因为和出事的女生是同学，所以才与这件事有了模糊的牵扯。剩下的则是学音乐的学生，她们受到的牵扯就比较严重了，因而都是学校发通知召集过来的。肃穆的粉红色通知书被一遍遍地复印，辅导员还要谨慎地在上面悄悄签上名字。

门开了，朱莉娅惊奇地看到了出事女孩的妹妹。她正谨慎地紧握粉红色的召集通知书，查看着球形门把上黄铜色的房间号码。伊索尔德才上五年级，年龄尚小，不可能是爵士乐队、管弦乐队和高级爵士乐团的成员。她走进房间的时候，向几个女孩子点头致意，那些肯定是她姐姐的朋友。她进来的时候，辅导员赞许地向她微笑，向所有人示意自己非常为她而感到骄傲，就像她是个吉祥物或是面旗帜一样。

朱莉娅看到伊索尔德把头发掖到耳后，郁闷地环顾四周想要找到一个座位。她对这个女孩有点好奇：这个已经永远被姐姐弯曲、喘息的阴影笼罩的孩子，会在想些什么呢？

伊索尔德坐下来之后，坐在她后面的那个女孩俯身向她，抱了抱她的肩膀，拇指滑入伊索尔德锁骨中间的凹陷处，低声问道："还好吗？"语气中充满了热切和怜悯。伊索尔德扭动着身体，挣开了那女孩的双手，点点头，说了些什么作答，但朱莉娅无法听清。那女孩摇摇头，拍了拍伊索尔德，之后像个慈母一样叹了口气，缩回身子。她立即转过头拽了拽左边女孩的衣袖，而后者早已探过身去准备倾听。

朱莉娅看着女孩们凑到一起窃窃私语，流言在伊索尔德身后此消彼长。她审视着伊索尔德僵硬而冷漠的表情。

心理辅导员发问了："你们会因为朋友从桥上跳下，而跟着跳下去吗？"这是他最喜欢问的问题，他总是会这样问。他提着嗓门，带着一副耀武扬威的样子，好像是刚漂亮地将了别人一军。

朱莉娅看到伊索尔德在自己的座位上轻轻地动了动：她目光呆滞地盯着辅导员，皱着眉头，却没有在认真听，她的嘴唇微张，轻轻地撅起。她和姐姐一样长着圆圆的脸颊和天真无邪的圆眼睛，但是维多利亚的圆是一种丰满，是一种咄咄逼人的公然的挑衅，而在伊索尔德身上，却变成了一种被宠坏了的、胖乎乎的甜美。对伊索尔德来说，这种表情就像是一件时尚的配饰，配任何人都比配她好看。

辅导员说："对某些人而言，诱惑是一种寻求关注的方式，诱惑是一种求助的呐喊，是试图与另一个人建立真正联系时绝望而孤注一掷的尝试。"他向所有人摆动着白胖的手指，女孩们身着格子裙，在他身边围成了半圆，领结松松地挂在那里，如天鹅绒般光滑的双腿在膝盖处交叉着。"这些孤独而受伤的人，"他说，"很可能会去寻求某种身体或者生理上的慰藉，性爱并不是他们渴望的全部，但离了性他们却无法成活。你们要警戒的正是这些人。"他停顿了一下，以示强调，"比如说萨拉丁先生。"

朱莉娅向伊索尔德的方向看了看，发现她还是在用那种空洞的眼神盯着辅导员。朱莉娅好奇那是不是只是一个做给别人看的姿态。她试图想象伊索尔德会有什么样的感受，每天从学校回到家里，像是从禁城走出来的公使，每天与她的姐姐朝夕相处，看着她坐在桌子的对面，把土豆捣成烂泥；路过她紧紧关闭的卧室门，已经褪色起皮的贴纸还留在上面，还有一截偷来的监控录像的带子；她用毛巾包裹着身体从伊索尔德身边走过，停在走廊上，浑身还滴着水。朱莉娅想象着那位伤心啜泣的母亲，还有拽着领带、好像快要窒息的父亲，想象着那些急促的电话铃声，人们低声议论时突然发出的尖叫以及那戛然而止、无比压抑的静默；她想象着伊索尔德夹在这所有的事情中间，试着看看电视、打打校服鞋子的鞋油、挑一些报纸上有趣的章节读一下，一个人，与周围令人窒息的氛围相互隔离，像是一叶孤舟飘荡在风暴的风眼之中。

朱莉娅看着伊索尔德安静地打量着自己的指甲，啃着手上的一根倒刺。

“这次恐怖的儿童猥亵事件，”辅导员说，“就是一个典型的案例，在这次事件当中，诱惑就是一种试图掌控他人的手段。为了捕获这个女孩儿，萨拉丁先生侵犯了女孩儿拥有自己身体的权利，他滥用了自己作为教师的职权，将它当成了一种*获得掌控*的方式。”

他早已把小讲台搬到一边，随意地靠在一张桌子上，一只手插在兜里，手握成拳，将小腹处的布料撑起来一块，裤子的拉链也被轻微地拽向一边。另外一只手则在空中比划着，就好像正在指挥一曲非常现代、非常动人的交响曲。

“我今天的目的，”他流畅地说道，“是要力所能及地教你们一些*取得掌控*的方法。在开场之前，有没有人想说点儿什么？”

所有人都摇头，向他微笑着，像是正在孵卵的母鸡一样在自己的座位上动了动。这时朱莉娅说道：“我有话说。”

除了伊索尔德，所有人都齐刷刷地迅速转过头来看她。朱莉娅平静地眨着眼睛。“我不同意你说萨拉丁先生是想获得掌控。”

辅导员皱起眉头，伸手去拽脖颈后面的一缕头发。“不同意？”他说。

“是，我不同意，”朱莉娅说，“获得掌控不是重点。和未成年人睡觉之所以让人兴奋，不是因为你可以对他们施加权威；它之所以让人兴奋，是因为你在冒很大的风险，而冒风险之所以让人兴奋是因为你有可能*被抓住*，而不是因为你有可能会侥幸逃脱。”

女孩们上下打量着她，惊讶不已，心中既有厌恶，又被蛊惑。脸上露出一副傲慢公主扫视平凡女孩的神情；她们看着朱莉娅，就像是在观看一场狂欢表演：有点儿意思，却又可能有点儿恶心。

“这就像是赌博，”朱莉娅说，声音更大了，“如果你打了个赌，而你基本上完全确定自己会赢，那么你的身体就不会大量地分泌肾上腺素，于是你就不会那么兴奋，也不会觉得那很有趣；但是如果你下注时所有的条件都不利于你，只有微弱的一线机会可以取胜，这个时候，你的心脏就会开始剧烈地跳动了：你赌输的可能性非常大，而正是这种随时都可能输掉的可能，让你倍感兴奋。”

女孩儿们开始在座位上挪动自己的身体，并低声地咕哝，但是朱莉娅的目光一直停留在辅导员身上，她眯起眼睛，眼神闪亮、目光炯炯。辅导员在看自己的鞋子。

“维多利亚还没有成年，还是个处女，当然还可能有其他因素，这些事实之所以让他兴奋，不是因为他能够对她施加更大的权威，”朱莉娅说，“而是因为如果有人发现了这件事，他便会损失惨重。”朱莉娅用她独特的方式昂着头，强调着这一令人瞠目的观点，“他不仅会失去她，”她说，“他还会失去现有的一切。”

沉默持续了一小会儿，然后女孩们再次齐刷刷地迅速转头，看向了辅导员。他抬起头，再一次拽了拽自己的那缕头发，叹了口气。

“我想我们已经偏离了重点，”他说，“在这儿，我们所关心的是权力的失衡，我们所关心的是这样一个事实：作为一名教师，萨拉丁先生意图染指学生，滥用了自己的职权。”

“我们只是从*你的*重点偏移到了*我的*重点上。”朱莉娅断然接口道，“而且，从某种意义上来说，任何关系的建立不都是一种权利的失衡吗？”

辅导员抢在朱莉娅再次开口之前迅速转向人群。“你们是怎么想的？”他问，试图让自己的目光只接触这个房间中那些最不好斗、口齿最不伶俐的女孩，“有什么想法吗？同意还是不同意？”

几个女孩举起手开始说话，朱莉娅立即失去了兴趣。她怒视着辅导员，从兜里摸出一支圆珠笔，开始心不在焉地在手背上乱画起来，好像她一点儿都不在乎。过了一会儿，她抬起头来，却陡然一惊：伊索尔德正在看着她。她的表情不再孩子气，不再甜美，她的头轻微地侧过来，目光从肩膀上扫向朱莉娅，就像是一个冰冷的、不食人间烟火的女皇，扭着的脖子显得尤为突兀。

朱莉娅周身一阵燥热，她下意识地想压抑这股燥热，但已经迟了。她的心脏快速跳动着，突然之间觉得自己的身体已经无法容下这颗膨胀的心脏，它笨拙、愚蠢而沉重，这种感觉立即像一股恐怖的电流击中她的全身。

她们就这样对视了一会儿，然后伊索尔德将目光转向别处。

星期六

伊索尔德和维多利亚正在看电视。伊索尔德蜷在单人沙发毛茸茸的凹陷处，双腿缩在胸前，头枕在胳膊上。维多利亚则躺在三人沙发上，一条腿弓起来，拇指和食指轻轻地夹着遥控器。她们的父亲刚刚来过，用他的大手捏着伊索尔德的脚趾头，说："晚安，小懒虫们。"母亲也站在楼梯上大喊："十一点之前要上床睡觉啊。"他们的脚步声一前一后地响起，一轻一重，消失在楼梯上，掩上了卧室的门，留下一声微弱的咔嗒声。

维多利亚说："以前总和你们泡在一起的那帮小子怎么样了？还和你们一起打发时间吗？"

她以姐姐的不容置疑的权威口吻要求妹妹"从实招来"。作为姐姐，维多利亚永远是以一个过来人的视角来看待妹妹的生活：世故、老练、见怪不怪。就好像是在任何新的阶段，伊索尔德都只能将就维多利亚留下的穿小了的衣服，而当她挣扎着把手伸进袖口时，维多利亚却有特权进入更衣室见证她的难堪。伊索尔德第一次来月经、第一次试文胸、第一次接吻、第一次为舞会选礼服——所有这些里程碑中,维多利亚总会在场,而且将来也会在场。如果恰巧她不在的话,那么这做姐姐的则总是有资格问:“为什么你没告诉我,伊西,为什么?”

而恰恰相反,小伊索尔德就永远不敢问维多利亚在排练室门上那糊了纸的小窗子后到底发生了什么。她永远都不敢询问细节——他外衣包裹下的身体、他的喘息、他的抚摸。她永远都不敢问“他紧张了吗,托利亚?”或是“你们是谁先主动的?”或是“你们之前聊过天吗?一周又一周地促膝长谈——聊自己,聊曾经的渴望,聊不曾拥有的一切?”所有这些伊索尔德都无权干涉。当维多利亚试图去捕获她的第一个爱人,开始她的第一段恋情,第一次食言,或第一次流下处女花朵般细小的血滴时,她甚至不能问“你怎么没告诉我?”因为所有这些细小的界标都是作为妹妹的她还无法涉足的领域。

日后,当伊索尔德到了维多利亚的年龄时,维多利亚仍旧比她提前迈出了两步:或许是在大学里夜不归宿,第一次抽卷烟;第一次一夜情,然后把凉鞋挂在手腕上光脚走路回家;第一次思考她到底想成为什么样的人——在经历了这些之后,或许维多利亚有可能会告诉她到底发生了什么。不是每个细节,因为到那个时候,维多利亚会故作姿态,一带而过,摆手道:“我就想老爸老妈当时一定被这事儿烦死了。”或者说:“天啊,那都多少年前的事儿了!”她有可能说:“当时我俩打算要一起私奔的,到最后他却回到了前女友身边。几个月前我还在街上看到他了。比过去胖了。”

但是现在谈论这件事是绝对不可能的。伊索尔德想,要逼维多利亚说出细节,给出答案,或是描绘情节,就像是在读书时提前翻阅了下一章的内容。维多利亚的生活总是要快上两拍,现在如此,将来也是如此,如果伊索尔德在踏上一条路之前便能看清前方的坎坷,那么只能说她在作弊。

“是啊，但是这就意味着你永远不会犯和我一样的错误。”维多利亚说，不愿让伊索尔德觉得自己有多悲惨。

“不，”伊索尔德说，“我会犯同样的错误，但是当我犯这些错误时它们却已经不再有趣了，因为你已经做过了，而我只是在重复。”

“对……不对，”维多利亚说，“你比我好多了，老爸老妈对我可比对你严格多了。他们在我身上浪费了所有的精力，轮到你的时候，他们的标准已经降低了，他们也懒得费事了。”

“对……不对，”伊索尔德说，“我还得装纯装嫩，恶心死了。”

“是啊，可是六岁的时候，我得到的圣诞礼物是蜡笔和粉笔，而你六岁的时候却得到了一支粉红色的网球拍，装在一个闪闪发光的粉红色套子里。他们越老，就越是有钱，你可以玩的东西总是比我多得多。”

“是啊，但也就仅限于此吧。他们总是拿你和我进行比较，你却不用和其他什么人比，因为什么事都会先发生在你身上。”

“胡说八道，”维多利亚说，“他们最后一次拿你和我比较是什么时候啊？”

这样的谈话是一种安慰，因为她们都知道自己已经在对方心底永远地占据了一个位置——不论是姐姐还是妹妹——一个亲密无间、严丝合缝的位置，就如同伊索尔德的身体完完全全地窝在那个墙边的旧式沙发里一样。在内心深处，她们都知道这并不是什么重不重复的问题，而是她们在感情上是否获得了必要的平等。两姐妹都认为自己不是什么雷同的复制品，而是被分去父母一半关注和控制的粗制滥造、奇形怪状的半成品。

“以前总和你们泡在一起的那帮小子怎么样了？”维多利亚问。伊索尔德说：“不知道。圣·斯尔维斯特的男孩儿都是混蛋，我觉得。”

“我当时就是这么认为的，”维多利亚说，“像你这么大的时候。”

星期三

当爵士乐队在排练室集合，拿出乐器，展开谱架时，一种奇怪的氛围在空气中蔓延开来。三周以来，这是她们第一次集合训练。私下里，每个人都觉得自己被欺骗了——不是被萨拉丁先生，他总是那么和气、不修边幅，称她们为公主或女士，而是被维多利亚。她伪装成她们中的一分子，愚弄了所有人。

作为最后知道事情真相的人，女孩们都觉得承受了巨大的屈辱。她们沉默着，满腔怒火蓄势待发：一直以来，维多利亚都看着她们在水中挣扎，却一言不发；一直以来，她都默默地坐在她们中间，沾沾自喜于自己不为人知的小秘密。而现在，当她们想起自己对萨拉丁先生无伤大雅的羞涩挑逗，却会变得无比尴尬，因为他那时已经属于她了，他已经被偷走了，于是记忆中每一丝快乐的、拨动心弦的情感就都变成了毒药。她们仍旧记得在木管乐器辅导课上，他向空中挥着拳头说“这就是我要的感觉”，然后一如既往地咧开嘴笑，像个男孩儿一样；午饭时在庭院中，他短暂地加入了她们丢沙包的游戏，然后在开始丢分的时候，就带着沙包跑掉了；在爵士乐练习之前，他悠闲地溜达着，开始谈论莎士比亚戏剧节、室内乐团竞赛以及夏天校服的变化——

“很久很久以前，早在第一学期的时候，他就说过她穿上夏天的校服很好看，”第一长号手一边把长号活瓣倒在地毯上一边说，“我当时就站在那儿。”

假装自己一直在怀疑，这恰恰反映了事情对她们的伤害之深。一直以来，她们看到、听到的都是当事人直接讲述的爱情故事，因而根本没有准备好承受这种被排斥在外的沉重负荷。现在她们却渐渐地意识到自己有多么目光短浅，不受待见。随着这一意识的觉醒，痛苦的重新定位也相伴而来——原来自己竟是如此肤浅、多余、微不足道。

“还有还有！”打击乐器乐手说，“当他们在黑暗中躺在一起，他朝黑暗中说话，却不确定她是否在微笑时，就会用两根食指去测量，不断地摸索她的嘴角。有时他会侧躺着，仍旧把手指放在那儿，轻轻地搭着，然后在黑暗里絮絮地聊着什么。他们常常笑谈此事。这可千真万确哦。”

布丽奇特在角落里，把萨克斯风从灰色的皮盒里取出来，心不在焉地套上吹嘴。上周她在不同的商店里买了很多不同的哨片试吹，然后用红色的数字给每一个哨片编了号，以方便使用。她从塑料鞘套里拿出一个哨片，在拧上之前核对了那小小的墨水数字。这个比她之前用的都要硬一些，或许她的舌头会出血。

“我的吉卜赛女孩儿，”第二小号手说，“他是那么叫她的。我的吉卜赛女孩儿。”

铃声响起，椅子磕磕绊绊、相互撞击的声音一片混乱，所有人都把吃了一半的三明治投向废纸篓，然后坐进排成半圆形的座位中，静候指挥的到来。

“她承认这事去年就开始了，”中音萨克斯风手说，“她必须要向警察提供一份说明，说明所有情况。”

于是大家默不做声，沉浸在各自的不快之中，意识到在所有人当中，她们这群人才是一直被欺骗的对象。

星期三

“如果你想象自己扎着法式辫子，穿着熨烫妥帖的校服短裙，在七年级的颁奖会上，用中音萨克斯风吹奏一首《甜蜜的佐治亚·布朗》，羞怯地站在那里，沐浴在一片晕黄的光线中，那恐怕你就上错了船了。”萨克斯风教师的手指在轻柔地拍打着节奏，她今天的指甲涂成了血红色，“萨克斯风表达的可不是那种语言。萨克斯风的语言是神秘的，筋疲力尽、悲伤幽怨、忽明忽暗——它肮脏、性感、冷酷、吃力，是孤儿、杂种和婊子的语言。”

布丽奇特站在那儿，萨克斯风无力地悬在她的手上，像一朵凋零的花。

“萨克斯风是木管乐器里的可卡因，”萨克斯风教师继续道，“萨克斯风手之所以被人喜爱，是因为他们是危险的，是因为他们了解了自己更为阴暗、凶残的一面。在你的表演中，布丽奇特，我看不到任何肮脏、性感、冷酷和吃力。所有的东西都被擦洗得粉白耀眼、安详、圣洁，简直就是展会上的卷毛狗！”

“好的。”布丽奇特不悦。

血红的指甲啪嗒啪嗒地轻叩着杯子一侧。

“你觉得怎么才算是个好老师，布丽奇特？”

布丽奇特思考着，抿起双唇。“有才？”她不确定地说，“对自己教的东西很精通。”

“还有呢？”

“有耐心？”

“想让我告诉你怎样算是一个好老师吗？”

“好的。”

“一个好老师，”萨克斯风教师说，“能唤醒你心中从前不存在的东西；一个好老师会以某种方式改变你，即使你不愿接受，也无法再回到从前：现在你能够独立练习，学会了音阶，能很好地控制你的乐器，也能完整地演奏这首曲子，但是，只有在我们一起努力质疑、唤醒、改变你体内的某些部分之后，这首曲子才能达到真正意义的完整。”

“刚才我只是在试着复述克里奇利夫人说过的话，”布丽奇特脱口说道，“她是来替代萨拉丁先生的，我们今天上爵士乐队课了。”

萨克斯风教师短暂地眯了一下眼睛，但只是说道："就是那个吉恩·克里奇利？"

"她是来替代萨拉丁先生的。"布丽奇特再次说道。

"我看过她的现场演出。她是吹小号的。"萨克斯风教师突然间冷淡起来，声音变得冷漠、平静而谨慎，她上下打量着布丽奇特，似乎是要找出显而易见的背叛信号。

"你怎么没去*申请*啊？"布丽奇特说，随着内心的思想活动的转换，眼睛也睁大了。

"我不喜欢中学。"萨克斯风教师道。

"她看起来不像是什么吉恩·克里奇利夫人。她戴红色眼镜，穿着松垮的T恤、紧身裤和运动鞋。张嘴第一句话就是，"布丽奇特说，她变得活跃起来，"张嘴第一句话就是：'好了，都给我闭嘴，我先来介绍下自己。我是来接替那个犯了事的老师的。现在咱们把所有的话都说开了，这样我们才能继续，搞点儿音乐，玩得尽兴些。所有人现在都把心放进肚子里吧，他们让我保证不和你们任何一个闹出事儿来。'"

布丽奇特天真地向萨克斯风教师眨着眼睛。她的嗓音模仿力很强。

"有人笑吗？"萨克斯风教师说。

"哦，有啊，"布丽奇特说，"有啊，大家都挺喜欢她的。"

"所以她们就都笑了。笑那话里纯粹的荒唐，笑吉恩·克里奇利夫人可能会勾引你们，通过一种微妙又隐秘的方式把你们中的任何一个人拉近，把你们中的某人推到乐器储藏室的门上，凑上她冰凉的脸蛋，嘴唇几乎要碰触到某个女孩毛茸茸的耳垂；笑你们中的某人可能会想要*她*，甚至把她当做一个目标或者一份殊荣去追求，在她看向你们时面红耳赤、结结巴巴、磕磕绊绊，寻尽一切机会绕远从音乐楼走过，只为了能在大厅中与她擦肩而过。"

"是啊。"布丽奇特说，"她把所有的话都说开了，这样我们就能继续了，可以搞点儿音乐，玩得尽兴些。”

“所以你们就继续了，搞了点儿音乐，玩得很尽兴。”

“是啊，”布丽奇特再一次说道。

“而吉恩·克里奇利夫人建议你像吹奏冰淇淋小调一样吹这首曲子。”

“她没这么说啊。”布丽奇特感到自己占了上风，以一种卑鄙的方式，她站得直了些，“她只是说：‘有时候并不一定要有创意，只要高兴就行了。’”

萨克斯风教师眉头紧蹙。她扪心自问：自己是觉得嫉妒了吗？她提醒自己布丽奇特是她最不喜欢的学生，总是被她嘲讽，她最不愿意成为那样的学生。她提醒自己，布丽奇特瘦长又怯懦，有一张油光满面、颧骨突出的脸，尖细的钩形鼻，灰白色的睫毛，看起来就像一只雪貂或者白鼬。

她是在嫉妒。她不喜欢想到吉恩·克里奇利夫人的理念，这个人总是高高兴兴，直截了当，总是向学生灌输开心就好的思想；她不喜欢看到布丽奇特现在有了一个比较的对象，得以从一种不同的视角审视她，萨克斯风教师。她不喜欢这样。

“咱们继续吧，”她说，“该尝试些新东西了，有点儿难，会让你多挣扎一下，重新认识认识咱们之间到底是谁说了算，好吗？”

“好吧。”布丽奇特说。

“我来找一个八级的曲目，”萨克斯风教师说，“这样吉恩·克里奇利就没有什么理由加以评论了。”

星期五

伊索尔德只吹了几个音阶就磕巴起来。

“我没有练习，”她说，“毫无借口。”

她在那儿站了一会儿，右手张开扣住音键，郁闷地敲出噼里啪啦的声音，跳动的筋腱抻着她手上的肌肤，呈现出忽白忽紫的颜色。

萨克斯风教师看着她，决定不批评她。她走到书架旁，把电唱机上的塑料防护罩拿了下来。“那么，我给你放那首曲子吧。”她说。她从一摞唱片中选出一张来，说：“告诉我今天在学校里发生了什么事儿。”

“他们想取消性教育课，”伊索尔德郁郁地说，“考虑到最近发生的这些事儿。他们把克拉克小姐叫到走廊里，校长也在那儿，我们能听到他们所有的谈话内容。我们以后不能叫它性教育课了，要叫它健康课。”

萨克斯风教师把唱针压到唱片上，一阵噼啪声和低低的嗤声之后，桑尼·罗林斯的中音萨克斯风曲《其实你不懂爱》缓缓响起。唱片像树叶一样颤动着。

萨克斯风教师倚身听着曲子，问：“你们健康课都学些什么？”

“学关于男生的事，”伊索尔德以一种相同的淡然口吻答道，“我们把避孕套套在木棍上，学着怎样打开才不会弄破。克拉克小姐甚至往自己的鞋上套了一个，以展示它们的弹性。”

伊索尔德有那么一刻陷入沉默当中，回想起克拉克小姐挣扎着把一个避孕套套到她那朴素的平跟鞋尖，单脚蹦着，涨红了脸，有些费劲儿而气喘吁吁的样子。“*就像这样！*”最后她胜利似的说，摇晃着她的脚，让所有人都能看到。她说：“永远不要相信男孩子说什么避孕套太小了的话。告诉他：‘我看到克拉克小姐把整只鞋都套上了呢。’”

音乐仍在继续。伊索尔德一副心不在焉的样子，目光落到了窗外的屋顶、烟囱和电线上。

“我们没怎么学关于女生的事，”她说，“那些关于男生的部分全都有实践性的三维模型和卡通图片。但到了女生的部分却总是些剖面图。甚至更多的是图表，连图片都没有。关于男生的部分几乎全都是射精，而关于女生的部分就只是生育、卵子之类的。”

事实上，这些课程大多东拼西凑，漏洞百出。花几个小时去看那些模糊无用的注释和图片，听那些精心设计、刻意遗漏的讲解不仅对学生毫无帮助，还会让他们更加疑惑。在这些言辞闪烁、讳莫如深的讲解中，大多数女孩都无法抓住那些至关重要的定义，而这些概念的匮乏，日后必会让她们蒙羞、惶恐、遭人耻笑，因为这些知识本应是在这一时期的必修课。她们看到的是垂直坚挺的勃起，完美而没有毛发的三个一组的男性生殖器，有专人清理、小心地整理成一束。她们没听说过那预示着女性激情迸发的晶莹体液。她们知道排卵却不知道高潮。她们知道双性恋，却不知道口交。她们的知识就像是报纸上的文章被从中间撕掉，只剩下一半的内容。

“那有用吗？”萨克斯风教师说，“有没有学到什么以前不知道的东西？”

“我们学到人在同一时间只能感受一件事情，”伊索尔德说，“你可以感到兴奋，也可以感到恐惧，但是两者却无法并存。我们学到了为什么美丽如此重要：美丽之所以重要，是因为你无法去玷污本就丑陋的东西，而玷污正是性冲动的终极目标。我们学到了你永远可以说不。”

两人按照音乐课的礼仪面对面坐着，各自都给自己留有一定的空间。完全的正面相对会让人感觉太熟悉，而并肩站着又让人感觉太正式，就像是第一次登台的业余演员一样，不敢把自己的脸从观众席上挪开，以防自己会演砸。所以，她们总是把自己的位置调整为四十五度角，这正是专业演员所持有的角度，既可以照顾到舞台又可以照顾到观众，可以让想要展示的东西和想要藏匿的东西处于恰当的平衡状态。

桑尼·罗林斯的曲子里有一种老唱片特有的细细的沙沙声。

“如果你觉得能从中获得灵感，你可以把这唱片带回家。”萨克斯风教师和蔼地说，“我真的觉得中音萨克斯风很适合你。”

“我家没有唱片机。”伊索尔德说。

第四章

十月份

体育馆不是体育馆，而是一个流动的空间，像会呼吸一样，笼罩着地面的物体与人群。地面上有一台巨大的钢制手风琴，紧挨着看台的塑料坐椅，把坐椅都挤到了墙边；沉重的幕布上布满了灰尘，可以把空间分成三份、四份或五份。舞台由许多表演台构成，上面布满了灰白色的脚印，表演台的位置可以变换，也可以叠放、倒置，或排成台阶，视具体情况而定。今天，所有的幕布都被拉到一旁，表演台被也匆忙地堆放在墙边，空间干净、灯光明亮。

“哑剧就是要去真实地体现，”在门关上的那一刻，形体主任的声音响起，“要用哑剧的形式表现一个物体，就是要揭示它的重量、体积，然后表现出它的意义。”他说话时，手里仿佛掂着什么东西，无形，但沉重，“如果我们占据了对方的位置，那么我们就会开始真正了解对方，”他说，“这一点对任何事物都适用。哑剧就是一种理解的途径。”

他翻过手中握着的“东西”。

每个人都神经紧绷、全神贯注、密切地注视着，等待着某个时机，然后说出什么机智、深刻，或者有趣的话语，好让自己从候选者中脱颖而出，获得指导教师的青睐。有些人在缓缓地点头，眯起眼睛，表现出一副恍然大悟、深刻反思的样子；有些人则正在等待着指导教师提及什么自己擅长的话题，然后他们就可以以请教为由大抒己见，侃侃而谈。斯坦利坐在外围，聚精会神，腰杆笔挺。但是只要有可能，他就会小心谨慎地偷偷打量其他的候选者。

“首先，最重要的是，”形体主任说，“你必须以事物的本身，而不是它的概念为起点。我可以*看见*自己手中握着的东西，我可以看到它的重量、形状和质地。你们能不能看见并不重要：重要的是我能看见。”

所有人都竭尽全力地盯着他手里那个无形的东西。每双眼睛都随着形体主任的脚步慢慢地来回移动。他光着脚，就像这所学院里所有的导师一样。每迈出一步，脚下都像灵猫一样从脚跟缓缓向脚掌移动，慵懒、从容。他的双脚白皙而纤长。

形体主任说：“我们中有很多人都害怕女人。因为她们是女人而害怕，但同时又渴望着那些处女、少妇和妓女。这样的恐惧并不能通过变成女人来消除，于是我们只能去成为她所接触的事物、她曾经过的空间和她曾做过的动作——尽管这些动作不是她们与生俱来的标志，但不管怎样却仍旧属于她们，是她们的一部分。如果我们能发现这些细节的分量，那么她之于我们就不会是一种概念，而是一个鲜活的整体。”

他停顿了一下，舔了一下下唇。候选者迷惑地动了动身体，不明白他们是否需要进行探讨，有那么一段时间没有人说话。

斯坦利中学时念的是一所男校，所以他能强烈地意识到这个群体中女孩们的存在。她们像是散落的钻石一样点缀在自己的视线周围，但是在环顾房间时，他的目光却会不经意地扫过她们，就像他不自然地用目光扫过一个跛子或酒鬼，却假装没有注意、没有退缩一样。他不安地期待着某个女孩儿站起来说些什么，哪怕是反对也好。他的目光落到了地板上。

“我不怕女人。”终于，一个男孩高声说道。笑声像涟漪一样泛开，透露出一种解脱。

形体主任点了点头。“站起来，”他说，“我要告诉你一些有关你自己的事情。”他突然将双臂抱在胸前，忘记了他手中一直拿着的那个无形的东西，那东西消失了。

男孩站了起来。他很瘦，脸上长着雀斑，胸部的骨架有点儿向外突出，运动裤系得很紧，髋骨在腰带上面突出来。他的肩膀、脚踝和膝盖看起来都有点儿偏大，就好像是一个用黄铜枢轴把各个关节钉起来的纸片人。

“走几步，”形体主任说，“来啊，走上一圈看看。”

男孩儿开始走。形体主任沉默着看他绕着体育馆走了整整一圈，抱着臂膀，面无表情。当男孩子绕着体育馆走了一整圈后，形体主任抬脚跟在他的身后，开始进行模仿。他像个乌龟一样缩回头，把胸部挺起来，夹起肩胛骨。走动时，他让自己的上半身处于僵直状态，这样他的手臂就会不协调地从肩膀处垂落下来，每迈出一步，手臂就也跟着摇摆一下，像是在水底下行走一样。他们就以这种方式一前一后地走着，男孩儿生气地扭头向后看，也同样生气地转头看那些坐在地板上旁观的候选者们，突然之间意识到自己的大脚、突出的胸骨以及僵直的、像是在划水般的手臂。

“好，你可以停下了，”形体主任最后说，“谢谢。”他转向了众人，“谁来评价一下我对刚才这位男生的模仿？”他说。

候选者们都不安地动了动，但是没有人说话。

“我的表演是一种恶搞，”形体主任在等了很长一段时间之后说道，“它只能是一种恶搞，因为我不了解这个年轻人。我老了，生活舒适，所以无法真正了解他的紧张、焦虑以及希望。我不可能只是通过看他走十五秒钟的路就了解这些东西。在恶搞这个年轻人的过程中，我去除了所有可能的复杂环节，我简化了他、侮辱了他。如果你们不能真正地理解自己要扮演的是什么，那么你们的表演也会是一种侮辱。”

体育馆非常安静。形体主任说：“你无法通过哑剧来表达连自己都不能理解的东西。你不可能看破死亡、上帝或者是女人。尝试表达这几种东西的目标都只是真挚而不是真实。而真挚对于我们这所学院的学生来说是不够的。真挚是为那些街头小贩、商人和政客准备的词汇。真挚是一种手段，但在这里，我们不需要手段。”

“哑剧，”他说，“让我们从最简单的地方入手吧，所有人起立！”

二月份

“在这所学院里，我们鼓励学生去体验性生活，”表演主任说，“选择当一名演员，你需要了解自己的身体。你需要了解你自己，去探索你身体的各个部分。但是，已经毕业的学生可能会告诉你们最好不要和身边的人乱来：这个圈子很小，在任何情况下，两个演员碰到一起都会是件恐怖的事情。”

学生们兴奋地发出窸窸窣窣的讨论声，他们交头接耳、四处打量，因表演主任描述的情景而隐隐发笑。顷刻之间，他们之间的任何一种搭配、组合都成为可能。在这一刻，所有人都变得冲动、坚韧、野性十足，就连那些后来或许会因为性无能或性冷淡而被人躲开或忽略的人都悸动起来，心跳加速。

“我们鼓励你们去探究身体所能触及的一切，探索它的极限和范围，”表演主任继续说道，“我们鼓励你们锻炼、恋爱、受伤、手淫。”

突然之间，似乎所有人都畏缩了起来，表现出一种忽如其来、死气沉沉的肃穆。表演主任很享受他们这种表情，所有人都庄重地盯着前方，努力以一种沉默的姿态表明自己足够成熟，可以开诚布公地谈论这些事情。四个月前，这些男孩还会咯咯地笑着，伸手去抓离自己最近的朋友的衣领，猛推一下他的脑袋，之后又推开；他们会随便地叫出一个名字，笑着看那个被叫到的男孩怒视着他们，满脸通红，在自己的塑料折椅上将头埋得更低；他们会在腿上摊开已经被转过四手的教科书，在任何一个可以想到的图表上悄悄地迅速加上一个生殖器——就是这些男孩，现在沉默着，睁大了眼睛，内心充满敬畏。

人群中的女孩也沉默着，僵直地用手扶着自己的下巴，眼神专注。只有男孩可以手淫：男孩的生理结构天生就默许了这种一方缺席时的“自给自足”，这是大家都认同的事实，自然也就没什么好羞耻，男孩不会因为自慰成瘾而被孤立或受到真正的伤害。而对于女孩来说，这一领域却仍是一个不可触及的禁区。四个月前，她们还都会皱着眉头，摆出一副厌恶、恶心的表情，不为人知地摇摇头，决定在尘土飞扬的草地上享用午餐时，永远将这一话题驱逐出圈子之外。而现在，她们很不安：当听到表演主任大声地说出这个词时，她们感到一阵突然的恐惧，害怕自己对这种行为直截了当、一本正经的厌恶很有可能——在她们急欲打动的人眼中——是错误的。在从学校走向社会的这短暂夏季里，宇宙的拨盘不知怎的就已经发生了改变：对自身的了解现在被当做是一种品质，这种品质赋予女孩们一种密不透风的黑暗空间，让她们可以毫无芥蒂地自我满足，并给予了她们一种世俗的性感，让人渴望，同时又让人腻烦。女孩们僵直而紧张地坐在体育馆的地板上，尽可能地让自己显得自然、庄重。

这就是表演主任的方式：把所有学生可能认为是污秽的东西都神圣化，然后挑衅他们中的每一个人，使之面无血色或哄堂大笑。这种方式确实有效，学生们都抬起头看着他，眼中没有了平日里那种大声宣布除了我，所有人都手淫的骄傲。

“不错，”表演主任柔和地说，“现在所有人都站起来，围成一个圈儿。”

他们急忙跳起来执行这一命令，由于太过匆忙而显得笨拙、木讷、毫无准备。他们胡乱地展开自己的身体，围成了一个圈。表演主任看着他们笨拙地摸索着，脸上泛出笑意。

十月份

“你认为怎么样，马丁？”表演主任问，用钢笔敲打着自己的脸颊，“我觉得 12 号很有可塑性。”

“意愿强烈，”形体主任说，“有求知欲又不缺乏耐心，我觉得绝对是个备选。”

“太多备选了，”声乐主任道，一边把白板转过来，好让其他人都能看见，“再不开始做最后的决定，咱就要在这儿待上一整晚了。”

“是因为每年的备选都越来越多了，”表演主任恼怒地说，“这些孩子身上似乎少了些什么。二十年前，孩子们都软弱、柔韧而顺从，但是现在的孩子们却像是一块块厚厚的木板，你满眼望去都是他妈的备选。”

他把自己掷回到转椅中，转椅的支架把他接住，然后又弹回来，他的身体来来回回地抖动了一会儿，然后终于完全静止。

在白板的顶端，即兴表演主任潦草地写下了“雄心”、“可塑”、“交际”、“天赋”几个并排的大字，字迹横铺整张白板，越写到后来越小，所以“雄心”就比其他的字大很多，而“天赋”则在白板边框凸起的银边儿处被挤得冒出了个小尖儿。表演主任向后仰着脑袋，目光顺着自己的鼻梁注视着那行逐渐缩小的字迹。“交际”是新词。前些年来一直用的是“合作”，而再之前用的则是“勇气”。他最初开始教学的时候就一直用的是“勇气”。这些变化标志着退化，表演主任想。

“可塑，”他大声说，“对于男孩来讲，是指他们学习关于自己、关于自己的身体的潜力；而对于女孩来讲，可塑则是指遗忘，遗忘她们脑中所有关于自己和自己的身体的说教的潜能。”

“哦，得了吧！”即兴表演主任说，“你这样好像在说男孩和女孩完全是不同的物种。”

“我只是意识到了他们之间的不同而已。”

“哪儿有这么大的差距！就拿这个男孩来说吧——12号。他的机遇和选择跟其他的女孩有什么不同吗？”

她今晚对表演主任很不耐烦，他的那种因深刻的失望而表现出来的尤为阴郁的神态，让她很是不爽；而对他来说，作为学院的院长和一名具有决定权的教授，这种神态却是理所应当的。他绷着脸，居高临下，像是个被宠坏的国王。

“当然不同！”表演主任说，“他不在乎形象的美丑，这是其一。他不在乎所扮演的角色是否能大出风头，不在乎每一张照片是否都做到了背光和柔化，他永远都不会在乎这些。他愿意为了艺术追求而丑化自己。”

“这当然是再好不过了，”即兴表演主任突然接口道，“因为所有不漂亮的角色，所有有个性的角色，都总是为男人写的。”

形体主任在桌子的对面看着他们两人斗嘴，并站在自己的角度忖度着：他认为自己在这老头儿身上确定无疑看到了某种厌恶女人的倾向，经年累月在心底膨胀，从来不曾消失，最后聚集到太阳穴上那块微微发青的褶皱上面；他认为自己在那个女人身上看到了一种暴露无遗的紧张感，某种过度的敏感，某种粗陋的、不加掩饰的歇斯底里，这使他感觉自己想要退缩，把目光投向别处。形体主任经常有这种感觉：被夹在两种意见之间，进退两难。他叹了口气。

“咱们别在这一点上找那么多理论基础了，”即兴表演主任最后说，一副懊悔的样子，“重要的是那个男孩子足够谦逊和好学，作为一名演员，能够尝试不同的东西，有弹性，可以成长。”

“谦逊，”表演主任说，“如果那是我们要寻求的品质，那它怎么没被写在那儿，在那白板上！”

其他人都沉默着。形体主任用双手搓了搓脸。

“就这样吧，讨论这个也这没什么意义。”声乐主任说，“咱们都认为12号可塑性强。除此之外呢？”

他们都看着12号的照片，照片被一个曲别针夹在申请表上：神情中流露出淡淡的伤感，眼睛大睁着，睫毛细密苍白，发色金黄。

“关于12号，我笔记上写的是‘脆弱’。”即兴表演主任说。

“我也注意到了，”表演主任说，“我写的是‘纯洁’。”

“很好，”即兴表演主任说，“这都可以接受。”

现在他们都刻意地对对方客气起来。他们很快就会同意接受12号了，形体主任想。他们会接受那个男孩儿的，因为他们都在作秀：秀表演主任的尊重，秀即兴表演主任的大度。

“我已经决定让他入围了，”表演主任说，“对于马丁你意下如何？”

形体主任耸了耸肩。他年轻的时候，这通常会让他兴奋，从一堆人中精心选出最好的学生，就像一个饕客站在香料市场里，用舌头细细品味各种可能，对来年充满了殷切的希望和宏图壮志。今年，当他潦草地翻着那些申请表的时候，心头却倍感苍凉，甚至夹杂着些许的羞愧，就像是知道自己手中的产品一无是处，分文不值。他教课的时间太长了。

他最终点了点头。“我同意。”他说。

“都支持？”表演主任说，转头面向大家。

他们都严肃地举起笔。声乐主任很是满意，微微地点了点头，然后把白板转向自己，取下笔帽，在“入围”一栏的顶端用方正的大字写下了斯坦利的名字。

十一月份

演员休息室中，斯坦利紧紧地攥着自己的“入围”通知书，等待着老师的点名。其他的候选者也都在他旁边坐着，在扶椅上，在被摞起来的木凳上，或是镜子前固定的旋转椅上，镜面已然破裂，上面布满灰尘。斯坦利瞥见了自己，意识到自己有多么惊慌：僵直的身体、熨烫平整的衬衫、新修剪的发型以及长长的毫无血色的手。他的目光滑向左侧，却不期然遇上了旁边男孩的目光。两人都迅速把头撇开，因这私密的自我窥视被发现而感到羞愧。

斯坦利的脚腕在凳子的横梁上晃来晃去，向四周打量。男孩和女孩们都交叉地分布着。最后选定的二十人中男女人数总是各占一半，所以男孩和女孩彼此都没有把对方当成自己的竞争对手：两种性别的人都平行竞选，只在同性中存在相互竞争。这样一来，女孩对同伴们都变得谨小慎微、各怀鬼胎，而对男孩则表现得光明磊落又极尽亲密；同样，男孩们在被点到名字时会不加掩饰地开怀大笑，同时却与其他的男孩子保持距离，独来独往，看着女孩们不断变换着自己的小团体，虚伪地装出一副共同思考或共同唾弃着什么的样子。

斯坦利观察着这些女孩。即使知道彼此之间存在竞争，她们也能抱成一团，浅浅地播下友谊或团队之种。“我知道这不可能，”她们说，“但真希望咱们都能被录取啊，这样就不用分开了。要是那些指导教师走出来说‘咱们把她们都收下吧’，那该有多好啊！”女孩们说：“即便是咱们中有些人不能被录取，也要保持联络啊。”还有人说：“我看我是没戏了，真的，和你们根本没法比。第一次试演的时候，我看到你们在‘嫁妆箱’那一幕里的表现都急哭了。你们比我演得好太多了，我连小丑都算不上。”女孩们说：“在内心深处，我只是希望大家能喜欢我，甚至是爱我。”一个女孩揉着另一个女孩的肩膀，把两个手掌根儿都搭在她“敌人”的肩胛上。她们只是刚刚认识。她正压低嗓门说：“你演得真好，在第一次试演中就脱颖而出了。你会被录取的，肯定没问题。”

日后斯坦利会得出结论，女孩都是天生的两面派，更狡猾、更善于把真实的自己虚伪地隐藏起来；而男孩的个性就清晰多了。他会总结说，正是女孩的这种一心多用的艺术、这种魔幻般的能力，才使得她们在同一时间保持对多件事情的注意。女孩们能迅速而清楚地区分表演和真实的自我，区分形式和实质。这种双面的技巧，这种永远的两面性，意味着她既是广告，同时又是商品本身。她们总是在表演。女孩可以重新塑造自己，他后来这样想道，阴郁地撇了撇嘴，用那只空出来的手把自己发顶捋平，但是男孩却不行。

他想，对指导教师来说，哪一个更难选呢，是男孩还是女孩？他们是不是对不同性别的人有不同体系的标准呢，男孩的目的单一而粗钝，而女孩的心思则像九头蛇一样复杂，对于这一根本性的不同，他们是不是采用了不同的基准点呢？他下意识地瑟缩了一下，意识到房间里所有的女孩都很漂亮，所有人都光彩夺目、体态娇美，像是同一主旋律下不同的变奏曲。恰恰相反，男孩子们则大多数蹩脚而又平庸，脸庞、肩膀和双手都还没有发育成熟，有的肥胖而鲁莽，有的则瘦弱、满脸雀斑、嗓音沙哑。环顾四周，斯坦利觉得这些男孩子到这儿来，是为了一个剧目中的十个角色来试演的，而女孩子角逐的目标却只有一个。他站起身来走开。

房间里乱七八糟：服装架、彩色的舞台场景、木箱、架起的平台、梯子、塞得满满的纸箱、颜料罐、被遮住的家具。在礼堂的墙上，一排排置物架上放满了没有五官的塑料头部模型，戴着头盔、软帽或是花冠。在角落里，站立着一副生了锈的盔甲，髋部向前探出，双手叉腰而立。

每隔五到十分钟就会叫到一个新的号码。叫号的是一个目光锐利的老女人，每叫到一个名字，她便会饶有兴致地在自己的垫写板上划掉一个，并以一种介于怜悯和轻微的好奇之间的眼神注视着他们，就好像他们是整装待发准备送死的角斗士。

“5 号。”她喊道。

5 号跳起来，在大家的注视下紧张地小跑出房间。

“这会不会也是考试的一部分呢？”门一合上，14 号就说道，“他们会不会正在给我们录像，现场直播来看看咱们是怎么亲密相处的呢？”

“会不会根本就没什么试演？”61 号道，“一旦他们看够了，就把咱们一个个给弄出去，让咱们回家？”

“就像老鼠一样。”14 号说，像是在作总结。他们都沉默起来。

几个男孩在房间里踱着步，试图从紧张的情绪中走出来，一边凝视着墙上的那些镶了框的照片，试图打发时间。照片上都是学生的毕业合影，一年又一年，随着技术的进步，照片越来越锐利，图像也越来越清晰。最近的合影上温润地发着光，轮廓清晰、色彩明亮，这些都是从前的合影所没有的。斯坦利注视着这些人的面庞，他们都曾被解放、被唤醒，不再有心中的桎梏，也不再受外界的束缚；他在想：他们中有多少人现在已经向生活投降，重新变得平庸？在照片上，他们看起来坚定而信心十足，画着演出妆，穿着那些用别针别起来的戏服，光彩照人，因剧目首演而亢奋得脸色潮红。他沿着墙面一幅幅看过去，里面有士兵、僧人、孤儿、海盗、家庭主妇、神灵、日本武士，还有一组戴着羽毛面具的守卫，面具毫无表情，不禁让他打了一个寒战。

“33 号，该你了。”喊声再次响起。

所有人到齐之后，表演主任快步走进，一副心不在焉的样子，脑袋奇怪地上下晃动，就像那些戴惯了双光眼镜[①]的人一样。

---

① 即双焦点眼镜，由两种折射率的玻璃黏合或融合而成，镜片上端看远物，下端看近物，因而佩戴者经常需要上下推动眼镜或上下点头。

“今天我们会问这么一个问题，”他简洁地说，“你为什么要考入这所学院，为什么想成为一名演员。我提前告诉你们问题，是想让你们仔细思考后再作答。我想说的是，我希望你们能诚实地回答，而不是说些什么剧院会给你一种高尚或神圣的激情之类的废话，别以为这样回答就能胜出。我们要的是最真实的想法。

“我解释一下好了，”表演主任说，仍旧顺着自己长长的鼻沿看着他们，“大约四十年前，为了在这所学院获得一席之地，我也参加了试演。在我来参加试演，在演员休息室等候的时候，就像你们现在都等在这里一样，我的内心并没有充满什么对戏剧的高尚的或者神圣的激情。我只是知道戏剧学院听起来似乎比大学有趣些，而且当时我也认为这可能表示我可以少做些作业。当然，在这一点上我错了。”他加了一句，微微地笑了笑。

“不管是什么样的大学，只要能进一个就行，因为我很清楚小女生们总是更喜欢大学男生。进到这所学院之前，我骨瘦如柴、处境卑微，基本上一事无成，所以我想要第二次机会。我想我可以进到一个大学，买辆车，试着交个女朋友。

“现在，我跟你们说了这些我自己的事儿，”表演主任的语气平静而又若即若离，这是他特有的说话方式，“因为我不想看到你们站在全体考官面前撒谎。我想听到你们说真话，就算真话会让人觉得无聊、尴尬或者让人鄙视，那也没关系。我不在意你们说什么，只要那是你，只要话是真的。”他扫了他们一眼，嘴角挂上了一丝笑容，说道，“好运。”

斯坦利从61级的合照挪到62级的合照面前，突然，他看到了表演主任。那时的他还很年轻，有点儿瘦，那副漫不经心的表情倒是一点儿不差，好像他的目光已经透过了摄影师的肩膀，聚焦在了那别人无法看见的远方。他们都穿着军装，表演主任在前排跪着，腿上放着一把来复枪，脑袋上的尖顶帽被拽到后面，露出了一绺又黑又亮的卷发。斯坦利靠过去仔细看了看，很是怀疑这个方脸的大兵能否找到女友。

二月份

活板门下的乐池阴暗潮湿，透着一股发霉的气味，两侧排列着泡沫内衬，一道低矮的加固通道从左向右延伸开来；在乐池的外围是另外一条通道，从观众席前面几排座位的下方穿过。这两条通道共同构成了乐池的外围边框，就像是地下的壕沟，为舞台两侧的侧翼提供了两条快捷又隐秘的通道。乐池外围的那条通道在观众席的古老地基之间蜿蜒而行，一串布满灰尘的彩灯沿着地面被点亮,如果有人不小心碰到了控电箱,这些彩灯就会开始闪烁。隧道又窄又低，厚厚的泥浆从砖墙的接缝处渗出，路过时便会感到它粗糙地摩擦着两侧的肩膀，地面下绝缘层的线头就像一团干瘪的棉花糖，从托梁间露出。通道里侧两边都镶上了楔板，于是变得更窄了：如果两个演员在通道中间相遇，那么他们必须表演一个曳足而行的旋转式拥抱，像是一扇在黑暗中旋转的、由活人构成的十字转门。

剧院大厅的秘密在一年级学生上课的第二周就揭开了。他们在沉默中列队通过通道，观察和试探着那活板门，把自己升到舞台上方安装灯具及存放布景的工作台上，再降下来，一副笨手笨脚的样子，戒备着，双手紧紧抓住那悬在空中的绳索，紧张地伸长脖子探视着绞盘。悬在空中的工作台由一座渡桥连接，他们穿过渡桥，向下远远地看着舞台，伸手去摸那来回飘荡着的麻花辫一般的粗索。舞台升降装置距地面的高度至少是台口的两倍，表演主任向他们展示如何将整块背板升到舞台上方挂好，以备在演出时随时更换。他开启了乐池里面的升降装置，让他们看到乐池缓缓升起，直到与舞台齐平。他展示了那个安在假台板下面的机动链，链条很沉，上面装有发动机，可以开动起来，带动链锁旋转。他按下开关，他们则站在台板上，沿着轨道安静地急速旋转，神色紧张，双腿僵直，像是一群就要过河的卒子，看着剧院大厅的红色入口一遍遍在眼前飞快地闪过。

灯效主任上前向他们展示了一些特效模板，让灯光映射出波光粼粼或是清风拂面的效果，然后又展示了用于制造距离感的薄纱和用于烘托造型，使角色更美丽、更邪异或是更苍老的灯光，还有带着厚重的钢制手柄，用于舞台追光的跟踪聚光灯；他告诉他们怎样模拟出阳光、月光和火焰的特效；他还告诉他们如何在室内光和室外光之间来回转换。

他们站在钢制的光效塔下，抬头看着那些笨重的黑色器械。它们像一群从管子里飞出的蝙蝠，而用于调光的黑色遮光板就像是蝙蝠倒挂栖息时的翅膜，或折叠着，又或是伸展开来。每个装置都由钢轭连接到光效塔上，这样被遮蔽的光束就可以被引向舞台上空的任何地方：灯效主任演示着，娴熟地把彩色的透明滤光板从固定架上滑出滑进，来回推动钢轭。他跨坐在云梯上端，用脚踝勾住最顶端的踏板，以稳住自己的身体，睨视着他们，说话的时候还会空出手来拽自己棕色的胡须。

之后，这些一年级的学生还接触了一些稍小的道具：门砰，一个小木头盒子，上面装有可以滑动的沉重的门闩，能在后台模拟出猛力关门的声音；雨盒，一个装着干豆的小盒子，可以模仿雨落的声音——“在一切数字化之前，”表演主任的神情庄重而怀旧，他轻摇雨盒，在空气中装点出细雨轻柔的沙沙声；他让他们凑上前来，向他们展示舞台布景的绘制技巧，即如何营造一种虚拟的视角，使舞台效果得到放大；他向他们展示了舞台布景滑进滑出的轨道、控制红色帷幔的古老滑轮，还有竖在舞台后部的巨大弧形背板，仿佛映衬出一种无垠的浩瀚，使空间不断溯回、延展。

“剧院是个神圣的地方。”表演主任最后说道，神情肃穆，他们站在褪色的舞台中央，四周灯光炽热，烟雾缭绕，呼吸着空气中微甜的尘埃，“这里不是上课的地方，只能在彩排的时候使用，所以不要单独到这里来。”

孩子们点了点头。斯坦利站在队伍后方，依然抬头望着那片黑压压的布景升降器，试图记住今天看到的一切。他对表演主任有点儿心怀敬畏，但是他不能确定在内心深处是否真的喜欢这个人。他的处事方式冷漠却又很情绪化，这让斯坦利联想到了蜥蜴或者青蛙。表演主任的双手看起来粗壮结实、布满了深褐色的斑点，他从来没有碰触过这双手，但是在内心深处，他想象着这双手必然是又冷又湿，动作神速。

他们都等着表演主任再说些什么，但他只是把脚后跟一并，扬手示意让他们离开，表示这次旅程已经到了尾声。

孩子们安静地从他身旁走过，他也静静地看着，看他们顺着回旋的铝制台阶走下前台，穿过过道里一排又一排的座位，最后进入到那充满大理石光泽的前厅中。在他们都走了之后，形体主任走进调度室，熄灭了灯光。他把手放到那冰冷的灰色操控杆上，出于习惯，他清了清嗓子，向舞台上方的布景升降装置处喊道：“熄灯。”

十一月份

斯坦利结束了最后一场试演，离开场地，感到神清气爽。他在喷泉处停住了脚步，双手撑着水池的边缘，稳定了一下自己的情绪。他静静地喘息了片刻，透过那陶瓷面具回味着那虽已模糊、却不曾远去的记忆。过了片刻，他才意识到有人在注视着他。他直起身子，向那看他的人报以某种沮丧的微笑。那是一个上了年纪的女人，或许是那个秘书吧，她正以一种新闻主播的姿态，坐在门厅里那个高大的办公台后面，一只手掌支撑着自己的脸颊，看着他。

“你很希望现在手里有瓶酒吧，”她说，“我猜你刚刚结束了试演。”

“是不是每个人看起来都像我这样？”斯坦利说，强调了一下那原就格外别扭的动作，脊骨稍稍扭曲着，双手无力地低垂。女人大笑起来。

“或多或少吧，”她说，“你得注意那些看起来特别高兴的人。就我的经验，那些看起来过于自信的人，通常都没能被录取。”

“哦。”斯坦利说，一边微微地挺了挺身板。

“我想这是你第一次参加试演吧，”女人说，“有些孩子都试了三次、四次、五次了。让人不禁会想，他们在此期间都干了些什么呢，就是一年又一年地等着最终被录取吗？”

“是啊。”斯坦利说，“是啊。哇，这可是我的第一次呢。”

“他们没太让你吃不消吧？”女人说道，“为了打造你们，他们在最开始的时候可刻薄着呢。”

她似乎一副无聊的样子，坐在前厅的拐角处，用手撑着脑袋，空旷的大厅里都能听到回声。所有的表面都是光秃秃的、干干净净的。高高的玻璃墙外是一个停车场，那里面也是空空荡荡的。

“也没怎么吃不消，”斯坦利说，“可能我不值得他们修理吧。”

女人大笑。斯坦利看着她，第一次意识到成熟的女人有一种特殊的魅力，这种美是十几岁的女孩子所无法拥有的：和善的细纹爬满了眼睛与嘴角，沉淀出岁月的痕迹，略显疲惫的风度和姿态交辉出难以言喻的性感，就像是蒙尘的塔夫绸礼服，或是搭扣已经斑驳的珠宝，散发出古雅的魅力。他以前从未有过这种想法。他一直以来都认为（尽管只是下意识地以为），只有青春洋溢的女人才会有吸引力；而随着她们慢慢成长，步入二十岁、三十岁，这种吸引力便会逐步消逝，一旦人到中年，便再无魅力可言。女人所追求的永远是她们曾经拥有的美丽，一种试图让时光倒转的奢望，一开始便注定了失败的结局。他一直都认为，男人之所以屈就于同龄的女人，只是因为他们没本事钓到更年轻的，或是现在的妻子身上有青梅竹马的影子。他一直都觉得从本质上来说，那些枯燥乏味、满脸皱纹、身材走样的女人早已魅力尽失——她们都是二流货色，是个安慰奖。而现在，他胸中的那一潭死水却第一次泛起了微澜，他开始用另外一种眼光审视这个女人。

她化着妆，上眼睑的睫毛后画了一道细细的眼线，当她抻着眼皮描画的时候，那线必然是笔直而匀称的，但是当她松开手，眨着眼睛审视自己时，上面却打了褶，给人一种模糊不清、又略带滑稽的感觉，让斯坦利想到一个上了年纪的、亲切的妓女。她微笑的时候，他看到她的门牙上有一道银边，这是因为牙里镶上了灰色的老式铜锡合金。她手背上的皮肤已然十分松弛，露出了青筋和皱纹，指关节上都是白色的袋状的旋涡。她的锁骨以及胸部中间的 V 字形区域形成了一些后天造成的晒斑，这使她的肌肤给人一种纤维感；皱纹纵横交错，因此她的肌肤松松垮垮的，有无数的纹理，像是破旧的小山羊皮。

在斯坦利的生命中，这是他第一次不把一个女人当成那些失意、绝望、古板的女孩儿来看待。她与试演室里面的那些夺目耀眼、甜美如蜜的女孩儿是一种完全不同的生物：那些女孩儿，斯坦利想，永远无法扮演这个女人，除非到了她这个年龄，而果真到了那个年龄，她们便也永远不能再扮演一个小女孩儿了。

“你说得对，我现在是想要一小瓶酒，”他说，“我想我离开这儿后会直接去个酒吧。”

“替我也来一瓶吧，”女人说道，“祝你好运。如果那对你有意义的话。”

斯坦利出来时已经快到傍晚了，空气中有一种让人昏昏欲睡的温暖。他转了个弯，离学院高高的山墙越来越远。心想自己可能是今天最后一个从试演室里走出来的学生了，穿过前厅，路过办公台，并在离开之前和秘书聊了几句。他想象着她会和别人说些什么，想象她描述的方式，以及那些人在注视着她的时候心里会想些什么。

十月份

“我要看到来电的感觉！”表演主任道，点头示意二人开始。

“在上周的校际舞会上，我在又滑又湿的舞池中遇见了他。”她的语速又急又快，还没调整好紧张的情绪，找到自己的节奏，台词就一口气全蹦了出来，“舞台旁边，人们都挤作一堆，像一个由人组成的套索一般，将一男一女围在中间，这样老师就无法看到里面发生的事情。从外面往里看情况很糟糕，所有人都紧紧地挨在一起，往前面推推搡搡，就好像正要去围观一场斗鸡，或是一只被逮住的熊一样。套索中的人前赴后继，而我却远远地站在另外一头，冷眼旁观。这时，他走到我跟前，非常平静地问我要不要来一杯。”

她坐在乐队指挥台的边缘，脚腕勾在一起，随意、轻柔地向外踢着，脚后跟也跟着晃啊晃。斯坦利双手插兜，与女孩稍微拉开了一点距离，站在那里平静地看着她。

“很快我就会在深蓝色的夜空下送你回家，问你是否觉得手冷，然后顺理成章地将它握住。”斯坦利说。

“他问我要不要喝一杯，”女孩再次说道，并没有看向他，终于找到了自己的节奏，目光开始闪烁，“我想他的意思是说他有酒，于是便说：‘好啊。’在门口时我们都已做过了酒精测试，我们都必须说出自己的名字和地址，而恐惧也总会突然冒出来，生怕检测的结果呈阳性。一些男孩会带着相机，这样他们就可以用空胶卷盒装一些朗姆酒，带进酒吧里享用，也有人会用带子把酒瓶绑在大腿上以蒙混过关；但大多数人只会带些药片。我想他的意思是说他有酒，于是我说：'好。'然后他就消失了。"

"就在看到你的那一刻，我突然失望了，"斯坦利说，"我问自己，这样普通的相遇，能擦出怎样的火花？我看着你，满脑子尽是那些你不曾拥有的美好，甚至还没开口，我便开始恼怒你的平庸。"

"他回来了，"女孩说，"我差点儿忍不住乐开了花。他买了两瓶可乐，和我一人一瓶。可乐湿漉漉的，刚从酒吧后面的冰箱里拿出来，上面还挂着一层霜。他绅士地为我拧开瓶盖，平静的脸上带着淡淡的骄傲的红晕，就好像他是一个混迹黑白两道的英雄，正在以我喜欢的方式点燃我手中的香烟，安排好我喜欢的饮料。我们谈了一会儿关于毕业和上大学的事情。他告诉我他想当一名演员，然后有一会儿我们都在看那道拥挤的人墙。"

"我不喜欢你，"斯坦利说，"不喜欢你的纠缠，不喜欢这没完没了、让人紧张的沉默，更不喜欢你空洞的话题，它让我焦虑。你给的我都不想要，我之所以留下来是因为我愤怒，我想让你知道我觉得你很无聊，我想让你感受到自己的无聊。"

斯坦利能从眼角的余光中看到表演主任，他正面无表情地看着他们，头部僵直。

"我已经决定了，"女孩儿说，"他永远都不会知道，从我看到他的那一刻起，我就决定了事情将如何发展。他不会有任何机会的。"

十月份

“你为什么要当演员啊，孩子？”斯坦利的父亲问。他两颊上的毛细血管微微涨起，像是清晰可见的细线。斯坦利只要看到他每眨一次眼时就轻轻地向下磕一磕脑袋，就知道他又喝醉了。

“试演时他们也问我这个问题了，”他说，看着父亲把自己的红酒杯又重新斟满，突然觉得自己不想说真话，“或许只是想找点儿乐子吧。”

“不求名不求财？”

“哦，”斯坦利说，看着父亲探过身子拿了酒瓶，把酒底儿都倒入自己的杯子里，“不是啊，就是……不，我只是想找点儿乐子。”

“好样的，”斯坦利的爸爸说，“我有个笑话你可能会喜欢。”

“什么笑话？”斯坦利说。这是他整晚最不喜欢的一部分。他试着从桌子对面看父亲腕表上的时间。他们已经点了甜点，大大的白色盘子里就挤了几丝奶油，还有一些其他的颜色，很快他的父亲就会叫上两辆出租车，然后在他的上衣兜里塞上五十块钱，拍拍他的肩膀，抬脚走人。窗外，大街被雨水打得又湿又滑。

“加拿大恋童癖最常见的原因是什么？”

“不知道。”

“孩子们很性感嘛！”

“有意思。”

“不错吧，哈？”

“嗯。”

“我是从一个患者嘴里听来的。我有没有跟你说过这人？有着天使般的声音。你会喜欢那声音的，斯坦利。不过老实说，人却很不怎么样。”

斯坦利有的时候会想象如果和自己的父亲生活在同一屋檐下会是什么样，每天都能看到他，路过时看到他在沙发上打盹儿，或者刷牙，或者斜着眼睛往冰箱里看。这些年以来，他们的相聚总是选择在不同的饭店进行，斯坦利可以按照一连串的饭店名称来为自己与父亲的关系编上目录：皇室、落日、费德里科饭店、海宁居。有时候他的父亲给他打电话，但是国际长途总是有两秒钟的延迟，这让他感觉父亲遥不可及又心不在焉，斯坦利总是担心自己说得太少或者太多了。

“你的出生纯属偶然，”把日历翻回去，在众多次与父亲的饭店会面中，其中有一次他的父亲这样跟他解释，“我们的关系很随意，相敬如宾，也非常短暂。她发现自己怀孕了，并且决定留下你，尽管我的诊所马上就要迁移到英国，而且我可能再也不回来了。我承诺我会一直与你们保持联络，只要我能帮上忙的地方我都会帮忙。我还救了你一命——她本来打算叫你杰拉尔德了，被我阻止了。”

“谢谢。”斯坦利说。

“不客气。”他的父亲挥舞着一英镑的纸币说，“但是你要相信我，精液可不是儿戏。”

斯坦利现在看着父亲，醉态可掬、夸夸其谈，用一副恶作剧的样子笑谈自己的往事。他有点儿害怕父亲。他害怕这个男人传递自己观点的方式，害怕他娴熟的步步为营的敌对架势，这让斯坦利拿不准他是想让自己跟他争论还是认同他的观点。他的百万保单的主意就是一个典型的陷阱，一个赤裸裸的诱饵，他炫耀般和盘托出，带着他恶作剧般的微笑。父亲是想让他仔细揣摩这个主意吗？是想让自己按照他所说的做吗？或者想让自己责备他太耸人听闻、太粗俗了？斯坦利不得而知。他把手伸进兜里，触摸到从学院带来的那闪闪发光的手册的边缘。

“噢，这就是我们之间的故事。”父亲把玻璃杯放回到桌子上，伸手抚平自己的翻领，“明年的这个时间，我的孩子，你会变得多愁善感，情感充沛。”

十一月份

“谈谈你自己吧，斯坦利。”表演主任说，他突然打了个手势，“什么都行，不一定非得连贯。”

斯坦利把重心移到另外一只脚上，心脏在胸腔里怦怦乱跳。全体面试官都背对着高高的玻璃墙坐着，所以他们的脸都处于阴影当中，斯坦利不得不斜着眼睛避开光线。

“我不知道我是不是擅长感受事物，”他说，在巨大的空间里，他的声音显得很小，“还没有什么大事发生在我身上，没有人死亡，没有什么糟糕的事情发生，我也从来没有真正地爱过什么人，或者别的什么。非常可笑，我好像有些期盼什么糟糕的事情发生，那样我就能知道会是什么样的感受了。”

斯坦利踌躇着，表演主任说：“继续。”

“我总是有点儿妒忌那些在生命中真正发生悲剧的人，”他说，“这给了他们一些可以获取养料的东西。我觉得自己什么都没有。并不是我希望家里的哪个人死掉，我只是想要有一些需要克服的东西。我想要一次挑战。我想我已经为此做好准备了。”

他试图对他们每个人都投以相同的目光。

“在中学的时候，我也尝试了那么一点儿，”他说，“就是想看看到底是什么样子。不管是恼怒、失落，还是和谁打了一架，都好像是在尝试什么，只是为了看我到底能做到什么程度。而内心总是有那么一小部分并没有恼怒，保持着某种平静、探究和消遣的意味。”

“很好，”表演主任突然说，“告诉我们你为什么想当演员。”

“我想要被别人看，”斯坦利说，“我确实没有什么比这更有意义的答案，我只是想要被别人看。”

“为什么？”表演主任说，他的自来水笔悬在纸上。

斯坦利说：“因为当别人看着你的时候，你知道你是有点儿价值的。”

第五章

星期一

“谢谢在座的各位。”伊索尔德走进来时，辅导员正说到这里，他举起手掌，像是一个政客或者牧师，“我衷心希望，今天的话题能够建立在上一次讨论的基础上。今天，我想和大家探讨一下‘掌控’。”

房间几乎坐满了人。伊索尔德环顾四周到处寻找座位，简单地向她姐姐的几个朋友点了点头，她们都用悲伤的目光看着她，就好像她们都想象着自己正身处她的位置，于是就对自己怜惜起来。伊索尔德眉头紧蹙，她滑入一张椅子中，尽可能地把自己缩到最低的位置。辅导员向她微笑了一下，一种恐怖的、橡皮筋一样夸张的、骄傲的笑容，这让伊索尔德觉得浑身起鸡皮疙瘩，她马上把目光转开，低下头看自己的指甲和身上运动衫的袖口，袖口已经毛边了。坐在她身后的是一个大妈似的、胖墩墩的女孩儿，在初中时她是维多利亚的网球搭档，有一次在草坪边的树林里曾与伊索尔德分享过一纸袋糖。现在她向伊索尔德问询着，拍着她的肩膀，还抚摸她，这让伊索尔德觉得备受煎熬。

女孩向后靠回到自己的椅背上，像是一只胖墩墩的长满羽毛的母鸡，伊索尔德听到她对坐在旁边的那个女孩说：“我想她还蒙在鼓里呢。可以理解。”

“谁能告诉我现在我们要讨论的问题是什么？”辅导员正在说，他伸开手臂，把她们所有人都纳进来，“这个词儿以‘界’开头。”他又补充道。有些女孩本来跃跃欲试地想说出自己的答案，但却都不是以“界”开头，所以现在就都默不做声了。她们把身体靠到椅子上，在头脑中搜索着所有的以“界”开头的词汇，而且还得是她们听辅导员用过的一个词儿。

“*界限*，”辅导员最后大声说道，所有人都呼出一口气，“是界限，同学们。”

伊索尔德非常安静地坐在那儿，不露任何痕迹，蜷缩着身体，目光呆滞，像是在脸上戴了一个面具。一群秃鹰，她心里想，用了妈妈曾经用过的词儿，妈妈当时正拿着早报，当她看到早报上那让别人惬意的标题时就是用了这个词儿。“一群秃鹰。”她说，之后突然发力，要把头版撕掉，但却没撕好，于是栏目标题被纵向地撕掉了一半，剩下的标题是“教师性关系”。“一群秃鹰”，现在当窃窃的流言以她为圆心像旋涡一样四散开来时，当辅导员肥头大耳地向她微笑时，伊索尔德就想到了这个词儿。

辅导员正在说：“或许你会让这种事情发生，只是因为你不知道除了这样，你还能如何做出回应。”

伊索尔德叹了口气，希望自己死掉。

“我为什么必须要去啊？”昨晚她这样问妈妈，一边用手拍了一下那粉红色的召集通知书，通知书被放在面粉和已经切好的洋葱旁，“都是七年级的，还有乐器班的，再加上*我*，我是唯一一个五年级的，所有人都会意识到这一点，真*丢人*。她们都会可怜我。我讨厌别人可怜我。”

伊索尔德的妈妈咬着自己的嘴唇，每次她意识到自己无法掌控某个局面时，她都会这样。

“我想你可以拒绝去，宝贝，”她心不在焉地说，“但这样就会让人以为你有了自己的立场。你可能就会把注意力引到你身上，你可不想达到这种效果吧。你最好还是去，到那儿之后低着头就是了。我不太确定，你自己决定吧。”她给了伊索尔德一个模糊但是鼓励性的笑容。“可怜的小家伙。”在她转回身去处理那些洋葱之前，最后说了这么一句。她对女儿表现出如此淡然的态度，这就像是一点儿濡湿的化学薄雾喷在了一场熊熊燃烧的大火之上，两者如出一辙。

伊索尔德一把抓过那粉红色的召集通知书，怒气冲冲地走出房间。“我是因为你才必须去参加心理咨询会的。”当她走过门厅，路过维多利亚的身边时，厉声说道。

“为什么？”维多利亚问，停下来，似乎非常吃惊。

“因为他们想要检疫隔离，”伊索尔德喊道，“他们想把我们都放到一个统一的地点，这样疾病就不会蔓延了，他们就可能找到疫苗了。他们想把我们都放到一个铺着水泥的院子里，把我们的衣服都脱下来，用水管浇我们，用砂纸搓我们，把松节油涂到我们身上，还用已经变成了灰色的、有倒 Y 形裤缝的内裤做成的抹布擦洗我们。就好像你已经把沾满墨水的大手印儿盖到了我们所有人身上，每个你曾经遇到过的人。这里面受到污染最严重的就是我了，我污迹斑斑，浑身都在滴着黑墨水，它顺着我的腿、我的胳膊恣意流淌，从我的手指缝滴出来，流到了地面上，地面上的墨水渍在变得越来越多。”

维多利亚站在门厅里，最后一抹阳光斜斜地照在她的脸上，有好一会儿，她什么都没有说。伊索尔德喘着粗气，怒视着维多利亚，她站在自己卧室的门里面，手放在门框上，准备好随时砰一声把门关上。之后，维多利亚说：“对不起。”

“你根本就不这样想。”伊索尔德说完话，砰一声把门关上。

“在开场之前，有没有人想说点儿什么？”辅导员正在这么说。后排座位上一个女孩喊道：“我有话说。”

伊索尔德仍旧思绪纷乱，保持着把自己缩起来的姿势，当那个女孩说话时，她并没有转头去看。她听到那女孩说："我不同意你说萨拉丁先生是想获得掌控。" 过了好一会儿伊索尔德才真正明白那女孩在说什么。

女孩说："和未成年人睡觉之所以让人兴奋，不是因为你可以对他们施加权威；它之所以让人兴奋，是因为你在冒很大的风险，而冒风险之所以让人兴奋是因为你有可能被抓住，而不是因为你有可能会侥幸逃脱。"

伊索尔德转过身去看她。

说话的女孩是个七年级的学生，她轮廓分明，脸上沾了些墨汁。她会倚在足球场的门柱上独自一人吸烟；放学后老师将其滞留，她会坐在那里傻笑，就好像所有事情都在按照她的计划进行；她是一个不合群的人，对于那些放荡女孩来讲，她太明媚了，而对于那些明媚的女孩来讲她又太粗野了；她游荡于学校的角落，像是一个闷闷不乐的、不再抱有憧憬的鬼魂；与此同时她还与恐怖的、恶毒的传言形影相随，人们说她可能是一个同性恋。

由于有关朱莉娅的传言并没有目击证人或者详细的报告加以支持，因此使得朱莉娅的性取向到目前为止仍旧难以捉摸。虽然她具有一定的威胁性，但却完全不能用数字加以量化，这样就使得她以一种不可预知、同时也无法预防的方式对其他人造成某种攻击性。朱莉娅本人则乖戾、犀利，用耳朵上插着的耳机、平装本小说，或者是掠过脸部的刘海把自己隔离于人群之外，从来不会选择主动去驱散与之形影相随的传言。如果被激怒了，她有可能对人怒目而视或者竖起中指，但是时下发怒并不时髦，所以大多数情况下，她只是不去理会。

现在，女孩儿们都看着朱莉娅，就像是在观看一场嘉年华表演，辅导员紧张地拽着他脖颈后面的一绺头发，伊索尔德现在意识到房间里的气氛已经发生了变化。一种蓄势待发的恐惧感像是某种香水的味道从女孩子们身上散发出来。显而易见，由萨拉丁先生所施加的威胁由于他的缺席，同时也因为时间久远，现在都被当下的威胁所压制，这种威胁正是由朱莉娅施加的，更具有危害性，更加难以名状。并不仅仅是因为朱莉娅表达了自己的观点就让她们感到恐惧；她们之所以恐惧，是因为她们认为朱莉娅是一个混入内部的间谍，一个危险的游移不定的在地下工作的凿岩机，在她们毫不知情的情况下就可能会碾碎她们中的任何一个人，可能会在任何一个时刻去臆想她们中的任何一个——到目前为止还没有什么心理辅导课让这些女孩做好类似的心理准备，用以应付同一性别的人对她们中任何一个人所发起的攻势。

“维多利亚还没有成年，还是个处女，当然还可能有其他因素，这些事实之所以让他兴奋，不是因为他能够对她施加更大的权威，”朱莉娅正在这么说，“而是因为如果有人发现了这件事，他便会损失惨重。”她昂着头，强调着这一令人瞠目的观点，“他不仅仅会失去她，他还会失去现有的一切。”

伊索尔德入迷地上上下下打量着朱莉娅。当她思忖着朱莉娅所说的话时，她第一次开始对萨拉丁先生生出一丝丝兴趣：萨拉丁先生在她姐姐身上看到了某种可以追求的东西；他喃喃地说一些从没有其他人说过的话；他用自己所拥有的一切来冒险，并且真的失去了这所有的一切。

为什么萨拉丁先生选择维多利亚？伊索尔德发现自己这是第一次真正地思考这个问题。她的脑海中闪现了姐姐又圆又翘的樱桃似的嘴巴，圆圆的大眼睛；她在校装短裙上配了一条富有艺术特色的腰带，每当她俯下身子、露出她那被压得低低的腰带时，她身上穿的红色绸缎都会一闪而过；在爵士乐队课上，维多利亚俯下身去翻书，萨克斯风倾斜着横在她的身体前面，荡来荡去，乐器的重力把挂带拉低，使挂带紧紧地抵在她的胸骨上，于是乐器的上半部分就贴在她蓝色毛衣隆起的双峰之间，发出耀眼的金黄色。伊索尔德又接着想："那么维多利亚又是为什么会选择萨拉丁先生呢？"

开始的时候，当伊索尔德看到父母为维多利亚的事情而争吵，紧紧地抓住维多利亚的肩膀，就好像他们是道德剧中道义的化身，伊索尔德的全部感觉就是先入为主的刺痛感。她认为这很不公平，心里想着父母亲是否能找到什么理由也像这样专注于自己呢。她黯然地将父母的悲痛转为自己的悲痛，与维多利亚谨慎地保持着一定的距离，观察着她，但是她的思想却从来没有在萨拉丁先生的身上停留过，也没有在内心勾画过萨拉丁先生的形象：他在自己深奶油色公寓里踱步的情景；他卑微地交上自己辞职信时的情景；以及他羞愧地给家人打电话坦白这一切时的情景。

即便是现在，伊索尔德也只是对萨拉丁先生有着模糊而肤浅的认识。她记着他衣冠楚楚地在年末音乐报告会上指挥管弦乐队；还有一次她看到他从音乐系走出来，向教工停车场走去，领带在肩膀上荡来荡去，手里攥着一捆纸；她模糊地记着在第一次集合时看到他在舞台上无精打采的样子，把手指伸到头发里去捋头发。当三年级学生在听取冗长的入校欢迎辞时，他偷偷地抬手看表；她记得他过去常常称呼自己的学生为"公主"，以一种绝望的揶揄的口吻，就好像是说再没有什么其他的办法了。

伊索尔德试图从性的角度想象一下萨拉丁先生，不过有些磕磕绊绊。她在脑海中搜索着，试图把他放到他同龄人的行列。霍恩先生双颊肥嘟嘟、油腻腻的，布满了痘痕，粉笔灰指印布满兜子的边缘；凯布尔先生教数学和散发着霉味的法语，他腋下的汗渍像是隐蔽的淤青一样四处膨胀；会计办公室的麦考利先生，活泼而敏捷，透过可以滑动的玻璃看他时，就像一个苹果一样熠熠发光。她想象着把他们的扣子解开，从裤子中拉出他们的衬衫，使劲把他们推在乐器储藏室的门上；她想象着在课堂上对着他们微笑，让他们的心跳加快；她想象着说"午餐时间怎么样"以及"我更喜欢那个带条纹的衬衫”；她想象着说：“我不相信你说那装不进去。我看到克拉克小姐把它套到了整只鞋上。”

伊索尔德正陷入遐思，这时朱莉娅抬起头看到了她凝视的目光。过了好一会儿，伊索尔德才把自己散光的瞳孔玻璃体重新聚焦起来，她的心猛地颤了一下，有那么一刻她惊慌失措，生怕她内心所想的东西被别人通过什么方式看到，她的心开始咚咚地跳起来。伊索尔德再一次想到了与朱莉娅如影随形的传言，她突然感到有点害怕，就好像她现在已经使自己置身于危险之下了，以一种她所不能理解的方式。她惊慌失措，转过身去。辅导员又开始说话了，她身边的所有女孩都在点头，充满了赞同、怜悯和极度满意的安静。

伊索尔德的心跳恢复了正常。朱莉娅的话语像是延迟的回音，回荡在她的耳边，如醍醐灌顶，就好像突然间一股湍急的泉流从头顶倾泻而下。“我不同意，”她说，“萨拉丁先生是想获得掌控。”伊索尔德在自己的座位上向下滑去，迷惑而又感到羞愧。随着铃声响起，她溜出了教室，没有回头。

星期三

“布丽奇特，”萨克斯风教师说，“我告诉过你，如果你不能第一遍就吹好那一节的话，我就要跟你喊了。”

“我知道。”布丽奇特不悦地说。

“你想让我跟你喊吗？你不知道吧，每一个错音都像有个尖边儿，像小鱼刺一样刺到我的脸上？你就想要这效果吗？”

“不是。”布丽奇特说。

萨克斯风教师让沉默在她们中间蔓延，持续了三个半音符的时间，钢琴上的节拍器打着一成不变的拍子。“家里有什么事儿吗？”她问道，“还是在学校？”

布丽奇特的眼睛里充满了泪水。“我妈给你打电话了吗？”她问，对无可避免必然已发生的事情恐惧着，“她说过不会打的。她总是说不会干什么，但实际上却干了。”

萨克斯风教师上上下下地打量着她，然后说：“你妈跟你撒谎吗，布丽奇特？”

布丽奇特在想如何回答这个问题的时候，陷入痛苦的沉默中。

无论什么时候她以何种方式被人欺负了，钱少找给她了，或者遭受糟糕待遇了，她总是惊慌失措地首先想到要确保不让妈妈发现此事。布丽奇特的妈妈几乎每两周便会到学校的行政楼走上一遭，总是代表布丽奇特投诉啦，质疑啦，或者提什么要求之类的，总是代表布丽奇特。她尾随在妈妈正义的身影之后。有一次她听到秘书在小声说：“那个女孩能随意摆布她妈妈呢。随意摆布。”

“求求你别来学校，”上周当她的妈妈发现她由于失误而付了两次本月萨克斯风的租金时，布丽奇特惊慌失措地发出警告，“我会在爵士乐队把这事儿解决的。求求你别来学校。”

“好吧，”她的妈妈最后说，以一种不信任的、勉强的眼神盯着布丽奇特，“但是你要保证能拿到收据。”后来在她从超市按原路往家返的时候，还是去了音乐系，在布丽奇特有任何机会自己处理这件事情之前。

“我跟你说了我会在爵士乐队自己处理好这事儿的。”布丽奇特说。

“我倒是想趁这个机会问问他们到底在采取什么样的举措呢，”布丽奇特的妈妈说，一边把自己的一只肿胀的脚从鞋子里释放出来，慢慢地揉搓着，“在萨拉丁先生搞的所有这些烂事儿之后，我跟他们说：‘我就是想知道你们采取了什么措施。’”她盯着布丽奇特，挥了挥手里的鞋。她说：“啥都没有，就这措施。啥都没有，他们就做这个了。”

“我跟你说过不让你去的，”布丽奇特安静地说，“他们认为你在受我摆布。”

“布丽奇特，”布丽奇特的妈妈说，“你花在萨克斯风上的钱是我的，我要照我高兴的方式花我的钱。再说了，这也给了我一次机会让他们警醒点儿。啥都没有，他们就做这个了……”

萨克斯风教师安静地等待着布丽奇特回忆完毕。

“我想这是个谎言，”布丽奇特最后说，“我想她确实对我撒了谎。”她酸楚地说，被出卖的感觉啃噬着她的心灵。

“是一种侵蚀。”萨克斯风教师说。

“我想是这样。”布丽奇特说。节拍器仍旧在来来回回地摇摆着，在她们之间的空间回荡。

萨克斯风教师让布丽奇特沉浸在沉重的痛苦中一小会儿，之后说：“事实上，你母亲确实上周来找过我。来得很匆忙。之前她先去了一个你们学校的老师那儿。”

恐慌在布丽奇特的脸上肆意蔓延：“她说什么了？”

萨克斯风教师喜欢扮演布丽奇特母亲的角色。她沉默下来，直到使自己看起来苍白、细长、邋邋遢遢的，还有一点儿惊恐的样子，以一种拿腔作势的、神经质似的方式抚弄着围巾的一端。她说话时那双小眼睛总是游移不定，去瞟房间的各个角落。

“布丽奇特在老师这儿总是不讨好，”布丽奇特的母亲是这么说的，“老师们好像就是不怎么能和她合得来。倒也不是因为她是个坏孩子——她绝对不会制造事端——也并不蠢，但是她身上的什么东西总是会惹恼老师，好像她就是个不招人待见的孩子，我也不知道为什么。你怎么让你的孩子招人喜欢啊？我好像是错过了机会，好像机会已经从我身边溜走了。”

这是一次精准的表演。萨克斯风教师从角色中回复到自我，脸上带着愉悦的期盼表情，好像她知道自己有资格获得满分，但是仍然希望听到别人的认可。

“她总说那些话，”布丽奇特不快地说，“总这样谈论我，去见我的老师，告诉他们我有什么想法，或者问他们为什么我没有足够的想法，还有就是他们怎么应付这些。”

“那是因为她希望你达到最佳状态。”萨克斯风教师说。

“不是的，不是这样，”布丽奇特说，“是因为她没什么别的事儿可做，她就必须让自己搅在里面，要不然她就会无聊得发疯。”

“得了吧，布丽奇特，”萨克斯风教师以一种批评的口吻说，“你们学校上演的那出好戏——那个性丑闻——那件事儿确实让她受到了震动。她在为你担忧呢。”

这种风云突变的改变是萨克斯风教师与布丽奇特之间的谈话所特有的特点。突然而彻底的逆转总会引发布丽奇特的慌张，是一种令人满意的受伤的慌张，这慌张会让布丽奇特的脸上蒙上一层羞愧的表情，一种发自内心地觉得自己犯了无可挽回的罪过的表情，那就是自己说得太多了。萨克斯风教师带着满足感看着这种效果。

布丽奇特悲伤地看了一会儿自己的乐谱。她的马尾巴向下低垂着，上面扎着灰色的缎带。“她说谢天谢地你是个女人。”她突然开口这么说，好像这是她第一次思考这句话。

星期四

女孩儿们这么不情愿去的学校叫阿比·格兰其，也被俗称为卑鄙·格兰其，或者阿比·格外烂，依据你的心情及视角而定。对面中学的男孩子扬起双臂，从腋窝处开始贴着铁栅栏，透过栅栏大喊：“卑鄙·格兰其！”而当女孩子们抄近道穿过圣·斯尔维斯特的校园时，则总是大喊“梅毒”或者“圣·骚扰者”[①]，有时候并没有别人在场，但心里却总有一种扯平的感觉。

今天伊索尔德就想穿过光秃秃的操场前往阿比·格兰其，她顺着一条小道往前走，道路绕着被风吹散的垃圾蜿蜒向前，路上有很多被踩踏出来的泥坑，由于昨晚的冰还没有解冻，泥坑上面结了一层米色的硬壳。当阳光照耀在湿漉漉的沥青上时，蒸气便从无板篮球场上蒸腾起来。足球门后面被修补过的球网上挂着露珠，熠熠发光。球场上画着的区域分界线已经褪了色，从白色演变成了脏兮兮的灰色。学校大部分建筑都装着护墙板，呈奶油色或者浅黄褐色，但是有一簇新的建筑群坐落在旧的建筑中间，刚刚刷过油漆，所以比其他那些建筑的色彩都显得更鲜亮、更显眼，就像是新近的皮肤烫伤在愈合后会留下一块闪亮的皮肤一样。所有的树木都被铁项圈围起来，被一圈座位包围着，那些座位上留着每个曾经被禁锢在这里的学生的名字及命运的印记。

伊索尔德慢吞吞地向前走着，看着被灰色泥浆漫过的地方留下的痕迹，草坪上被修剪过的碎草漫过她的学校制服鞋边，进入到湿漉漉的袜子里。大多数女孩儿都顺着主入口拥入学校，伊索尔德很庆幸当自己向本班教室一路走去的时候，没有受到他人的打扰。到目前为止，自从萨拉丁先生离开学校之后，伊索尔德一直以来都享受着一种特殊的自由，所有的学生都觉得不自在，会避开她，就好像她非常脆弱，所有的老师都表现出轻快而漫不经心的样子，很明显是在尽力以一种最平常、最不去刻意关注她的方式来对待她。私密是受欢迎的，但是伊索尔德知道这种得自他人的名声已经是气数将尽。带着某种漠然的轻蔑，她已经注意到现在没有老师再拿她与姐姐对比了，甚至包括无板篮球教练，以前他非常喜欢重复一句话就是：“我敢说，你们两个——你们家的

---

① “梅毒”、“骚扰者”英文与“斯尔维斯特”英文形近。

水里肯定有什么东西。”

伊索尔德对着一个已经压扁的可口可乐罐踢了一脚，它朝学校的方向滚动了几米，她决心一直踢下去，直到教室。第一遍铃声响起。伊索尔德对着罐子又踢了一脚，把自己的英语课课外作业换到另外一个腋窝夹着，是一张手绘的海报，被紧紧地卷成一个筒，用几根橡皮筋给绑着。

伊索尔德对这次作业的构想是在海报上画一个国王，死在自己的床上，胸上插着一把剑，毯子上留下的血污形成了苏格兰国家的形状。画的下面是一句被引用的话：“流血，流血，可怜的国家。”伊索尔德善于画画，尤其擅长肖像画，这次作业伊索尔德下了特别大的工夫，因此她感到很骄傲，整幅画是由彩色铅笔和木炭画就，用天然漆喷雾喷涂，以防将其卷成筒状时会造成晕染。

“你知道每次莎士比亚用‘国家’这个词儿的时候，通常是指与‘阴道’有关的东西，”[①]维多利亚看到这张海报时这样说道，双肘靠在一张餐椅的椅背上，用评判的眼神向下看着这幅画，“那个时代里，所有人都太淫秽了。”

伊索尔德放下铅笔，把戏剧拉过来看。她不太相信，仔仔细细地浏览着那个被引用的段落，之后说：“我觉得没你说的那个意思啊。注解中啥都没写。”

“哦，这是学校版本，对吧？”维多利亚说，“这种版本是不可能有淫秽的内容的。相信我，国家总是表示阴道。国家的事儿——这就是《哈姆雷特》。‘哦，可人儿’中的‘可’也是一样的，是指阴道。”[②]

有那么几分钟，她们看着那张画。之后维多利亚加了一句：“你会在七年级学到的，到那时英语也不是必修课了，那时候你就会接触所有这些好东西啦。”

---

① 国家英文为 country，阴道英文为 cunt。

② 可人儿英文为 cunning love。

“你觉得我该重画一张吗？”伊索尔德问。她用食指和中指捏着一支铅笔不断地捻着，用一种新的眼光看着这张静态人物画。

“不用，我认为现在这样显得更聪明，”维多利亚大度地说，把头歪向一边以便从更好的角度看这张画，“那些血，还有其他的那些。我打赌你能拿高分。”

霍恩先生正站在停车场入口的旁边，伊索尔德拖着沉重的脚步安静地从他身边走过，胳膊下面还夹着那张海报。女孩们蜂拥而入，都戴着围巾和手套，有一些骑自行车的学生还踩着自行车踏板在人群中旖旎穿行，只用一根带子把头盔挂在自行车把手上，拖着它走。霍恩在不断地向女孩儿们挥手，并向那些骑在自行车上的人大喊：“下来，快走。”

“早，伊索尔德。”霍恩先生朝她喊道，伸出食指和中指点了点自己的额头，以示致敬。伊索尔德笑了笑，挥了挥手，走上音乐大楼的台阶，她们的教室就在这里。

她一进教室就有个同学冲上来说：“嗨，伊西，你好吗？”她向伊索尔德做了个假哭的鬼脸，嘴角下拉，像是在乞求，在她自己看来自己就像妈妈一样体贴而和蔼。

伊索尔德眉头紧蹙。“今天天气不好啊。”她说，因为假装天气不好还是比较容易的。

星期六

“男人可以权利与爱情兼得，”帕齐大声地读着，“但是却很少看到女人因其权力而获得爱情——女人必须毫无权力。因此当这个社会的女人获得权力的同时，她们也会发现获得爱情会难上加难。”她合上了书，用问询的目光看着萨克斯风教师，“你赞成吗？”

这是很早以前的一个场景，那时萨克斯风教师看起来年轻些，眼睛下面的皮肤更紧致，嘴角向下耷拉的纹路还没有出现。帕齐的身边堆满了书、纸和圆珠笔。外面下着雨。

萨克斯风教师向后倚在椅背上，思忖着这个问题，不太确定答案。“我认识一对夫妻，他们有个孩子，”她最后说，“一个小男孩儿，大约十四个月。爸爸每天工作，晚上才回家，孩子要不就笑着，要不就忸怩地露出笑脸，伸出小胳膊为爸爸表演。但是如果他的妈妈离开一会儿，把他留给一个亲戚或是邻居照看，而自己出去的话，她回来后，那孩子就会发怒。如果她靠近他，他便会瞪着妈妈，扭过头，拒绝让她抱，如果她离他太近了，他就会大叫。在孩子的心里，她没有权利走开，也没有权利离开他。爸爸的爱是有条件的，是必须要通过争取才能获得的，孩子必须把爸爸争取过来，而他也这么做了。然而他认为妈妈的爱毫无异议是没有任何条件的，当她把这爱收走时，他除了感到不公和被忽视，剩下的什么都没有。

“开始的时候，”萨克斯风教师说，“我挺为这个妈妈感到不平。我认为那孩子也太不公平了。但是后来我觉得我的想法改变了。”

“你的想法改变了？”

“是的，”萨克斯风教师说，“她也拥有一种权力。她有一种影响力。后来我是这么认为的。”

“你还没有正面回答我的问题呢，”帕齐说，“我问你，是不是在这个世界上当女人获得更大的权力时，就会发现自己更难获得爱情？”

“不是，”萨克斯风教师说，“我反对你对这个问题的措词，我反对你把权力与爱情假定为两个必然分立的东西。”

“你总是反对问题，”帕齐假装生气地说，“因为你总是反对问题，所以咱们从来就没在什么问题上达成过一致。”

“这正是你在大学里学到的啊，”萨克斯风教师说，“在中学，别人都盼着你给出答案，但是在大学里你所要做的全部事情就是对问题本身的措词提出质疑。这就是他们所希望的，你可以去问任何人。”

帕齐叹了口气，用手掌把书皮儿上的面包屑拂去。“荒谬。”但是她的声音里已经含有认输的味道。

“一年级的时候，我有个朋友，”萨克斯风教师说，“她每次写文章开头都是一样的。假如要让她写的文章是关于玛丽·雪莱的《弗兰肯斯坦》中的暴力形象，她就会这样开头：‘玛丽·雪莱的《弗兰肯斯坦》中有关暴力的问题具有双重性。’永远是这样，不管她写什么主题的文章：‘英国战前的民族主义问题具有双重性。’永远是这样。”

“如果什么东西没有双重性呢？”帕齐说，再度皱起眉头看着桌上那本教科书。

“事情总是具有双重性，”萨克斯风教师说，“秘密就在这儿。”

星期三

“我们学校有个女孩，”布丽奇特说，“她总是说些奇怪的谎话。我认为这些谎话很奇怪，是因为我觉得她在撒谎时，自己都不知道自己在撒谎。”

“哪个女孩？”萨克斯风教师问。

“威拉，”布丽奇特含糊地说，“但是你不可能看出来的。她人不错。”

布丽奇特拨弄了一会儿哨片，之后抬起头来。

“比如说，我总是会犯这种错误，”她说，“每次当我读 misled 这个词儿的时候，我总是没有意识到它实际上是 mis-lead 这个词的过去式，意思是使人进入歧途。我还以为有 mizle 这个单词呢，意思是欺骗某人。如果说你被 mizle 了，就是说你被欺骗了。所以我就总是说 mizled，而不说 miss-lead。”

萨克斯风教师的萨克斯风正挂在脖子上，她的指尖儿停留在萨克斯风上。当她把手拿开时，萨克斯风上便留下了几个潮湿的灰色晕圈，几秒钟之后晕圈就只剩下纹路了，直至最后消失。

“这个女孩，威拉，”布丽奇特说，“去年我们一起上矫正英语课，她听到了我说 mizled 这个词，当时老师给我做了纠正，所有人都大笑，因为这是个非常愚蠢的错误。后来在上周，我们正坐在一起吃午餐，很多人在一起。威拉就开始讲她自己如何总是把 mizle 当成了一个单词，而且总是在该用 miss-led 的时候用了 mizled。她把整个故事都跟我们复述了一遍，就好像这是发生在她身上的事儿一样。

“我非常仔细地观察了她，”布丽奇特说，“而且当她说这话的时候，她还在看着我呢，那么随意，在那儿嘲笑自己。我真觉得她不知道她是在讲我的故事呢，要不她应该看起来比较内疚啊，躲着我啊，或者怎么着的。我想她只是听到了我犯的这个错误，喜欢那个词的发音，过了一段时间之后，她就在心里相信了这是发生在自己身上的故事了。”

“你揭穿她了吗？”萨克斯风教师说，“当着大家的面？”

“没，”布丽奇特说，“那样大家都会觉得我无聊吧。”

“那么没人知道她在撒谎。”

“嗯。”

“这样下次你再无意间说 mizled 的时候，所有人就会认为你是想模仿威拉了。”

“是啊，”布丽奇特说，“如果我再犯这个错误的话。”

“但你知道每当威拉看到 misled 的时候，她头脑中是绝不会出现 mizled 这个词的。”

“是的，”布丽奇特坚决地说，“这是发生在我身上的事儿，她还在矫正英语课上笑话我了呢。”

“哦？”萨克斯风教师说，“窃取别人的故事安到自己头上当然算不得什么英雄事迹。我相信我是能想出更好的故事来的。”她再次把手拿开，潮湿的灰色晕圈变成了蒸汽，之后消融。

布丽奇特涨红了脸，无法清晰地道出自己因撒谎者威拉而感受到的屈辱甚至愤怒，这个掠夺者，这个不知羞耻的窃贼。布丽奇特的故事本来就不多，即便是算上那些没给人留下多深印象的。但是现在又少了一部分，她的生命又被剥夺了一部分内容，变得更贫瘠了，她的思想又少了一部分独特性。所有这些都是因为那个小女孩窃贼。

“但是现在她把这些都当成自己的记忆了，”布丽奇特说，艰难地继续叙述，“真实的记忆，她认为自己当时每次读那单词时，就是会犯那错误，还大笑着嘲弄自己，说：‘真是个白痴’，好像无法相信自己有多蠢一样。而实际上不是，她不蠢，她向来都知道怎么发准那个音。”

“也许她还真个说谎者，”萨克斯风教师说。

“但如果她不知道自己在说谎，”布丽奇特说，现在都快歇斯底里了，“而且别人也都不知道她在说谎，并且现在她又在脑海里真把这当成自己的记忆了——”

布丽奇特突然停下来，像一条被抓住的鱼一样张着嘴巴。

“那就不妨权当这是真的吧。”她最后说，心不在焉地用手拍了拍身体两侧，一次，两次，之后停下来。

星期一

“上五年级的时候萨拉丁先生教过我。”星期一的下午，朱莉娅突然在上课的时候这样说道。

“是吗？”萨克斯风教师说。

“是为了准备校毕业音乐会，”朱莉娅说，“我总觉得他有点儿书呆子气。”

“哦？”萨克斯风教师惊奇地说，这种认为萨拉丁先生书呆子气的概念对于她来讲是前所未闻的。有那么一刻，她在嘴边儿品味着这个全新的概念。

“那一年她和我们一起上音乐课，”朱莉娅继续说道，梦呓一般，“维多利亚。那时候他们一准儿没在一起呢，时间还长着呢——她那时还没开始上管乐单独辅导课呢。我前两天想起这个来了，后来我就一直想啊想，努力回忆那一年后来发生的事儿，把我能想起来的他们在一起的事儿都想了想，并给这些事儿加上了一些新的意义，比实际上它们具有的意义还多的意义。”

“然后呢？”

“有一次，”朱莉娅说，“有一次萨拉丁先生说：‘维多利亚，如果你在下节课再动一次那录音机，你就会立马死掉，你是不是想试试看我能不能做到？’”朱莉娅把乐谱架扁平的支腿支起来，把乐谱放好，“我应该在心理辅导课上提这事儿的，”她说，一边粗声粗气地往外哼气，“之后我就该痛哭。”

“今天的心理辅导课怎么样？”萨克斯风教师说。

“批评是有帮助的，而比较是侮辱，”朱莉娅说，“比如说，‘我发现你的态度是有害的’——这就是批评，这个可以。‘我觉得你怎么那么像你妈呀’——这是一种比较，这个就不行。我们先是学了这个，后来又分角色表演。角色表演是个有用的工具，可以从不同的角度去探究同一种情况。”

萨克斯风教师没说什么，用拇指摩挲着陶瓷杯子的粗糙边缘，一边等着朱莉娅接着说。

“因此我就举起手，”朱莉娅说，“我说：‘那么如果是同一性别的关系呢？’我说：‘显然在同性关系中，比较的方式占的比重大，比如说我比你胖，我比你更阳刚，我没你那么洋气，也或者说和你比起来我就是个蜜糖老爹啊，等等。’我跟辅导员说：‘如果比较是侮辱的话，那是不是说明你认为同性伴侣要比普通的伴侣更容易侮辱对方啊？’”

朱莉娅拖着脚步来回地摆动着身体，淡淡地得意于她那少年的偏执的逻辑，想到当时的教室中那骇人的令人厌恶的寂静，辅导员揉搓着自己的前额，女孩们都满面怒容地穿过寂静的空间看着她。朱莉娅想到这些时无比得意。

“辅导员就说：‘朱莉娅，我们现在没在讨论同性之间的关系，萨拉丁先生曾经是个男人而维多利亚曾经是个女孩儿，咱们别偏离主题。’他像平常一样用了过去时态，好像他们两人都死了似的。”

朱莉娅现在结束了她的叙述，她拿起萨克斯风开始吹奏。她刻意删掉了下课铃声响起之前这一幕的最后一节。当所有女孩都把脸转回去，面向前方，辅导员皱着眉，伸手去摸自己的笔记本时，一个漂亮女孩在座位上转过头来不满地道：“切——为什么你总是非得说这些东西呢？每次你都说这些，目的就是要看看我们有多尴尬。其实是你自己没办法从头脑中摆脱掉这些东西，你就把它说出来，目的是为了寻求刺激。真让人恶心。”

星期四

有时候，萨克斯风教师自娱自乐，试图想象如果把这些角色互换一下会是什么样子。她想象着现在扮演布丽奇特的女孩若是换去演令人垂涎的角色伊索尔德的话，那会是什么样子。在头脑中，她把这个女孩进行了彻头彻尾的改变，去掉了她细长而平淡无奇的头发，换成了一头耀眼的长发，从头上正中间的位置向两边垂落下来，脸颊变得红润了，并且把她的表情变成那种淡然的受伤的样子，这是伊索尔德特有的表情。她又给布丽奇特加上了一块银表，校服衣领下还挂上一条精致的银项链。伊索尔德这一角色会不时地用指尖无意地缠绕着项链；有时候当她在思考的时候，她会把它拎起来放到嘴里咀嚼着，项链嵌入她双颊光洁的皮肤里，像是一副上等的银质马缰。

毋庸置疑，伊索尔德这一角色之所以让人垂涎，并不是因为任何其潜在的特质：这一角色之所以让人垂涎，是因为她与流言缠身的姐姐距离如此之近。耻辱、名誉尽失所引发的经久不息的回声波赋予了她力量，就像是某个漂亮女孩儿说“我只是想自己待会儿”一样，两者具有异曲同工之处，都被赋予了力量，自此以后这漂亮女孩儿总是被那些心事重重的、关心她的跟班儿们随时留意着，她们闲聊时相互之间窃窃私语：“我担心她会做傻事儿。”即便是不甚聪明的布丽奇特也能看出来伊索尔德与维多利亚在距离上的贴近，使伊索尔德这一角色增色颇多。

想象着猥琐的布丽奇特扮演了伊索尔德的角色，萨克斯风教师微笑了起来，这使她不禁遐想，或许真的有一丝希望吧，这个苍白、细长又邋邋遢遢的女孩儿，这个总是咬着自己的发梢，把短裙提得高那么一点点，显现出一副非常努力的表情的女孩儿。

对于布丽奇特这一角色，萨克斯风教师则想象着让现在扮演朱莉娅的女孩儿来扮演。在头脑中她给朱莉娅重新着了装，穿上了破旧、肥大又总是有些褶皱的学校制服。她想象着女孩儿的姿态发生了变化，变得内向，一副歉疚的样子，蔫怏怏的，像是未经加工的熏肉外皮在平底锅里遇热萎缩起来一样。布丽奇特这一角色是这三人当中最容易扮演的一个角色，因为布丽奇特是个受害者，而受害者总是容易演的。扮演完了朱莉娅之后，再去扮演布丽奇特会易如反掌。

对于朱莉娅这一角色，萨克斯风教师把现在扮演伊索尔德的，长着圆脸蛋的女孩儿给塞了进去。这种转型是最难在头脑中形成图像的，因为它最难以捉摸。萨克斯风教师思忖着或许现在扮演伊索尔德的女孩儿太稚嫩了，所以无法去扮演朱莉娅：对于这个未经世事的女孩儿来说，朱莉娅总是能够完美地体现一种自我厌憎式的高傲。这太老到了，伊索尔德还没遭遇那么多事，很难完美地把它体现出来。

萨克斯风教师玩味地想着自己的学生，此时她正坐在窗边，用手托着下巴，向窗外看着屋顶和云彩。这时响起了敲门声，她把泡满红茶的水缸放到一边，用手捋了捋裤子说："请进。"

星期一

在庭院的中央，一棵银杏树从一小片正方形的土池下生长出来。在树干的根部周围，有的地方树根向外膨出，水泥便也向外突出来，或者已经爆裂。银杏树的地下部分已经改变了方向。银杏树的落叶现在已经被踩成了黄色的泥浆，散发着臭味，堵塞了排水道，弄脏了鹅卵石，给路面上覆盖了一层脏兮兮的薄膜。

时间尚早，她能隐隐约约地听到低低的中音萨克斯风呜奏声，是上升音阶，声音飘荡在房瓦上，沉入到空寂的庭院中，飘落在光秃秃的银杏树上。庭院中耸立着一个古老的瞭望塔，现在已经不对外开放，由白色肋拱支撑的圆顶上生出了一片污秽的苔藓，斑驳的锻造铁艺楼梯上覆盖了一层鸟粪和灰尘。

萨克斯风教师的工作室处于一片没有什么规则而随意建起的建筑物当中，曾有个博物馆驻扎在这其中的一栋楼里，还有几个不引人注意的大学里的院系。如今这些由砖墙搭建起来的四方院和回廊，还有不经意间冒出来的狭窄花园，都以私人的名义被出租了出去；旧时的各个展厅也都被分割成了办公室、工作室或者仓库。

中音萨克斯风上升了半音，重复地练习着。伊索尔德看了看

表:她早到了近十五分钟。她懒散地摇摆着自己的萨克斯风乐器箱,环顾庭院的四周，想看看有什么事情可做。水泥因为近几天的雨水而发黑变暗，晦暗的污水坑在排水道下汇成小塘，鸟儿在电线间跳来跳去，一边抖落着身上的水滴。伊索尔德随意地从银杏树旁走开，离开高高的瞭望塔，又随性走入一条小巷之中，下意识地想去找个面包店买个热狗面包。

当她穿过几个回廊之后，开始听到低沉而遥远的鼓点的重击声。远远的在回廊的另外一头,有几个卖热面包的车子停放在那里。有时候那儿附近会有免费的戏剧或者艺术表演，她心不在焉地追寻着那声音，穿越了狭窄的拱门，到了一处湿漉漉的、两边是砖墙的小巷，一直走到一个敞开的门前面。

一个钢闩将门水平地一分为二，在齐胸的高度处有一小片地方在闪闪发光，成千上万只手把此处的油漆都磨光了。现在有一块砖被夹在门的敞开处，伊索尔德可以听到里面的叫喊声和清晰的鼓点重击声。

她静悄悄地闪身进入门内，轻轻地走过走廊，踏上一小截白色的向外突出的楼梯，走过几处后台的化妆室，化妆室的门都微微地敞开着。这时她意识到自己一定是从演员出入门进入到古老的剧院大厅了。她迟疑着，几乎要转身走掉了，但是现在鼓点的重击声却变大了，她能听到有人在说话，于是她决定继续向前走，至少在顺原路溜回去之前要看上一眼。她进入厚重的天鹅绒遮蔽的舞台侧翼，在黑暗中摸索着前进，直到她发现垂幕处有个缺口可以让她瞥见舞台。

她站在侧翼上，发现舞台看上去很凌乱：粉笔及铅笔画的线条都清晰可见，彩色的舞台背景歪歪扭扭地挤在一起，一点儿也不好看，在远处对面的侧翼上是乱七八糟地堆在一起的道具和服装。伊索尔德看到有几个人正在舞台的后台上观看，侧翼上垂落的幕布来回地颤动，把他们隔离开来。有几个人正穿着戏服，双脚紧扣在地面上，紧张地站在那里，等待着听到自己上场的提示。她的目光可以穿越舞台的脚灯，看到上下两层的观众席的下半部分，模糊而黯淡。舞台上，在她的眼睛里显现出来的都是演员们的轮廓，轮廓的边缘发着亮光，就像是日食的边缘上那条闪亮的光线。

在舞台的中心位置站着一个男孩，包着一块红色的头巾，身上穿着褴褛的拖着后摆的衣服，脖子上戴着破旧的轮状皱领，手上戴着一副脏兮兮的白色手套，松松垮垮地套在手腕上。他的眼睛上方垂直地画着一些菱形块，像尖矛一样顺着脸颊向下，在扑着粉的脸上勾勒出一道黏糊糊、油腻腻的痕迹，这使男孩子看起来有一种古怪的受苦受难的感觉，立即制造出一种既让人发笑又让人感到忧伤的效果。从伊索尔德站着的角度来看，她几乎看不到他的侧面轮廓，只能看到他面颊的弧度，包头巾在太阳穴的上方鼓出来，每次在他转头的时候，她都能看到那黑色的菱形块一闪而过。

“这是一整副扑克牌，”男孩对着黑洞洞的空间说，洗着纸牌，利落地将纸牌从右手像小瀑布一样洒落到左手中，“没有王牌。纸牌 A 是一点。你从这里抽出一张由你保留，走到哪儿你都带着这张牌，像是带着一个不可告人的秘密。”

男孩挥舞了一下手臂，让纸牌在铺着软布的桌子上呈现出一个扇状拱形。现在伊索尔德的眼睛适应了黑暗，才意识到在台上还有其他人，都穿着红黑色搭配的衣服，泡沫般分散在男孩的周围，像是被隔离的麻风病人。男孩个头很高，神情倨傲，周身环绕着夺目的光芒，被强烈地照耀着，就像是照片被过度曝了光，形象明亮又模糊，眼睛也由于正对着光线，而显得目光呆滞，像是反光玻璃。

“如果你抽到的是黑色系中的一张牌，那么你会被男人吸引；如果你抽到的是红色系中的一张牌，那么你就会被女人吸引；牌面上的点数表明了你的性魅力指数：十意味着你的性魅力不错；一点意味着你只是认为自己不错。”

男孩一边说话一边用手利落地从整副扑克中抽出一张张的扑克牌，把它们夹在拇指与其他手指之间，之后快速地弯曲手指，于是纸牌就被弹出来，漂浮在上空。他伸出空手抓住被弹出来的那张牌，而另外一只手已经伸出来准备弹出另外一张。这营造出一种耍杂技的效果，纸牌被抛起，像是一个发散状的小拱形，之后又在它们掉落之前被迅速抓住。

“如果你抽到人头牌，那么你的性生活可能就会变得复杂点儿了。总体来讲，任何系列的皇后牌都会迫使你穿上异性的服装，国王牌则会给你一种性虐待的趋势，而杰克牌则赋予了你一种受虐的趋势。但是也有例外。”

定音鼓的声音越来越大，当鼓声变得又慢又高时，男孩则变得越来越紧迫。他的动作越来越快，嗓音越来越尖，音频则越来越给人一种迫切感。舞台上的那些黑衣人开始翻滚挣扎。

“方片国王牌是唯一一个没有佩剑的国王，他佩的是一把斧头，正是因为这个原因他被称为斧头男。如果你抽到了斧头男纸牌，你的性趋向可能会发展成为一种性变态。

“所有的人头牌都以全脸示人，只除了三张牌：两张杰克牌和一张国王牌总是以侧脸示人，只有一只眼睛露出来。如果你抽到了这其中的一张，那么你就可能会有自欺和不诚实的趋势。

“但是所有这些人头牌中最重要的是黑桃皇后。”

有人从后面重重地撞了一下伊索尔德。她疼痛难忍，踉跄着迅速转身，一个男孩向后抵着侧翼幕布倒退了几步，一边咒骂着一边迅速抓住幕布试图稳住自己，双脚在破旧的石灰石地板上滑动，在他试图重新获得平衡的挣扎中，另一只手臂来来回回剧烈地挥舞着。他挣扎着试图握紧他正拿着的一个权杖，但是那权杖却咔嚓一声掉落，从幕布的褶皱下面滚了出去。

他严厉地看着她，皱起眉头。“你在这儿干什么？”他不满地发出咝咝声，同时已经俯下身去寻找自己的权杖。

“我只是来看看，”伊索尔德说，当男孩在半明半暗中四处摸索的时候，她快速闪身向后退了一步，说道，“对不起。”

“斯坦利！”台上的一个麻风病人发出咝咝声，“斯坦利，该你了！”

没容伊索尔德再说什么，男孩匆匆地抓住了权杖，快速站起身来，急匆匆跑上舞台，一边把皇冠扶正，在被灯光照亮的前半秒钟将权杖抛起旋转过来。当他进入舞台刺眼的光芒中，伊索尔德最后一眼瞥到他时，他的脸是一张变了形的脸，介于自然的表情与漫画的夸张表情之间。这张脸自内向外发生改变，就像是浴池中的塞子从底部被拔起，浴池中的水的表面开始收缩和下沉一样。

伊索尔德的心还由于刚才的碰撞而怦怦乱跳，她突然为自己这样未受邀请就观看别人的表演而感到羞愧。她转身溜了出来，回到了她刚才走过的那白色的向外突出的楼梯处，轻轻地悄无声息地走下窄仄的楼梯，之后冲入弥漫着银杏味道的明亮日光中。

第六章

四月份

“是面具还是脸孔？我总问自己这个问题。是面具还是脸孔。”

形体主任倚着教师办公室中的散热器，清瘦的手包在他的水杯上，眉头紧锁，目光呆滞，盯着地面油毡上一点已经模糊的污渍。“那个高个儿女孩儿，”他说，“今天，在表演那个……那段摘自……她今天表演的那段——哦，快提示我一下！”

表演主任突然把报纸压低，从眼镜的上部看着他：“来，恶魔们……”

“来，注视着人类恶念的恶魔们！解除我女性的柔弱，用最凶恶的残忍自顶至踵贯注我的全身。是的。”形体主任站在那儿战栗了片刻，“她永远都不可能成功扮演那个角色。她被封闭在自己那双圆圆的小眼睛里，被封闭在她光洁的、完美对称的脸蛋里。我看她的表演的时候，我能想到的唯一一件事儿就是她从来不会思考那些台词。不是她。不是那张脸。那张脸永远不会勇于做那种事。如果我去看她的表演的话，我就会走掉，而且会说：‘麦克白夫人绝不是这样。’”形体主任懊丧地甩了甩头，“我看着所有这些人，”他说，“我看到了那么多希望、活力和决心，但所有这些都被封闭在他们的脸蛋里，永远都不会得到肯定，永远不会令人印象深刻——现代、娇生惯养、柔软光滑的脸蛋，从来都不知道什么是悲剧、困苦、绝境，甚至都不知道……上帝，大多数人几乎在里面生活了一辈子。那个女孩儿——今天演麦克白夫人的那个。好像她是用塑料做的，太光滑，太圆润，简直不真实。她永远都逃不出那种光滑，那种圆润，她永远都逃不出她那张脸。”

“你情绪很低落啊，马丁，”表演主任一边说着一边取出一片阿司匹林，轻快地把它放到自己的咖啡中，“我想她没那么糟吧，我倒是挺喜欢她那种清新感的。‘进入我的妇人的胸中，把我的乳水当做胆汁吧！’——我觉得这些都有极强的诱惑性。她并没有试图使人产生邪念。”

“她之所以没试图使人产生邪念，是因为她根本就不明白她说的那该死的台词是什么意思。”形体主任抢白道。

一片寂静。形体主任低下头吞了口水，以一种粗鲁的方式，每喝一口热水，就喘一口粗气，每次吞咽时都像爬行动物一样把嗓子夹紧。表演主任想："这就是单身汉的习惯，长期自己吃饭，所以就变成这样。"他突然觉得形体主任很可怜，与此同时把报纸放下来。

他对这个世界的不满总是表现出如此明显的个性特征，表演主任想；每次当什么事情有些不尽如人意时，他总是能找出最新的失望点，并且像孩子一样把这失望四处示人。对于他这个年龄的人来说，这表现为一种好奇的无知——一种愚蠢的糟蹋自己的无知，因为他明明知道自己会失望，但却仍旧期待完美。

形体主任本能地倾向于简单而踌躇，然而他却不是一个谨言慎行的人：正相反，他是一个焦虑、犹豫而又充满抱怨的人，总是在诸多观点中犹疑不决。他永远都处于某一信条的阴影之下，永远处于某个流光溢彩、而黑暗当中却蝙蝠云集的大教堂的阴影当中；在他倾慕它、膜拜它，敬畏着它宏伟的外观轮廓时，同时也永远不可能让自己去真实地触摸它；他永远也不会敲门进入其中。

表演主任看着他蜷缩在那里，满面怒容地对着自己的咖啡杯，把肩胛骨缩到一起，甩动着脑袋，好像自己的皮肤已经打了褶一样。表演主任想："好像在他的内心深处，他还仍旧是个十几岁的孩子，还没有丢掉那种自私地盲目地陷入爱河的能力，而且还陷得很深。"他怀疑自己是否在嫉妒这个男人的好奇心，嫉妒他苦恼于自己的选择，嫉妒他那破碎不堪的挫败感，也嫉妒他苦恼于这个世界上公正的缺失。

"今年这帮年轻人很糟糕吗？"表演主任说，"是因为这个你的心情低落吗？"

年纪轻些的形体主任颓然地坐到椅子里，像是个泄了气的皮球。"不是。"他迟疑地拖长了声音说道。

"你刚才在问你自己，是面具还是脸孔。"

"是啊，"形体主任说，之后叹了口气，"我过去一直都相信脸孔，我整个生命中都是相信脸孔的。我想可能我已经改变了观点。"

二月份

无论何时，学院里的一扇门被关闭，另外一扇门就总会被打开，伴随着砰一声的气流爆破声，门被温柔地向前推开，被一股看不见的气流推动，要知道气流是不可能被阻止的。这种四处流动的气流赋予了这些建筑一种喃喃的私语声，有一种灵异萦绕的感觉。斯坦利如果在身后关上了一扇门，便总是能听到另外一扇门咔嗒一声被打开了，就像是忠诚的回音，源自门厅旁边稍远一点儿的阴影位置。所有的门把手都发出咔嗒咔嗒的声音，细小的裂缝蛛丝般分布于门把手的瓷釉上，像是脏兮兮的蕾丝。

新的学年是以浩大的《李尔王》开始的，由即将毕业的学生导演，所有的主角都由那些指导教师扮演，他们都身着紫红色和灰色色调的衣服，高傲而又熠然生辉。李尔王由学院从前的表演主任扮演，他已经退休很长时间了，是一个健康而有活力的人，长着长长的牙齿，稀薄的白发像僧人一样在前额处被利落地刮干净。在闭幕之夜大约一个月后，一件新近熨好的戏服被挂在了斑驳的走廊墙面上，衣领处还留有血液染成的黑色污渍。当时在表演的时候，黏稠而猩红的血从形体主任的空眼窝处流出，顺着他没刮过胡须的灰色下巴外侧滴落到衣领上。

新的一年庄重地开始了。《李尔王》的排演在某种程度上就是一个挑战，展示给新来的学生，目的是向他们展示一种传统，后来的人只有通过艰辛的奋斗才能让这种传统继续。有那么一段时间，它起到了预期的作用。在最初，新来的学生都怀着一种被驯服的敬畏仰望着他们的指导教师以及高年级的学生，但是几周慢慢过去之后，他们渐渐开始得意起来，目标和自信心都开始无限膨胀。

“我是一名演员。”斯坦利惊奇地听到自己这样描述自己，在片刻的停顿之后，他发现自己很高兴对自己下的这个定义，这甚至赋予了他力量，“在戏剧学院。”他又补充道，然后就自信地等待着与他对话的人说：“哦，那所学院。那所学院应该是很难进的，对吧？你一定非常出色。”

这一学年的最初几周似乎在匆忙中度过。在最初，这帮一年级的孩子都相互表现出试探性的、谦卑而害羞的样子，而事实上每个学生都试图在这一团队中的各个层面中谨慎地开拓出一块属于自己的领地：不同的人想让别人把自己当做不同类型的角色，有喜剧类型的、悲剧类型的、特立独行类型的，还有复合类型的，每个人都划定出了自己的领域，都给自己定位，找到一些简短的形容词来描述自己，界定、申明自己属于哪一种性格特征类型，这样其他人就不会再有机会也向这一性格类型发展。当人们上完一堂形体课之后，顺着门廊准备去上声乐训练课的时候，其中一个女孩会随意地走到全班同学的前面，说道："上帝，我爱你们这帮家伙！我爱你们所有人！"只是为了确保让别人毋庸置疑地认为她是属于甜蜜类型的人。一旦这一位置已经被占据，其他的人就会急忙去让别人知道自己在社交、音乐或者才智等其他领域上的天赋。每个人都为自己划定出一片别人无法触及的区域。其他的学生都会说："埃丝特真有趣"还有"迈克尔太坏了"，就这样每个人都赢得了双重的肯定，无论是作为一个人还是作为一个性格类型。

斯坦利并不确定自己作为一个人来讲，什么样的性格特征使自己更为突出。在这一年的开始，他犹疑不决，让其他的男孩子都申明了自己的角色类型：领导角色、运动员角色，还有小丑角色，带着某种莫名的敬畏旁观着他们征募自己的崇拜者和观众。他猜测自己是想让别人认为自己敏感而富于思想，但是却并没有非常积极主动地去争取这一定位，所以这些位置也很快都被占据了。他发现自己的阴郁气质完全被另外几个更加雄心勃勃地想表现为忧郁类型的男孩子给遮蔽了，人们审视着那些男孩子，看他们把发梢甩离前额的样子；看那些瘦削的男孩书包里尼采的平装书悄悄地拱出了鼻头；看那些男孩子总是带着一副敏感而孤苦的表情，永远是焦虑的，总是有些营养不良的样子。每当这些男孩子开始讲话时，班上的人都转过身来，恭敬地听他们说话。

斯坦利发现自己被悄悄地引入到班级中徘徊于中游、毫无特色的一组人当中。正如这组人中的其他人一样，他还怀揣着一个渺茫的希望，那就是某一天他会进入自己的角色定位，而且超过其他所有人。但是这一希望也几乎破碎了，斯坦利在课堂上几乎没有什么出彩的时刻。

"我们会帮你大放异彩的，"一天早晨即兴表演主任一边对斯坦利这样说着，一边走近斯坦利，用手指点了点他的胸部，"里面有货啊，"她说，"这几天就会开花结果的，顷刻之间。你等着吧。"

即兴表演主任走了，留下斯坦利，胸骨上还留有她触碰之后热乎乎的余音。一种喜悦之感油然而至，在接下来的几天里，乃至几个星期里都一直伴随着他。他更加用心地展示自己的技能，一股自信的胚芽在他胸中日益成长，直至快从他的胸腔崩裂出来。他开始相信自己会有丰硕的成果，带着一种虔诚的期盼等待着，就像是一位牧师等待着祈祷者的祈祷会得到回应。他对自己的失败变得更有耐心了，心安理得、信心十足地认为在不久后的一天他必然会成功无疑。

“奇怪的是，”即兴表演主任后来在教师办公室说，她停下来用自己闪闪发光的指甲数着针脚，与此同时把羊毛方片拉平整，以检查自己的进度，“奇怪的是，咱们得有多照顾他们的自尊心啊，咱们就是这样做的。我能看出来这对他们的影响有多大，让他们燃起希望之火，因此我觉得自己对此负有很大的责任，甚至觉得有负罪感，就好像我正用一把上了膛的手枪对准了一个孩子一样。”

“所有的演员都会因为这个职业而变得心理扭曲的，”表演主任一边回应着，一边抖了抖报纸，并沿着原来的中缝将它平整地折叠起来，“咱们让他们的自尊心膨胀，用来弥补他们所有会遭到蹂躏及破坏的东西。你不是在伤害他们，格伦达，你只是在让打击变得和缓一些。”

斯坦利中学的朋友们现在都四散而去，淹没在本地的哪所大学里，或者哪所理工学院，也有的背上了行囊到海外的什么地方去寻求更好的机遇。斯坦利把自己泡在学院里面。一年级的学生每天都必须花很多个小时在学院里学习，而斯坦利越来越多地发现了到学校的各个建筑物中度过周末的理由，可以四处游走于剧本图书馆中，或者拿上一本书走上位于舞蹈大厅上面的景观长廊向下俯瞰舞蹈大厅，在那儿他可以观看周末在那儿上课的人在上芭蕾课、形体训练课以及基本人体组织课。他发现了另外两个住在公寓里的一年级同学，像他一样，这两个瘦削而忧郁的人也把自己生活中的其他东西都搁置于一边了。他变得那么全身心地、彻底地沉醉于学校，以至于有时候他会想到那个怀里抱着古老的留声机的、脸色阴沉的、来自服装部的男孩。有几次他曾看到过那个男孩，走在去往艺术系或者从艺术系回来的路上，总是拖着一罐罐的油漆，或者一袋袋的丝织物废料，又或者是刚完成了一半的玩偶，上面还插着大头针。

在家里，男孩子们所谈论的话题永远都是表演、电影、戏剧，还有街头的表演及变革。由于这些内容都与自己不相干，遮蔽在这样一个保护伞之下，所有的人都感到很惬意，但与此同时却也都有些轻飘飘的感觉，就好像他们在一起，只有他们自己，正站在一个崭新的、尚未在地图上标注的世界的边缘上。他们畅谈至深夜，在油腻腻的报纸碎片上打草稿写剧本，并构想着某一天别人会付钱让他们说出怎样美妙的谎言。

“别人给咱们写传记的时候，”和他住在一起的那些学生说，“别人给咱们写传记的时候，所有这些都该写入开篇章，这是进入重大转折之前的一章，是我们功成名就之前的一章，是即将风起云涌的一章。这也会是一个令所有人都感兴趣和受到鼓舞的章节，因为这一章会向世人展示我们只是一个跟其他人别无二致的群体，是一个起点低微的群体，是一个曾经贫困、奋力挣扎、收入平庸的群体。这样一来，这一章就会是整本书中最有趣的一个章节了。”

斯坦利开始用另外一种眼光看待自己了，珍惜着自己可能会派上用场的所有东西，小心地刺痛自己，以寻求自己的弱点，既害怕又同时希冀着自己会把自己搞得伤痕累累、淤肿连连。他的父亲，过去从未作为一个突出的角色被囊括在他的日常生活中，现在则开始作为一个悲剧的源泉浮出水面，要去挖掘、去开采、去消磨。在班里，他越来越多地谈及自己的父亲。渐渐地，也是无意识地，斯坦利开始认为自己是一个悲剧人物了——并不是一个普通意义上的受到鞭笞打骂的青年受害者，而是一个从更深刻意义上受到不公待遇的人物，是一个高贵的人物，一个情感遭到磨难的男主角。在夜晚，他唉声叹气，用手捶打自己的枕头，有的时候则会失声痛哭。

“*总想一夜成名*，”表演主任在教师办公室说道，带着一种父亲般的自我解嘲的口吻，“咱们接触他们的时间太晚了，问题就出在这儿，咱们该为十六岁的孩子设立一个学校，这样他们就可以在十九岁时拿到学位了，他们必须得逃课来参加试演。这对他们有好处。”

“他们入学前就已经成形了，”声乐主任道，“精神层面成形了，思想道德方面成形了。现在什么事儿都开始得那么早。”

“而且他们那么爱自己，”即兴表演主任道，她用力地扯了一下毛线，让毛线球在桌子底下滚到远处，“这是最难克服的事儿。”

在楼下，学生们的自助餐厅里，一年级的学生们都聚在一起进行着类似的辩论。斯坦利一边夹起一小条灰白色猪肉，一边若有所思地听着。

“你必须得赞美这些到这儿来的人，”其中一个人正在说，“这些人选择把自己放置在展示台上，他们选择去把玩的正是使自己变得最易受到攻击的方面。他们是世界上最勇敢的人。”

四月份

雾一般的细雨斜斜地飘落在地面上，打湿了石板，肥厚的苔藓上挂满了一层细密的水珠，像是银色的露珠。在技术操控舞台侧翼的走廊上排列了很多树脂长椅，斯坦利四肢摊开，懒散地躺在其中一张长椅上，两条腿缠绕在散热管上。他在读书，拇指横在书脊的最上端，这样书就不会合上了。

“你是为早期现代戏剧课做阅读吧？”一个也是一年级的女孩

儿一边说着，一边走过来，一下子坐到他身边的地板上。

“是的，”斯坦利说，轻轻地挪动了一下大拇指，停在自己刚刚阅读到的地方，“我分到的是《复仇者的悲剧》[①]，你分到的是什么？”

“《炼丹术士》[②]，”女孩儿回答说，一边把自己的书包拉开，拿出一本已经卷了边的剧本的摹本，“我还没开始读呢，你的是什么内容？”

斯坦利思考了片刻，之后说：“是说一个男人把自己伪装起来，目的是为他的爱人复仇，但是在他的复仇结束之后，他发现自己已经不能卸掉这个伪装了，他伪装成这个人太久了，所以就变成了这个人。”他把书翻过来，再次看了一眼封面，上面画的是一个穿着斗篷的男子正在试图抢夺一具骷髅头，头骨是用鲜艳的桃红色和猩红色画的，面颊骨则是胭脂红色，两个眼窝处则是用有光泽的黑色各自圈出了一个圆环。

“酷，”女孩儿说，一点儿不为所动，她叹了口气，把腿向外伸展开，俯身用双手握住自己的脚趾，“昨天上的舞蹈课快把我的骨头弄散架了，”她说，“我一瘸一拐地走回家，像是真瘸了。”

“哦。”斯坦利说。他停顿了一下，盘算着下面该说些什么。他几乎已经张嘴要说舞蹈课让他汗流浃背了，但是又停了下来，话头儿卡在嗓子眼儿里。他又几乎要开始以自我否定的方式喋喋不休地叙述自己的不适应了，但是又一次停了下来，转而焦急地想要找到一些关于舞蹈教师或者舞蹈课本身的话题来说。但是等他找到话题的时候，已经过去了太长时间，他突然僵在了那里，由于意识到自己已经停顿了太长的时间而无比不安。女孩儿动了动，伸出了另外一条腿。那本毛了边的《炼丹术士》从她的腿上

① 詹姆斯一世时期戏剧作家西里尔·图尔纳（1575—1626）的作品，于1606年上演。

② 巴西著名作家保罗·柯艾略（1947— ）的畅销小说，国内译名为《牧羊少年奇幻之旅》。

滑落下来，掉到旁边的地上。

“这儿所有的舞蹈教师都是虐待狂，”她说，“看看我这儿的淤伤。”

斯坦利看了看。几道细细的手指状印痕呈淤紫色，凹入肌肤，横穿过她的髋部，在骨头的表层肌肤处形成了一片模糊的红色。她用一只手指令人动容地抚摸着那片淤肿，同时用另外一只手把运动服的腰带拨开，露出她的肌肤。

“哇噢。”斯坦利说。

“但是我也确实容易被磕青。”女孩说。她把那块淤伤重新盖在腰带下面，然后又恢复了把腿伸开的姿势。

“嘿,这个剧本确实不错，”斯坦利说,终于放开了自己的舌头，做出第二次尝试，他心不在焉地用那本《复仇者的悲剧》拍打着自己的腿，“太恐怖了，也让人恶心。”

女孩短暂地瞟了一眼那本书的封皮：“是那个吗，一个人用匕首把另外一个人的舌头钉在了地板上？”

“是啊！”斯坦利说，“而且在他快要死的时候，被迫观看自己的妻子和自己的私生子做爱。”

“哦，我知道那一幕。”女孩儿说。

她的冷淡似乎是将他们之间的谈话决然地结束了，啪的一声关闭了那扇门，没留下一点儿回声。她叹了口气。斯坦利敲着自己的手指，迟疑了一下是否要重新打开书继续读下去。他做了一个中庸的选择，把书翻转过来，读起了书后面的内容简介。

“昨天上课后你身上有淤青了吗？”过了一会儿，女孩说，眯起眼睛饶有兴趣地看着斯坦利，眼睛在他身上上上下下地扫来扫去。

“我只是出了很多汗，”斯坦利说，当他说这话的时候，自己感觉有一种放任自流的意味，好像他一直以来都知道他会说些什么似的，“舞蹈课让我汗流浃背。”

“糟糕透了。”女孩说，再一次穿过腰带去触摸那片淤肿，小心翼翼地把手指拢成杯状扣在髋部。

三月份

“来点儿化学反应吧！”表演主任说，并向他们点头示意开始。

这次是斯坦利正坐在一个公园的长椅上，双脚缩到椅子下面，由于天气寒冷而高耸着肩膀，快贴到耳朵上了。空气清爽，到处都弥漫着银杏树的味道。

“我在这儿看到过你，”斯坦利说，“你正要去上音乐课，在落叶周围穿行。”

女孩在不远处停下。她把乐器箱从肩膀上甩下来，把它竖立放置在自己的身前，并把自己的手腕放在乐器箱上，就像是一个收费亭里的收费员一样。斯坦利再一次开口了。

“我想，”他说，“或许我会让你感受到你自身的价值的，如果你感兴趣的话。也许这个周末。只有在你非常确定你是信任我的时候，我才会吻你。我会等着你的。我保证。”

“为什么？”女孩说。

“我觉得你很有趣，”斯坦利说，“我想进一步了解你。”

风吹起了女孩的裙脚，将其轻柔地舞动。她把膝盖并拢了点儿以抵御这股气流。

“去年，”她说，“上完无板篮球课，我站在公交车站，一个男孩儿出现了，骑着单车，我向他微笑，我们谈起了我们认识的人，然后他说：‘猜猜我给女朋友准备了什么情人节的礼物？怀孕。’我笑了笑，说：‘恭喜。’然后他向我皱着眉道：‘上帝，我们去看医生了。她十六岁。’”

“我不太明白。”斯坦利说。

“不再有单纯这回事了，”女孩说，“只有无知。你以为你抓住什么纯净的东西了，而事实上你并没有。你只是无知而已。你正在被所有你还不知道的事情所蒙蔽。”

“但是我却在你的身上看到了纯净，”斯坦利平静地说，“我在你身上看到了一些不同于他人的东西。我在你身上看到了某种纯净。”

“我和任何其他人之间的不同之处在于，”女孩儿说，断然但却饶有兴致，“我准备在多大的代价之下，以及在什么样的情况下让步。”

四月份

“舞台格斗，”形体主任说，“也被称做搏斗哑剧。”

今天，每个人都腰板挺直、精神抖擞，用脚点着地面，上蹿下跳，同时向外抖着自己的手指。这是他们期待已久的课程，被他们用红色墨水在课程表上着重标注出来，并在自己卧室的隐蔽之处提前进行了练习。

“舞台格斗不是一种暴力形式，”形体主任道，“它是一种舞蹈形式，一种受到控制的舞蹈，被提前以非常慢的节奏排练出来，直到达到完美状态，之后再被加快速度表演出来。明年你们会学习基础剑术、重剑术以及马刀和花剑，今年我们只集中学习如何用掌击、用拳击、用脚踢，利用跆拳道、卡泼卫勒舞①和基础杂技的技能。到今年年末，你们应该能够设计动作并表演一次格斗，可以用拳击、用脚踢以及扔出你的对手，同时也可能被对手用拳击、用脚踢以及被扔出去。”

形体主任看着他们期盼的神情，微笑了一下，又道：“你们以

① 起源于巴西的一种传统舞蹈，将民间舞蹈与武术技巧相融合。

后会知道，在舞台格斗中想输给对方与想赢对方是一样艰难、一样费力的。现在，谁能替我给特效下个定义？”他环顾四周，但是学生们都面无表情、心不在焉，他们跃跃欲试地跳跃着，渴望着快快开始。“特效，”形体主任耐心地说，“是某种没有真实发生的事情，只是*看起来*发生了。舞台格斗就是一种特效。你发起的暴力并*没有*在舞台上*发生*。任何不懂这一点的人在本课程的本部分都不会合格。前几年曾有学生因为不懂得特效的定义而被逐出这个班级。”

他指着体育馆地面上一个用粉笔画着的长方形，说道：“那么，现在所有人都走到线里面。”

学生们相互簇拥着走到长方形里。地域狭小，他们只能堆挤在一起，摩肩接踵，用手相互抓扶着，用以保持平衡和不被挤到线外，女孩子都把肩膀收拢到一起，身体呈现出微微的凹形，谨慎地把手向前并拢在一起，出于本能护住自己的胸部。男孩子都嬉笑着，用肩膀、后背及手腕相互推搡着。斯坦利发现自己正处于人群的中间位置，很尴尬地被两个女孩夹到中间，都是正面朝他。他前面的女孩呼气时气息飘到他的锁骨上。她谨慎地挪动自己的双脚，在他的双脚中间找到一席之地，脚部隆起的边缘碰到了他的脚，旋即调整姿势，骤然将身体的重心转移。

“在开始训练打斗之前，我想让你们做几个练习，让你们适应一下身体之间的相互接触，”形体主任说，“这个练习叫水母救生筏，最终的目标是要让最后一个人站在这长方形里。在我告诉你们可以开始之后，所有人都必须开始相互推挤，如果你身体的任何部位接触到了长方形线外的地面的话，那你就必须立即离开救生筏。最后一个留在里面的人是胜利者。所有人都明白了吗？”

在七歪八扭的长方形里面，人们纷纷地点头。

“只能推，”形体主任说，“不能用拳击，不能用脚踢。目前还不行。”

每个人都把手肘绷紧了，双腿牢牢地站稳，准备好战斗。站在外圈的同学突然意识到自己处于劣势，但是已经为时太晚，于是突然之间试图调整到一个更好的角度，以便挤出一条路，进入到长方形的中心。

“好的，”形体主任说，“开始。”

在长方形里簇拥着的人群立即像是开了锅，几个学生在几秒钟之内就被挤出长方形；他们向后跳跃了几步，退了出来，带着一种悔恨的失望观望起来。斯坦利发现自己被女孩们包围了，最初他小心翼翼地推搡着她们，注意不让自己的手无意间碰到她们的胸部，多数时候只用自己的肩膀和髋部推挤。女孩们就没那么礼貌了，小小的手掌突然就推在他的后腰部，一推再推，他发现自己的双脚正在地上打滑，他一把抓住一个人的毛线衫，希望借此保持平衡。整个人群突然向一侧倒去；每个人赤裸的双脚都弯成了拱形，在地面上做刹车状，有一半的学生都跌倒在西边的粉笔标界之外，脱离了救生筏。失去了战斗资格的学生敏捷地跳开，剩下的人继续战斗。

大部分学生都已经撤下来，剩下的学生可以更自由地活动了。游戏开始变得更需要战略战术了，相互之间也更明显地怀有敌意了。斯坦利正笨拙地将一个矮小的女孩的头挟于腋下，试图将她推出线外，这时另外一个学生侧向倒在他的身上，把他们三人都带倒在救生筏之外。形体主任平静地站在一边。他看了看表。

当救生筏上只剩下为数很少的几个人之后，其他的人便将这些最后的战斗者围成了一个圈，开始欢呼喝彩。剩下的三个人都汗流浃背，相互挟持着，在用粉笔画成的救生筏的中心部位，有时侧向滑出去，时而又疼痛难忍地单膝跪地或者髋部着地，当他们倒地的一刻也将别人拖倒。在他们相互抓持的时候，都把腿绷紧，或者弯成弓形，两个男孩和一个女孩——一个瘦长而矫健的女孩，有着舞蹈演员一样优美而曲线分明的身材。

在长方形的外围有人开始用脚跺起节奏，很快所有的学生都加入这跺脚的行列，他们赤裸的脚掌掀起了白色的灰尘，形成了一层薄雾，这种稳定的节拍充斥在整个空间，在高高耸立的、由点刻画法装饰的天棚上空萦绕。天棚下挂着微微泛着蓝色的灯架，灯泡上面盖着灯罩，悬挂于灯架之上，灯并没有被点亮。形体主任没有加入到用脚跺鼓点的行列当中，但是他修长的手指和着拍子在自己的小臂上敲打着，眼睛从那些围成圈的喝彩者身上转到圈里正在战斗的三个人身上，仔细地观察着，再返回来从三个人身上转回到圈外的喝彩者身上。每当三人中的一个被剧烈地推挤，或者被逼到粉笔线边缘时，总会有一阵雀跃的欢呼声从围观的人群中发出，同时爆发出一阵掌声及欢笑声。节奏变得越来越快了。形体主任点着头，时而露出微微的笑容。

在一阵突然而连贯的打斗之后，三人的对抗态势突然发生了改变，两个男孩转而去对付那个女孩，第一次一前一后地对女孩发起进攻。这种突然的、有默契的合作让形体主任重重地倒抽了一口凉气。他用自己的食指及拇指摩挲着嘴角。两个男孩一阵紧攻，合力推挤女孩，将她推出线外，最终女孩被驱逐出场。之后两个男孩开始面向对方，很快跳离了边界线，回到救生筏的中间安全地带。女孩加入其他人的行列，一起欢呼着，跺着脚打拍子，两个男孩则再一次相互将对方的头紧锁于自己腋下，在地板上滑行，两人现在都疲惫不堪，动作因此变得非常缓慢，这种缓慢的舞蹈最终以两人相互缠结着一起倒地，滑出南边的边缘线而告终。

这些孩子们进行了六次水母救生筏的演练，一而再、再而三地重复着这一练习，直到学生们都面红耳赤、浑身肿痛、精疲力竭。随着一上午的时光慢慢消逝，他们的姿态慢慢地发生改变，变得强硬、挺立、更加好斗，最终丢掉了出于自我保护而造成的忸怩的弧形身姿。显然，最初也正是由于这种自我保护使他们所有人都陷入劣势。粉笔线很快就模糊成了一片灰白色印痕，向外侧扩散出去，像是一颗奄奄一息的星星。

“谢谢你们，”第六次，也是最后一次的练习进行了将近一个小时之后，当面红耳赤的胜利者把对手东倒西歪地推出线外以后，形体主任这样说道，“现在你们所有人的身体都应该已经变得很灵活了，应该已经习惯了触碰别人，我要开始教你们有关舞台格斗的最基础知识了，以后再一点点加深。”他示意同学们聚到一起，说道，“我们先从怎样用拳击打开始。”

五月份

戴面具的男孩说：“我需要一个志愿者。”

面具沿着他的嘴边被切掉，像是切掉了下颚，沿着他的上嘴唇呈现出一个弧度，因此他的下巴及下颚牙齿全都暴露在外面。嘴边坚硬的塑料弧度使他看起来有点儿像个牵线木偶:耀眼、僵硬、机械。面具是肉色的，表面光滑，上面有杏仁状的眼洞，罩在男孩的脸上，没有弹性。

几个一年级的孩子举起手，露出忸怩而窘迫的笑容。戴面具的男孩用手指了指其中一个。“你。”他说，然后向他招了招手。这显然是一个声音的提示信号：整个体育馆突然之间充满了优美的手风琴声，活泼、欢快而愉悦。

体育馆的门打开了，秘书快步走进，匆匆地走近表演主任，焦灼地对着他的耳朵说了些什么。表演主任点了点头，起身，跟着她走了出去。门在他们身后阖上。

斯坦利坐在观众席上，一种莫名的兴奋使他浑身战栗。他看着那个志愿者艰难地从观众中间走出来，走上了舞台的台阶。这时，其他的蒙面人面无表情地从舞台侧翼移步到舞台上，大步向前，同样戴着被切掉了下巴的面具，通过面具上丰满的杏仁状眼洞淡然地看着观众。

“这是残酷剧场的练习，”戴面具的男孩在音乐声中高喊，“这是一次挑战。”

他移步到志愿者的身后。男孩站在那里，狐疑地向他们所有人微笑着，等待着给予自己指示，竖着耳朵听走到他身后的面具男孩的动静，不自然地以脚后跟为支撑点，身体前前后后地摇晃着。这时，面具男孩将他击倒在地。当他双膝跪地，向前扑倒时，他的头被使劲儿地向后拉去。男孩显出痛苦的表情，同时又对这刹那间发生的一切感到困惑，但是仍旧保持着那似笑非笑的表情，笑容紧张而带有一丝自我防卫的性质。顷刻，面具男孩飞身向前，再次击中男孩，男孩四平八稳地扑倒在地，下巴在地面上颤动着。只一瞬间，面具男孩已经跪在男孩的后背上，男孩全身扑在地上，被向下按着，同时双手被扭到后背上，一动也不能动。

有人端着一个又阔又浅的水槽向前跑，里面装满了水，水不断地向外溢。那人重重地将水槽放在地上。攻击者面具男孩一把抓住那志愿者男孩的头发，一跃而起，把男孩头朝下按入水中。当他努力着试图让志愿者的头一直没入水中时，他自己也一直屏住气，眼睛顺着自己僵硬而青筋裸露的手臂向下看着一直在不断挣扎的男孩，嘴唇由于注意力的集中而紧紧地抿在一起。男孩在绝望与恐惧中开始猛烈地挥舞四肢，腿在地板上猛踢，惊慌失措，像是一条在码头的边缘上被开了膛、浑身是血的鱼一样挣扎翻滚。

斯坦利盘腿坐在观众席中间，从他的角度看来，臂膀被缚在身后的溺水男孩像是没了头。斯坦利只能看到他湿湿的衣领，还有当他徒劳地想挣脱时在水槽边上露出的最后一节白色的脊柱。他注视着这一切，男孩拍打着地面，扭曲翻腾，水喷溢出来，猛烈地摇晃，手风琴还在继续弹奏着欢快而一成不变的曲调。就这样大约过了二十秒钟，观众开始骚动起来，嘀咕声四起，有人喊道：“放开他！”面具男孩猛然抬头看了一下，像是突然从幻梦中惊醒。他迅速地放开受害者，跳起来，敏捷地走着小碎步向后退却，志愿者男孩抬起了水淋淋的头，咳嗽着，向外吐着水，狠狠地吸了几口气。他的眼睛在向外汩汩流水，眼圈泛红，脸色煞白。他呆坐了片刻，一副受伤的困惑表情，在舞台的中央微微地战栗着、喘着粗气。

观众在静默中看着他的呼吸重新均匀起来，他们小心翼翼地用怀疑的眼神去接触他的目光，所有人都想他可能是个奸细，是一个提前安排好的托儿，从现在开始，他可能在任何一个时刻跳起来大笑，用手拍打着他们的肩膀说："我把你们都给骗了。"他们都用怀疑的眼神审视着他，都还不能确定是怎么回事。有几个学生环顾四周想寻求指导教师的赞同或者首肯，但是表演主任已经走了，只剩下他们自己，进退两难，黑压压的一片混杂在一起，坐在体育馆的中央。

舞台上，面具男孩正漠然地站在那里，双腿劈开，双手背到身后。然后，他动作流畅地举起手臂，另外两个面具男孩就跑到前面，抓住了正在喘粗气的志愿者男孩的手臂，把他拖起来，让他双脚站在地上。第一个面具男孩跑向前，在一阵疾风骤雨般的推搡之后，那志愿者男孩再一次被推倒在地，双膝跪地，脸上也被结结实实地扇了几下。那两个抓住他的男孩开始扯他的衬衫，斯坦利意识到男孩的衣服已经从他身上被剪掉，从衣角沿着脊柱一直向上剪到衣领，两个面具男孩把破碎的衬衫和套衫都给扯下来，然后迅速回到他们原来站立的位置，只留下男孩在地板的中央，苍白无力、无遮无拦、浑身颤抖。

现在面具男孩目光直视着观众，像是在挑衅，观众席上的孩子们都疑惑地回望着他。

"嗨，这糟糕透了，"志愿者男孩突然开口道，一边低头看着那些运动衫和衬衫的衣服碎片，都已经褴褛不堪，堆在自己的面前，他的声音很微弱，"这是我最喜欢的一件衬衫。"

面具男孩没有畏缩，他仍旧在看着观众，好像是在等待什么人开口说话。然而人们无动于衷。他飞步向前，再一次亮出剪刀，快速但又认真地从男孩儿的头顶抓住了一把头发，随着一声厚重的响声，银光一闪，男孩的头发瞬时挨了一剪刀，脱离了他的头皮。

学生们坐在地板上，都不约而同地倒抽了一口凉气。面具男孩站在那里，高高举起那绺棕色的毛发，好像那是一件战利品。没有人动。一段漫长的、令人恐怖的宁静弥漫于整个空间。时间一分一秒地过去。突然之间，志愿者男孩跳起来，向台下跑去。面具男孩们试图抓住他，但是为时已晚——他们失了手。男孩从舞台的边缘跳下，头也不回地冲出了体育馆。

面具男孩看着他离开，将自己的身板又向上挺了挺。

"这是残酷剧场中的一个练习，"他说，"我们在这儿向你们展示去真正地感受一些事情到底是什么样的。"他微微向观众别扭地鞠了个躬，之后幕布像刀片一样闪过，呼啸而至，迅速垂落，幕布底端的褶皱部分重重地击在地面上，之后整个体育馆内就只剩下一年级的学生们孤独地坐在那里。当演员们在幕布的另外一侧四散而去并最终销声匿迹的时候，他们能听到演员们轻柔、谨慎而快捷的脚步声。

五月份

"跟我来。"当斯坦利找到了形体主任之后，这是他唯一向斯坦利说的话。他赤裸着双脚走在崎岖不平的地面上，斯坦利则跟在他后面，从院子里一直走到楼上的办公室。两人都沉默着，斯坦利压抑着自己，试图掩盖自己的泪水，因此落在了后面。他很奇怪自己的情绪如此不可遏止。

"我是来投诉的，"他就说了这么一句，之后就站在那里，瘦嶙嶙的膝盖骨紧贴在一起，一手上挤出了血痕，"我找不到表演主任了。我要投诉。"

虽然处于悲痛之中，但是当斯坦利发现表演主任的办公室门上了锁，而教师办公室空无一人时，他发现自己有些放松下来。形体主任当然要比老表演主任更平易近人了，老表演主任总是带着一股寒意从眼镜片后面漠然地盯着学生；即使在冬天他也穿着短袖衫，像是个冷血动物，感受不到冷暖。

现在，办公室里一片静谧，形体主任把两只手掌放在一起，像是在恳求。"斯坦利，"他说，"斯坦利，如果你花钱去看一场演出，里面有一场强奸的戏，戏中的人物真开始强奸那个受害人了，这时你觉得你会怎么做？"

"我会说点儿什么的。"斯坦利说。他的声音有些颤抖，他伸出手，用手掌根搓自己的脸颊。

"你不会的，"形体主任一边说，一边交叉起十指，"你会在你的座位上扭动你的身体，你会认为这也太前卫了吧，但是你仍然会认为这不关你的事儿，你会惊叹所有这些看起来都那么真实，也许你会感到非常不舒服，你会环顾左右，看看别人是怎么看这件事的。之后，如果你确实开始感到什么东西不对劲了，或许那个受害者很明显确实在大声呼救，或者如果很明显所有观众都感觉到不舒服的时候，只有在*那时*，你或许会站起来喊些什么。但是到那时很长时间已经过去，很有可能当你终于鼓起勇气去阻止的时候，这场表演已经结束了。"

斯坦利陷入迷茫，不知道该说些什么。

"我知道这很恐怖，想象一下会发生这种事，"形体主任道，"但我只是试图说明一个道理。我只是想指出，如果一个人正站在舞台上，面对着坐满人的观众席时，这时'真实'是一个没有意义的词。'真实'无法描述舞台上的任何东西，舞台只在意是否什么东西看起来真实，如果它*看起来*真实，那么它是否是真实的都毫无意义，都无关紧要。这就是核心所在。”

“你在形体课上不是这样跟我们说的，”斯坦利说，他更加愤怒了，“你说重要的是真实而不是真切，你说的所有关于哑剧的东西，我相信了所有你说的那些话。”

形体主任叹了口气，把手指压到嘴唇上。“不对，”他说，停留了片刻，摇了摇头，收回自己的思绪，索然地吸了口气，“不对，我们现在在谈两件不同的事。”

“斯坦利，”他说，“你想想如果你参演了一个剧目，在剧中你必须得装死，在表演之后所有人都凑到你跟前说我真相信你了，我确实在心底认为你已经死了，我看着你在台上死去，就在心里想：‘哦，上帝，他确实是死了。’你想想这时候你会有什么样的感觉。你会在内心狂喜，这可能是人们给你的最好赞扬：你的假扮，你的这场假扮大戏，看起来是那么真实，以至于每个人都确确实实相信刚刚这一幕是真的。”

“但我现在是真实的，”斯坦利说，让他感到气恼的是他意识到自己的眼泪再一次在眼圈里打转，“我的表演或许是在假扮，但我现在不是。”

“问题就在这儿，”形体主任快速接口道，“如果你是一个好演员，那么你就会运用你自己的情感，展示你自己的笑声，挥洒你的眼泪，施展你自己的魅力，表现你自己的不安。在表演中总是会有这种双重性的，你以及你所扮演的角色两者必须是互通的，你必须要通过一个去看待另外一个，这就是为什么做一名演员是一件如此不容易的工作，事实上舞台上的你也正是真实的你自己。”

“但是刚才的表演却没有什么双重性，”斯坦利大声喊道，他的声音又高又尖，还有些哽咽，“只是他本人，他们撕毁的是他自己的衬衫，那是他自己的呼吸，是他自己的头发，他们正在伤害的是他本人。”

“你之所以生气，是因为他们欺骗了你，”形体主任简洁地说，

“他们诱导你感受一些真实的、实实在在的东西，之后他们又在你面前把它毁坏。”

“他们欺骗了他！”斯坦利高喊。

形体主任叹了口气，低下头来看自己的手。

“为什么对你来说这不是个问题呢？”过了一会儿斯坦利说道，仍旧气息难平，“这种事情会发生，你怎么能觉得像没事一样呢？”

“我理解你的愤怒，”形体主任说，“请相信事情并不是有意被安排成这样的，事实上我并不认为那些男孩真正明白他们到底在做什么。残酷剧场的立意确实是远远要比这个名字给人的感觉更加深刻、有趣，而且更具有现实的警示意义。”他闭上双眼，回忆起他喜爱的一段话，咏诵道，“‘因此我用了‘残酷’一词，就像是我也完全可以用‘生命’或者‘自然／必要’这些词一样，因为我想要指出，它本身没有什么东西是凝滞的，我把它变成了一个真实的行为，因此它就是活生生的，因此它就是有魔力的。’”他睁开双眼，悲伤地向斯坦利笑了笑，“阿尔托，[①]”他说，“他是这么说的。”

斯坦利坐了片刻，喘着粗气，觉得陷入了僵局。他尝试着回忆几分钟前他们的谈话内容，好重申自己的观点，并试图强迫形体主任抛开他这种疲惫而略带歉意的淡然态度。

“我欣赏你有勇气告诉我这些，”形体主任如是说道，“我会跟他们所有人都一一进行非常严肃的谈话，这样他们才会真正明白他们所做的事对别人造成什么样的情感冲击。”他眨了眨眼睛，看着斯坦利，等待着他的反应。秒针一刻不停，发出凝重的梭梭声。

形体主任年轻时，曾经参加过“自由剧场”，那是一个东拼西凑、良莠不齐的表演团，由说唱演员和失意的戏剧歌舞演员组成，他们蹲伏在被遗弃了的房子里，在停车场露营，每年都在乡村四处

① 安托南·阿尔托（1896—1948），法国剧作家、诗人、演员和戏剧导演。他提出了“残酷的戏剧”这一理论。

游走，在监狱里和农村的学校里进行表演。在他头顶的墙壁上有几张那些时候的照片，画面上展示着化妆油彩、街边的杂耍、油桶炉火，还有那些在表面上涂鸦的吉他。现在，他坐在这里，随着年岁的增长，并伴有持续的疲劳，身材不再挺拔，他伸手去抚摸着自己稀薄的头发，手掌干枯、脆弱、灰暗、枯萎，布满了皱纹，就像是一张暴露于日光下太久的羊皮纸。

“这种事在你身上发生过吗？”斯坦利突然说，“比如那场强奸剧？你有没有去看过什么剧，其中的情节确实在发生，但是每个人只是观看，认为是戏中的情节？”

“有过，”形体主任说，“很久以前了，我看到了一个人死于心脏病。他当时很老了，幕布落了下来。就是这样。他们让我们都离开。每个人都非常安静地离开了。”

“他死的时候正扮演什么角色？”斯坦利问。

“哦，那是一个不起眼的小剧目，演得不是很出众，据我回忆。”形体主任说，他靠到椅背上，看着天花板，以便更好地召回记忆，他此刻因为不用再看着斯坦利而感到轻松，“所有事情都很美好，以一种古怪的方式：他在闭幕之夜的最后一幕中死去。当时我们并不知道他死了——我们想可能只是一次心脏病复发。从我坐着的角度看，似乎并不像是死了，但是我们第二天在报纸上看到了有关这件事的报道。”

形体主任很少以这种方式被人问及过去，要去回忆自己生活的一些场景，他品味着这种感觉。

“他扮演的角色是一个通过假冒别人、造假和撒谎而变得富有的人，在他生命的最后日子里，他回到了家乡，这时他发现家人已经对他没有什么记忆了，就好像他从来没有作为一个真实的人存在过。大概的故事情节就是这样。

“我猜这个角色总之也是要死的，”形体主任说，“在最后的章节。但是当然了，我永远没有看到结尾。”

第七章

星期六

萨克斯风教师正在可乐机前等着。伊索尔德最初没有认出她来：事实上，可乐机是市政厅前厅唯一让人能记住的地标了，所以在这儿云集了一群陌生人，尤为显眼。他们也都安排好在这里等待自己的亲朋好友。之后，人群渐渐散去，伊索尔德看到了萨克斯风教师，高挑、瘦削，穿着一件棕色的皮夹克，双手交叠放在胸前，正在那里用一种平静而带有批判意味的目光审视着她身边的人，上上下下地打量他们。这种目光现在对伊索尔德来说已经再熟悉不过了。

"嗨，伊索尔德，"萨克斯风教师看到她时，微笑着说，"你妈把你送到这儿的？"

"是的。"伊索尔德说，感到怪怪的，她从来没有在阁楼工作室以外看到过萨克斯风教师，而且（这种想法奇怪地萦绕在伊索尔德的心头）从来没有在夜晚看到过她。她接过了节目表，低下头阅读起来，装出非常有兴趣的样子。

"她在那儿！"萨克斯风教师说，向人群中的某个人打招呼，"咱们三个都来齐了。"

一群年轻的乐手推推搡搡地走过，从萨克斯风教师与伊索尔德中间侧身挤过去，有那么短暂的一刻她们两人被人群隔离开来。乐手们一掠而过。他们笼罩在一团香烟与香水味道混合的迷雾之中，参差不齐、喃喃低语，用音乐家所特有的修长的手指相互搀扶着臂肘。

之后萨克斯风教师说："伊索尔德，你认识我的学生朱莉娅吗？到现在我已经教她三年了。"

伊索尔德抬起头来，当她们的眼神交汇到一起时，伊索尔德觉得自己的腹部被狠狠重击了一下。朱莉娅微微地瞪大了眼睛，脸颊变成了粉红色。

"嗨。"伊索尔德飞快地说，努力地掩饰已经初露端倪的不知所措的尴尬。朱莉娅向她点头致意，抿着嘴挤出一个短暂而又意味深长的笑容。

朱莉娅脱掉了校服之后看起来成熟了一些。她穿着一件开襟羊毛衫和一条黑色的长裙，头发随意地盘在脑后，这样一来鬓角周围丝丝缕缕的发丝就变得很松散。伊索尔德在辅导教室看到的那个凌厉、乖僻又固执的朱莉娅已经毫无踪影：不知怎么现在她看起来竟然有些柔弱，就好像她一直以来在外表上所试图保持的样子现在已经暴露出一丝感性的缺口，而她从前是没有什么理由向他人展示这种感性的。伊索尔德的心加速跳动起来。

"你们在学校里认识吗？"萨克斯风教师好奇地说，用一种崭新的目光从一个人的身上掠过，转移到另外一个人的身上，就好像这样把她们两人并列地摆在自己面前，正让她在每个人的身上发现一些她从前没有注意到的新特点。

"就算是吧，"朱莉娅快速地回答道，"我好像见过你。"

"是的，"伊索尔德说，"但是我不知道你也吹萨克斯风。"不知出于什么原因，一想到朱莉娅一直以来都服服帖帖地当萨克斯风教师的学生，伊索尔德就感觉怪怪的。她吃惊地意识到她每周五在萨克斯风课上跟老师分享的那些隐私的秘密，那些成功啊、失败啊什么的，对于萨克斯风教师来说却只是一个周而复始、不断重复的情节，周复一周、月复一月、年复一年都有人在跟萨克斯风教师分享这些秘密，成功或者失败——而她只是这些人中的其中一员。伊索尔德在想，不知道朱莉娅与萨克斯风教师单独在一起的时候会告诉萨克斯风教师些什么事儿。

“你为什么没进爵士乐队？”伊索尔德飞快地问道。由于羞涩，她这个问题听起来似乎有些指责的意味。她意识到萨克斯风教师的眼神正从她的身上到朱莉娅的身上瞟来瞟去，就好像伊索尔德是能够让她解开朱莉娅这一谜团的最后一条线索一样，同样，朱莉娅也是让她能够解开有关伊索尔德这一谜团的最后一条线索。这让伊索尔德浑身燥热不安，置身于挫败感之中，她把鞋里的脚指头紧紧地挤在一起。

“我一点儿都没有校园情结，”朱莉娅说，“我想我不属于那个类型。如果有个更小点儿的、不那么张扬的乐队，我或许会试试。我一直都想创办一个乐队呢。”

“哦。”伊索尔德说，很好奇于这种新的概念：你可以在某方面很出色，但是不一定通过为学校效力而加以证明。

“我在上大一的时候曾参加过一个乐队，”萨克斯风教师说，“我们有个蹩脚的名字，现在我都记不起来当时我们怎么称呼自己了。”

“是叫‘萨克斯风猫咪’吗？”朱莉娅说，“或者是叫‘萨克斯风、鼓和摇滚’？”

“我们可没那么聪明，”萨克斯风教师说，“上帝，我们可真蹩脚，每次演奏会快结束的时候，我们都会例行做一件事，相当容易，但总是能让观众激动起来：我会站在中音萨克斯风手旁，在一首曲子快结束时，他会把萨克斯风举起来，他的手指还继续在上面弹奏，但是我会把嘴凑上去吹那萨克斯风，就是说我们两人在吹同一个乐器。我想当时这一定是看起来挺难操作吧——所以观众总是尖声大叫，好像我们做了什么了不起的事儿似的。”

朱莉娅露齿而笑。“你们的爵士时代很黑暗啊，”她说，“还举行演奏会啊。”

“我当年是做了些事情的哦。”萨克斯风教师一边说，一边装出目中无人的样子。

她们都转过头来看着伊索尔德，让她也来分享她们的笑话。伊索尔德让自己的脸上闪过一丝笑容。

“哦，我记起来了，”萨克斯风教师说，“别人叫我们‘反串表演乐手’。”

“反串表演乐手是什么意思？”伊索尔德说。

“这是戏剧界的一个专有名词，”萨克斯风教师说，“反串剧的角色是要由异性性别表演的。所以如果你要演哈姆雷特的话，那么节目表中会写着：‘哈姆雷特由伊索尔德反串表演’。”

“哦。”伊索尔德说。

“为什么你们选这个做你们乐队的名字呢？”朱莉娅说。

“我们那时都反串成异性进行表演，”萨克斯风教师兴致昂扬地说，“去问你的妈妈。”

她今晚很活跃，但是伊索尔德却发现自己今晚有些退缩，感觉这种亲昵太强大、太自我，就好像萨克斯风教师是一个囚徒，只在今晚放风，她用两支坚硬而闪闪发光的大钳子把两个女孩拢在自己身边，要求她们分享一部分她那孤独而单薄的喜悦。朱莉娅似乎很自在，微笑着，正从萨克斯风教师嘴中挤出更多有关她那黑暗的爵士时代的细节，伊索尔德嫉妒地看着她。

她的开襟羊毛衫上钉着金黄色圆帽形状的扣子，底边稍稍向外散开，这让她看起来有一种随意的学者气质，也让伊索尔德感觉自己幼稚、木讷又天真。朱莉娅的手指上还留有墨水印痕，指甲也被咬得参差不齐，手指上戴着一枚镶着绿宝石的银戒指，裙子下面则穿了编织细密的网状长袜。伊索尔德把这一切都看在眼里，有一种无以名状的失望感，看着这个崭新的、更完整版本的朱莉娅，在她心中朱莉娅不再只是一个人物的概念，而是一个完整的人物形象了。她觉得自己充满了妒忌，觉得自己被排除在外，甚至有一种被背叛了的感觉，就好像既然自己对朱莉娅已经形成了某种印象，她就没有权利以与之相悖的形象再出现一样。

伊索尔德又把注意力转回到节目表中，独奏者是个外国人，节目表上有一张他的黑白照片，照片上的他用拳头托着下巴，萨克斯风则抵在他的脸颊处，熠熠发光。他看起来忧郁、桀骜不驯又充满天赋。今晚他要在交响管乐队前演奏，所以对面的一张照片是乐队指挥的照片，一个胖乎乎的笑意盈盈的男人，指挥棒被他松松地握在手里，就好像是握着一把毫无生气的匕首。

“伟大的独奏家，”萨克斯风教师正在说，“永远不会是一个完美的、密不透风的被冻干的皮囊，而是会不断地学习、学习、再学习；伟大的独奏家总是产生于某种协作关系或者出自一个团队；伟大的独奏家总是能获得什么可以为他提供养料的东西。”

朱莉娅在礼貌地听着，但与此同时也在皱眉头。伊索尔德注意到她的那种吹毛求疵般的怀疑主义，在学校里，这种怀疑主义看起来似乎是一种挑衅、不满和阴郁的信号，而现在，它看起来则是一种不同的信号，一种谨慎或者可以说是一种守护，一种更本能的、不那么有火药味儿的东西。

“这是你今年第一次听音乐会，对吗，伊索尔德？”萨克斯风教师这么突然说道，伊索尔德点了点头。

“这个人不简单啊，”朱莉娅说，拍着手中的节目单，“我有他的所有唱片。嗨，演奏古典乐曲的人有追星族吗？我一定要搞明白这件事儿。”

她在努力地对伊索尔德表现得友善，但是伊索尔德发现自己唯一能做的事就是脸红和微笑，还有就是咕哝着说自己也盼望着呢，等等。她鞋里的脚趾夹得更紧了。

铜锣奏起柔和的琶音提醒她们落座，在可乐机旁边的人们都开始四散开来，萨克斯风教师向两人一一微笑。

“我真希望你们会觉得这场音乐会令人振奋，”她说，“这对我来说同样也是个特别的夜晚——我上次听这种改编乐曲音乐会也只比你们稍大一点儿。它唤醒了我。”

星期六

舞台上的木板光亮如新，映衬着乐池，使乐池显得豪华而炫目。三人落座于楼厅的第一排，萨克斯风教师坐在两个学生的中间，安静、威严而又沉默，两个女孩则各自在她身边旁逸斜出，这样就形成了一种纹章图饰，是一个英雄的组合，可以被放置在一个盾徽上，构成一枚盾形纹章。朱莉娅把双手放在大腿上坐在那儿，看着那些金银交错的闪闪发光的乐器，专心致志，却一片茫然，瞳孔上反射出炫目的光芒。她的目光呆滞，好像正在全神贯注于让内心的什么东西保持平静。伊索尔德则没有那么平静，尽量地与萨克斯风教师拉开距离，倚到座位的另外一侧，以防与她的臂肘相撞，以一种若即若离、若有所思的样子观看着这些音乐家，目光从舞台上游移到身旁一张张影影绰绰、没有一丝笑容的鬼魅般的脸孔上。

当伊索尔德模糊地凝视着观众席上这些苍白的面孔时，她思考着人们可以对于聆听这一动作所表现出来的不同的样貌：有些人把眼睛闭上，微微仰起脸，享受着音乐如雨点般敲打在自己的肌肤上；有些人正在缓慢而意味深长地点着头，大概是每隔四个到五个音节吧，就像是什么东西正缓慢而又庄严地在他们面前开始成形；还有一些人，比如坐在她旁边的萨克斯风教师，只是安静地坐在那里。

伊索尔德想道，真是奇怪，坐在观众席上的每一个人都把自己锁在了自己对音乐的私人感受里，独自遨游在自己的思想世界里，独自品味着自己的喜悦与厌恶，这种与音乐的独处赋予了他们广漠的私密之感，他们因此而战栗不已，已经急切地渴望幕间的休息时间快快到来，因为到那时他们才可能将这种感受与邻座的感受相比较，也才发现原来他们也和自己一样，因而放松下来。*我听到的和他们听到的是同样的东西吗？*伊索尔德心不在焉地想着这个问题，但是现在她的思路被打断了，转而把注意力转向一个上了年纪的女人身上，那人坐在剧场的前排座位，正在她的手提包里翻找着纸巾或者薄荷糖什么的，弄出很大的响声。

朱莉娅似乎置身于梦境当中，像被催眠了似的听着音乐，音乐带给她的是一种舒缓而精确的印象，而不是像幻灯片一样带给她一系列的感受，如果是那样的话，她就可以把这些来自幻灯片的感受大抵堆积在一起，平均一下，最后算出平均值。她的思绪正盘桓于伊索尔德身上。越过一动不动、表情冷峻的萨克斯风教师的侧影，她不太能看清伊索尔德，只是每当伊索尔德盘起腿时，她都能看到她的膝盖一闪而过，但即使是这样，她还是发觉每当这个小女孩在她的座位上稍微一动，她左手边的周围视觉便立即敏锐起来，精神绷紧、超级敏锐。她想到了在咨询课上，她与伊索尔德之间长久的目光对峙，在心里一遍又一遍地对此进行揣测，就好像在研究一颗沾满血迹的牙齿一样。她思考着，正如她无数次的思考一样：这种目光可能来自哪里，又有可能被带往何处。

有时当朱莉娅的思绪像这样盘桓时，她会有一种不切实际的恐慌，这让她惴惴不安。她害怕自己一张嘴就会原原本本地说出她正在思考的东西，只是为了让自己气恼。她想象着如果自己真张口说的话，会说些什么，之后她咬住了嘴唇，一想到自己果真会说些什么东西，一股恐惧之感袭遍全身，使她瑟缩发抖。她咬住了嘴唇击退了这股寒意。

萨克斯风教师的思绪则盘桓在帕奇身上。她在想那次听完音乐会后她们坐在烟雾缭绕的酒吧里，她手里还攥着那张音乐会的节目单。她们点了两杯红酒，后来她们偷偷地、兴高采烈地把这两个盛红酒的杯子再次填满，因为在帕齐的手提包里藏了一小瓶酒。她看到她们两人都缩到角落里，解开围巾，脱下大衣，谈论起那些观众、那改编乐曲音乐会以及那个独奏家。之后帕齐说："刚才在音乐会上你想到了什么？"说着脸上已经微微泛起笑意，一副渴望的表情。

"我想象着那音乐就像是流水一样从萨克斯风里倾泻而出，"萨克斯风教师说，"从喇叭的边缘倾泻而下，流到地板上，流淌在他的脚下，水位越来越高，波涛变得越来越汹涌，到最后他不得不结束演奏来挽救自己的性命。然后我们掌声四起，他就开始了另一首曲子，我就想象着那萨克斯风正吸走他的气息，而不是他正往萨克斯风里面吹气，萨克斯风吹嘴越来越使劲儿地往他的嘴里探，越探越深，萨克斯风正不遗余力地想让他窒息，而他不得不一直吹啊吹，好保住自己的性命。"

帕齐一边大笑，一边鼓掌，她们都伸手碰了碰杯，呷了一口酒。之后萨克斯风教师说："你刚才想到什么了？"

"我想象着那声音有一种让人严重受伤的力量，甚至可以杀人。"帕齐说，"根据音乐的不同特性，越是优雅的吹奏，死得就会越彻底。市政厅就像是举办这种活动的一个场所，如果你做了什么非常糟糕的事，你就会被送往此地，会被押送至礼堂，用带子捆住，被扣在红色天鹅绒的椅子里，扣得非常紧，使你动弹不得。独奏者就是刽子手，吹奏得越来越快，用他那双湿漉漉的贪婪的眼睛透过舞台脚灯看着你。"

萨克斯风教师一边大笑一边鼓掌，她们都再次伸手去碰触酒杯，饮酒。之后帕齐说："这场音乐会永远地改变了我。"

星期六

星期六的晚上布丽奇特在一家当地的影像店工作。她阴郁地坐在一个 PVC 材质的高脚凳上，看着那些孤独的人们从一个架子前移到另外一个架子前，她通过黑白监控电视有一搭无一搭地注视着那个画面不是很清晰的、用帘子遮住的隐蔽角落，那儿摆放着成年人录像带。钟表已经指向了九点半。布丽奇特看着那缓缓前行的分针，耳朵等待着听到迟到的录像带抛过潮湿的投掷槽儿，打在垫子上的砰一声响。

“你好，布丽奇特。”有人说。

布丽奇特把嘴里的口香糖用舌头抵到嘴的一侧，转过她疲惫的脑袋，这时她看见萨拉丁先生正站在门口，穿着米色的长裤和一件羊毛外套，一副清爽的打扮，像个小男孩一样正在向布丽奇特微笑着。

“嗨，萨拉丁先生，”布丽奇特说，她欢快起来，身体向前从凳子上滑下来，“我以前没在这儿看到过你啊。”

“我的侄子们住在这附近，”萨拉丁先生说，“隔两个街区。”

“哦。”布丽奇特说，感到非常意外，因为她从来没有想过萨拉丁先生这样的人还会有侄子，她有些羞涩地看着他。

“你是怎么获准在这儿工作的？你还没到十八岁。”萨拉丁先生说，他手上还戴着手套，这时把双手交叠在胸前，“这儿有半数的电影是不允许你看的吧。”

“我没有看它们，”布丽奇特说，“我只是在卖它们。”

萨拉丁先生哧哧地笑起来。“我猜等我走了，你就会查看我的色情电影记录了。”他说。

“或许吧，”布丽奇特说，突然生出一种感激之情，因为自己被赋予了与之开玩笑的特权，“而且，我还会查出你到底有多大了。”

“那你可太过火了，”萨拉丁先生说，假装做出严肃的样子，“这可是秘密信息哦，不可胆大妄为。”

布丽奇特咯咯地笑起来，随即迅速掩住自己的声音，用手盖住嘴。在她身后，那排一字排开的电视屏幕依次闪现着银色小汽车静默的、影影绰绰的身影，车身被电视屏幕分割成几部分，旋即便飞身而逝。

“在周六晚上工作，嗯？”萨拉丁先生说，摇了摇头，“什么抽烟啊、喝酒啊、吸毒啊，还有听震耳欲聋的音乐之类的，这些东西都怎么得罪你了？准是我跟不上潮流了。”

布丽奇特再一次举起手掩住自己的笑声。萨拉丁先生微笑了一下，一个一闪而过的什么东西吸引了他的注意力，他的目光有几秒钟滑向上方，看向电视屏幕。

钟表发出咔嗒咔嗒的响声。

直到生命中这一确定的时刻，布丽奇特才算理解了调情只是一种原始的自我推销的工具，这种工具之所以被运用，其目的就是借此可以获得一个短期的伴侣或者一次爱抚。现在当她看着面前的萨拉丁先生，平静、沉着、笑意盈盈，穿着他干净而熨烫妥帖的衣服，他的围巾利落地在喉结处打了个结儿，他优雅的三脉纹皮手套以及他被风吹拂过的头发，布丽奇特突然感到一股强劲的、难以名状的渴望，就像一把拳头在她的腹股沟内突然攥紧。在她十六年的生命当中，她第一次感觉到自己受到一种力量的驱使，想要去调情，唯一的目的就是要去摧毁别人，几乎不顾后果，只是因为一种模糊的、令人怦然心动的念头，那就是至少在这儿，有一个男人会只是从性的角度来看她。她伸手捏住薄薄的柜台边缘，大拇指与其他四指被隔离在柜台边缘的两侧，用脚跟站着，身体向后仰，一副调情的姿态，把自己当成一个诱饵，这样她就有可能快乐地看到他徒劳地去叼食诱饵。

“你现在在做什么？有了新工作了吗？”她问，“我们爵士乐队的成员都很想念你。”

“眼前我正在刷房子，”萨拉丁先生说，“正忙着呢。那么你们的新指挥正在考查你们的本事呢？”

“吉恩·克里奇利夫人，”布丽奇特说，“她还行。”

“我知道这个名字，”萨拉丁先生说，“我曾看过她的现场表演，还不错。”

“是的。”布丽奇特漫不经心地说。萨拉丁先生微笑着环顾左右，似乎是要溜达着离开了，所以布丽奇特非常着急地说：“你离开之后，我们都要去参加咨询课，以免我们受到伤害。这很蹩脚。”

萨拉丁先生扬起了眉毛。有一会儿他没有说话。之后他平静地说：“听起来不太好玩儿。”

“很蹩脚。”布丽奇特再次说。她几乎已经认为自己太笨了，但是她又想起来至少在这儿，有一个男人会理解也会原谅她的幼稚：对这个男人来讲，她略显笨拙的青春年少不是一个缺陷而是一种奖赏。她腹股沟内的拳头再次收紧，像是一个快速旋转的螺丝，牢牢地拧住她的腹股沟。

“维多利亚还没回来上课，”在萨拉丁先生能继续说些什么之前，她脱口说道，以其不善言辞又没头没脑的方式试图使自己的话听起来有些漫不经心，学着学校里那些漂亮女孩的样子，她们总是漫不经心地说话，还一边把头发甩过肩膀，把脚斜伸出来，像是一匹匹搔首弄姿的小马驹，“她会一直不回来了吗？”

“不会的，我想不会这样，”萨拉丁先生说，“我想她会在考试之前回去的。”

“那还好。”布丽奇特说。她微笑着，以一种她希望是在鼓励的方式，想要表明她是站在萨拉丁先生一边的。

“很高兴见到你，布丽奇特，在音乐方面继续努力。”萨拉丁先生说，他向她微笑了一下，慢慢地走向那有霓虹灯装饰的墙面，那儿放置着新发行的影像作品，“我看看你们又有什么新东西了。”

“十元钱两张。”布丽奇特在他身后喊道。

在回学校之前，她站在那儿待了一会儿。出于习惯，她查看了一下监控电视屏，看到了一对情侣正悄悄地走到成年区角落，互相攀附着，一边让手指沿着对方的脊柱游走，哧哧地笑着。她看到当女人选了一个片子时，两人都对着碟片的背面笑起来，上面是呈现各种姿势的缩图，男人悄悄地说了些什么，女人就假装恼怒的样子，用自己围巾的一头拍打着男人。他们都笑起来。

萨拉丁先生走后，布丽奇特翻阅了他的租借档案，失望地发现并没有色情方面的影片记录。她获悉他是三十一岁。

星期六

掌声之后，三人在静默中待了片刻。观众席上的灯光亮了起来，让鬼魂们又重新有了颜色，她们身边的所有观众都开始挪动身体，大笑着，喋喋不休地说着什么，伸手向下拿起自己的围巾啦、节目单啦，还有夹包等，就像是刚从一个咒语当中被释放出来。萨克斯风教师陷入沉思，没有动，鼓掌之后，她的手无力地垂在那儿，眼睛大睁着，空洞地望向舞台。朱莉娅在自己的座位上身体前倾，突然转向伊索尔德，说：“想搭便车回家吗？我开车来的。没什么问题的。”

伊索尔德还没有学开车，朱莉娅说要送她回家让她觉得自己幼稚、缺乏经验又不够优雅，好像是她正被迫泄露出自己不识字或者还怕黑呢。对于伊索尔德来说，朱莉娅，这个比自己年长的女孩，超常的成熟，就像是维多利亚的那些朋友那样，看起来也似乎总是超常的成熟，扑着粉、喷着香水、充满了秘密，总会聚集在一起，发出阵阵笑声，轻蔑地看着小伊西，因为她还有那么多事都不懂。“谢谢，”这是现在伊索尔德对朱莉娅的回答，她快速地闪过一丝笑容，迅速地低下了头，“谢谢你的好意，我会打出租车的。”

“我不会告诉你妈妈的，”萨克斯风教师对伊索尔德说，终于从沉思中走了出来，“我知道她给你打出租的钱了，而你想把这钱攒下来。”

“你怎么知道我不收打车费呢？”朱莉娅说。

萨克斯风教师大笑。“我看过你的车，是给初学者开的。”她说。她开始聊起了音乐，大多数是对着朱莉娅。她说话的时候，张开两只大手，一遍遍地比划着描述自己对这场音乐会的印象，像是一位制陶工人正在陶轮上一遍一遍地修正自己的作品。

伊索尔德点头微笑。她快速地瞄了一眼朱莉娅，心想不知道是否朱莉娅好一会儿之前就已经准备好提出要送她了，静默地坐在灰暗当中，只有舞台的灯光发出一点光芒，与此同时准备着如何用最好的措辞来提出这个问题。“想搭便车回家吗？我开车来的。没什么问题的。”

“不是时下流行的编排方式。”萨克斯风教师正这么说。伊索尔德不断地点头表示同意，试图掩饰自己骨盆中的收缩耸动，这种耸动一部分来自于极度的兴奋，而另一部分则是来自于恐惧。“她提出送我回家，这意味着什么？”伊索尔德几乎想象出来这个比自己年长的女孩将身体靠过来，越过换挡变速器和手刹，伸出她还沾着墨水渍的、戴着首饰的手，将自己的一绺头发掖到耳后。她几乎想象到了这一情景，但是随即一阵恐慌之感在她心头飞驰而过，她惊悸着把这种想法在头脑中扼杀掉。

“很令人振奋的东西，”萨克斯风教师以此为结束语，欢快地拍打着坐椅的扶手，随即站起来加入到向外缓慢蠕动的人群当中，“很令人振奋的东西。”

星期六

“为音乐会喝彩，”她们慢吞吞地走在人群中，终于走出了礼堂，穿过大理石前厅，置身于寒冷之中，朱莉娅跟萨克斯风教师说，“妙不可言，我这一周都会想着它。”

萨克斯风教师把自己的皮夹克带子在腰间束紧。“那么，我们周一见，”她对朱莉娅说，“我们周五见，”她对伊索尔德说。她突然看起来形单影只，僵直地站在市政厅粗糙的台阶上，人群在她的身后分出两个支流四散而去。她背对着前厅中天鹅绒般微红的光芒，伊索尔德突然觉得她好漂亮，与此同时在内心深处生出一种类似于胜利的感觉：现在萨克斯风教师是个局外人了，向下看着面前的两个女孩，一副踌躇不决的样子，好像想要挽留她们，但又犹豫不定，不知从何做起。

“悦耳的音乐会。”伊索尔德说，轻轻地招了招手。朱莉娅微笑着，之后两人转身离开她，步入夜色之中。

星期日

迪·格雷戈里奥夫人呷着茶，她的大腿与身体形成了一个弧度，她就把自己的钱包放在这弧度里。她坐在那儿，双膝靠拢在一起，大腿稍向上抬，因为她的两个后脚跟儿正搭在椅子的横梁上，只有前脚掌触及地面。她的胸部几乎都和大腿挨到一起了，在她坐下来时，便把钱包塞进她身体折叠后形成的凹陷处。萨克斯风教师心中暗想，这姿态看起来可真是奇怪，迪·格雷戈里奥夫人以这种方式来保护自己的钱包，把身体绕着钱包折叠起来。从萨克斯风教师坐着的角度来看,她只能看到两个金色的球状夹扣。迪·格雷戈里奥夫人身着柔软宽松的腈纶质地的衣服，夹扣从其突出的胸部下面露出来向外面窥视。

她微笑道:“我能为你做什么，迪·格雷戈里奥夫人?”

“我是为女儿的事来的。”迪·格雷戈里奥夫人说道，一如既往，萨克斯风教师在内心惊叹于这女人的演技，这唯一的女人载体，却迥然不同地扮演了各种妈妈，每次表演都柔美而独特，就像是细小的珍珠上那晦暗的纹路一样，“我这次来的目的可能有点儿奇怪，”女人说道，“这样跑到这里来问你这样一个私人的问题，但是最近在家里我们都注意到了一些变化，只是——”迪·格雷戈里奥夫人眼睛看向下方，叹了口气，“只是她现在变得有些*不可救药*。”她最后说。

“那咱们就从头开始说，”萨克斯风教师快捷地说，向下拽了一下衬衫角儿,并把自己的针织衫抚平,摆出一副郑重其事的样子,“首先——为什么是萨克斯风?你为什么单单为她选了这种乐器?正如你所知，萨克斯风是有其内在含义的，它不是钢琴，也不是长笛。某种特定类型的女孩儿才会受到萨克斯风吸引，非常直白地说，这种类型的女孩儿不是那种想要生活保持平静的女孩儿。你为什么为你的女儿选择了萨克斯风呢?”

“哦，这是*她的*选择。”迪·格雷戈里奥夫人说，但是萨克斯风教师摇着头，快速打断了她——

“咱们别玩这种游戏了，迪·格雷戈里奥夫人。你的女儿是你的作品，这个我们两人都明白。事实上能够超越你掌控的事情少之又少。我能看出来你是那种愿意把持缰绳的母亲。如果一个妈妈把自己的孩子当做自由的个体，那么这个妈妈就是一个敷衍塞责的妈妈，一个粗枝大叶、不顾小节的妈妈，不懂得去欣赏一份能做得很好的工作。你不属于这种类型。”

迪·格雷戈里奥夫人点头，有点儿被挫败的感觉。

"所以你为你的女儿选择了这种命运，"萨克斯风教师继续说，"你推动她走向了这个让她走向毁灭的乐器。你本来可以有一个拉小提琴的、长发飘飘的、行为偏执而内心自信的女儿，但是你为她选择了萨克斯风，你做了这个选择。"

"我刚才是想说，"迪·格雷戈里奥夫人说，胡乱地在心里搜索着最好的措辞，"我想说我们都已经注意到了一个明显的变化，就是这样。她不会说出来的——不会好好地说。你知道这种情形的。我刚才只是想问你她每周都跟你说些什么，你是不是有一些线索，男朋友或者其他什么事儿，什么我们可以着手解决的，可以理解的事儿。"

"为什么你认为你的女儿会告诉我真相？"萨克斯风教师问。

"有关她的学习，"迪·格雷戈里奥夫人无力地说，"或者她在学校的生活，诸如有关男朋友的什么事儿，我们可以着手解决的、可以理解的问题。"

有那么一刻，萨克斯风教师什么话也不说，只是想让迪·格雷戈里奥夫人感到不舒服，后悔自己不该这么自由地说话。之后她才说："但是你又怎么可能知道呢？"她沉吟道，不再那么生硬，"你怎么能知道其内在的真相呢？你可以观察她，但是你必须记住观察分为两种：一种是她知道自己在被观察，一种是她不知道。如果她知道自己在被观察的话，她的行为会在这种监视之下发生改变，直到你所看到的东西完全发生了改变，变成了只是为了接受观察而有意去做的一件事，所有的真实情况都没有了。而如果她不知道自己正在受到观察，你所看到的东西是未经事先准备的，是不适宜表演的东西，是一些未经加工的，没有被粉饰的东西，这些东西你可以尝试着去推敲：你可以赋予它一些并非其内在固有的意义，如果你这样做，那么你就会把你的女儿压到某个模子里，也就是说你在曲解你的女儿。所以，你看，哪种情况都不是你所称做的真实情况，都是曲解。"

“她说过什么吗？”迪·格雷戈里奥夫人说，“我知道这个问题很别扭，我觉得很尴尬必须问你这个问题，但是没有什么我们该了解的事情吗？”她的手隐没在胸部下侧，去检查她的钱夹是否还夹在她大腿与身体之间形成的巨大的凹陷处，直到她的手指找到了那块皮制品，快速地碰触了它一下。

“哦，迪·格雷戈里奥夫人，我只是她的音乐老师。”萨克斯风教师说。她把水杯送回到桌面，双手交叠起来。

“但是我要怎么做？”迪·格雷戈里奥夫人问，愈发恐慌了，“我还能做些什么啊？”

“你可以问问你女儿，”萨克斯风教师说，“你可以坐下来，真正地和她谈一次话。但是你得冒她可能会说谎的风险。”

星期一

“你听音乐会的时候在想什么？”星期一的下午，当朱莉娅来上课的时候，萨克斯风教师这样问她。

“相对于前半部分而言，我更喜欢后半部分。”朱莉娅开始说道。但是萨克斯风教师不耐烦地向她挥手，说：“不是，我的意思是当你在听音乐会时，你想到了什么？你想到了什么事儿？”

朱莉娅好奇地看着她，好像这或许是个测试一样。“为什么这么问？”她问。

“这是我过去常常与一个老朋友玩的一个游戏，”萨克斯风教师说，“我们开玩笑说越是好的表演就越具有催化作用：糟糕的表演只会让你想到你吃了什么饭，或者第二天早晨醒来你会穿什么衣服；但是优秀的表演却会让你想象一些你过去从来没敢想的一些东西。”

她热切地谈论着，像个孩子。朱莉娅解开了自己的萨克斯风乐器箱，说：“我只是在想音乐。”

“是的，但是关于什么呢？在你的思绪游移时，你想象什么了呢？”

朱莉娅打开哨片鞘的开关，从里面滑出哨片，把它放在手中拿了一会儿。“我想象会发生什么事情，”她说，“在我捎伊索尔德回家的时候。”

灯光改变。顶灯熄灭。窗外的日光透过云层照入室内，原本显得格外明亮，而此时这道光线也被遮蔽。一块模板垂入场景，放置在唯一泛光照明灯前方，其附加调制装置开始转动，因而那昏黄的灯光被细细地分割成条状，不断变换着，照耀在两人身上，像是不断远去的街灯正呈条状照在一辆开动的汽车的仪表盘上。朱莉娅坐下来。街灯的光线进进出出，在她的膝盖上飞驰而过，在她的肩膀上折出曲线，之后消失，在下一盏街灯照入车内替换掉前一盏街灯之前，有片刻的时间她置身于黑暗之中。一盏，一盏，又一盏，都是黄色，都向前弯曲着。

“我想象，”朱莉娅说，“在送她回家的路上，我们会谈一点儿有关音乐会的内容，我们对它的看法，会谈学校里我们共同的老师，之后我们会转到你身上来，会谈论你，因为你是我们之间唯一真实的联系纽带。我们会花不少时间反反复复地谈论你，只是我们都不会很诚实，因为最重要的是相互给对方一个美好的印象，所以我们真正的想法是什么并不重要，我们要说的话都要让我们表现出最光辉的一面，我们会撒谎，一路上我们都会相互撒谎，反反复复地撒谎。”

萨克斯风教师纹丝不动，只是用眼睛上上下下地打量朱莉娅。她的脸就像是一张面具。

“之后我想象着，”朱莉娅说，“在我熄灭引擎后，我们会在那儿坐一会儿，不相互看对方，只是让目光穿越车外的黑暗，望向伊索尔德家没有亮着灯的房子。我的钥匙圈还会在点火装置上来回地摇晃，我们会聆听风吹动树叶的声音。我的嘴会很干。”

旋转的模板现在已经静止不动了，光线从车窗外照进来，穿过车窗，照在朱莉娅的坐着的大腿上，在朱莉娅的双膝之上形成了一块方形的光亮。她的脸处于阴影当中。她僵直地坐在那里，一条腿向前伸出，位置向上，形成一个角度，像是踩在刹车片上。她的萨克斯风躺在她旁边的沙发上，她正随意地用左手抓着它，把上端轻微地从座位上拉起了一点儿，所以她的手看起来就像是随意地盘在手刹上，指节放在了把手下方塑料的浅凹陷处，手腕松松垮垮地弯成了一个拱形。她的另外一只手在胸前拨拉着，试探着一根无形的安全带的张力，不经意地把它拽起，又让它弹回到自己的胸部。

“之后我会说：‘你知道别人都是怎么说我的，在学校，所有那些，那不是真的。’”

朱莉娅用舌头润了润嘴唇。她没有看着伊索尔德：她正望向窗外，凝视着后视镜上的深银色，一只手还在拨拉她的安全带。

“伊索尔德说：‘我知道。’她说这话的时候语速非常快，之后她又说了一遍‘我知道’。她没有看我，她正在向上看，看她家的房子，她的手指放在她的喉咙处，把她的项链绕来绕去，指尖儿变得没有了血色，最尖端都变成了灰色。”朱莉娅再次转头看了看伊索尔德，速度很快，放在手刹上的手握得更紧了。“之后我说：‘我刚才只是担心，你或许会想我会在你最没有准备的时候靠近你，或者跳到你身上，或者类似的什么事儿。我刚才只是担心你会这么想。’”

她又回复到凝视后视镜的姿势，把脸扭开。

“伊索尔德说：‘我没那么想。’之后我说：‘好。’然后我们坐了片刻，抬头望向伊索尔德家没有亮灯的房子，听着对方的呼吸，之后我说：‘这就是全部。这就是全部我想说的话。’”

灯光升高了一点儿，只是足够把萨克斯风教师包括进来，把她放入到场景中。她动了动身体，盘起腿。她看起来不怎么舒适。

“到底别人在学校说你什么？”她不情愿地问道。有时候朱莉娅让她感到自己被逼到了某个角落里。现在她就感觉自己被逼到了角落里。

“所有人都认为我喜欢女孩儿。”朱莉娅说。

“明白了。”萨克斯风教师说。灯光再次降了下来，回复为那唯一的街灯照射出的一个正方形光池，光线穿过朱莉娅坐在那里的大腿，萨克斯风教师再一次隐入到黑暗当中。

“我们停下了车，”朱莉娅说，“之后在那儿坐了一会儿，无论我们说了些什么，它们都像水一样慢慢地流走了，直到没有任何事情可做，我们就只是坐着，等着什么事情发生。我的嘴很干。这时伊索尔德说：‘你介意在车里等一会儿吗？我妈妈认为维多利亚和我一起去听音乐会了，我们必须要在同一时间回到家里，以防妈妈还没睡。’

“就在她正说这话的时候，一辆车停了下来，在我们所在的位置再向前几个房子处停下，所以有那么一刻我们两个人都被那汽车尾灯的炫目灯光照红了。之后灯光熄灭了，但是没有人下来。我们都看着，但是那车就停在那儿。伊索尔德说：‘她不知道我们在这儿，她还没看到我们。’伊索尔德用一种冷峻又严厉的表情看着那个汽车，而我不想说什么以免说出来的是错话，之后她说：‘我们都安排好了，妈妈把我们两人都送到了音乐会，之后我去见你们，而维多利亚则走掉了去见他。她只能通过这种方式见到他了，她已经努力了好几个晚上了，但是现在她没有朋友愿意庇护她了。我不介意。’”

黑暗中，萨克斯风教师身体向前倾了倾。她眉头紧皱。

“之后伊索尔德说：‘我还是走吧。如果咱们在这儿坐得太久，就会显得很奇怪了。我得走了。’”

朱莉娅捋了一下膝盖，再次拉住安全带，点了点头。

“但是她并没有走。她又在汽车上多待了好一会儿，透过前面汽车的后窗，我们看到维多利亚侧身把头靠在萨拉丁先生的肩膀上，姿势看起来很别扭，她的身体要斜跨过变速器，变速器附近的所有空间都横亘在他们中间，而他则抬起臂膀抚摸着她的头。他正在说着什么，但是我们只能看到他们的轮廓，就像是皮影戏。突然之间，我的心咚咚地跳起来，我看了一眼伊索尔德，她也飞速地看了我一眼，但是之后她再一次说：‘请不要告诉任何人。’我说：‘好的。’”

朱莉娅的声音已经变得干涩而喑哑，她总是伸出舌头润湿她的嘴唇，深红色的红晕已经高悬在她的双颊之上。

“之后，她就下了车，”朱莉娅说，“那两个影子转过头来，看到了她，之后维多利亚与萨拉丁先生吻别，不是亲在嘴上，而是他把脸侧过来，这样她就可以亲吻他的面颊了，之后两人都微笑，或许甚至在大笑，好像这是一个笑话。之后红色的尾灯再次亮起来，萨拉丁先生的车开走了，维多利亚和伊索尔德一起走进了房子。是伊索尔德打开的房门，当她伸手去够门闩的时候，维多利亚走入光亮里，她看着我，看了很长一段时间，之后她低声向伊索尔德说了些什么，好像不高兴的样子。之后她们就消失了。”

朱莉娅骤然结束了描述，第一次看向萨克斯风教师。她的嘴扭曲着，带着苦涩的表情，好像这次表演使她想起来一次不愉快的感受，她宁愿把它忘掉的样子。

“事情真是这样发生的吗？”当灯光恢复到正常，朱莉娅伸手去拿自己的萨克斯风的时候，萨克斯风教师问，“萨拉丁先生在车里吗，朱莉娅？你能确定吗？”

“我只是在告诉你我想象的东西。”朱莉娅说，突然之间变得暴躁、漠然，用怀疑的目光看着萨克斯风教师，好像她是自己的敌人。之后她接着说：“当时天很黑。”她掀动萨克斯风上的一个按键，让它发出尖锐的响声。

“这可能会很重要。”萨克斯风教师说。

“这是我的想象。”朱莉娅再一次说，向后退远了些。她转过身吹奏一个琶音来热身。

“朱莉娅，”萨克斯风教师说，她的眼睛闪烁着光芒，“告诉我你所看到的。”

“没什么，”朱莉娅说，尽管她愁眉不展、紧锁心扉，但是萨克斯风教师依旧在朱莉娅身上感受到类似于胜利的东西，就好像朱莉娅一直领着她走到一个遥远又变幻莫测之地，只是为了把她遗弃在那儿，“我把她捎回家，她说再见，她下了车，关上车门。什么事儿都没发生。”

星期六

“你还记得自己失去纯真时吗，帕齐？”萨克斯风教师说。

她们看完音乐会后坐在一家酒吧里，帕齐侧身坐在小隔间里，两条腿都抬起来，棕色的皮靴在脚踝处交叠起来。她们中间放了一瓶酒，还有两个杯子，每个杯子上都沾上了灰白色的唇印，是女人的下唇留下的印痕，刚好在杯沿的下方，像是一个指印。

“你是指某个特定的事件？”帕齐说，“事实上的失去，你是说？”

“是的。”

“失去我的童贞？”

“不一定。就是是否有那么一刻，你不再单纯，你失去纯真的那一刻。你能记得那一刻吗？”

帕齐安静地想了一会儿这个问题。萨克斯风教师将酒杯举至嘴边，喝了一口。帕齐今晚很漂亮，她的头发被拢到后面，形成了一个翻转的发髻，垂在脖颈的后面，她的眼睛清澈又明亮，她戴着一个青铜盒式大吊坠，这是布赖恩送给她的礼物，一个有复古风格的、从外观上看起来像是附属在其他物品上的一件饰品，非常完美地映衬着她，衬着她丰满而又足够宽阔的胸部以及她锁骨上柔软的凹陷处。帕齐与自己的装束总是很适衬，她的形象总是完整的，萨克斯风教师想：将她的整体形象切掉一半，脱掉她的衣服，从她身上减少些什么，这些都是不可能的。萨克斯风教师想象不出来，甚至在心里都想象不出，去掉那项链会是什么样子——她无法想象出帕齐不穿衣服的样子，无法想象如果帕齐没有了那些她如此齐整穿戴的装饰和配饰，她会是什么样子。

帕齐摇晃着手中的酒杯杯脚。

“作为一个孩子，我从来没有笼罩于雾气之中，或者是遮蔽于面纱之下，”她慢条斯理地说道，“你知道的，圣诞老人啦、复活节兔子啦、卷心菜娃娃啦，还有那些委婉语什么的，我想不起来我的生活中曾经拥有过什么假想的东西，我从来都记不起来我曾经不了解过什么。性对我来说从来不具有真正意义的神秘感，在我们家里也没有上帝，所以也就没有神秘可言。当然我也像所有其他人一样有第一次的体验，也像所有其他人一样犯过错误，也像其他人一样修复自己、重新塑造自己，但是我记不起来曾经真正地失去过纯真，我记不起来我是否曾经真正地天真过。我没有对过去的某段时光恋恋不舍过。”

她抬头看向萨克斯风教师，“是不是非常糟糕啊？”她说，一边大笑起来。

萨克斯风教师笑了笑，没说什么，两人都安静地坐了一会儿，用指尖碰触着各自的酒杯，目光转向别处。

“每件事情都有一个范例，”过了一会儿，帕齐这样说道，“我做过的所有事情都事先有一个模板、一个公式、一个模型，是公开的，是看得见的，是为人熟知的。所有我会遇到的事情，其形状我都事先知道，在我遇到它之前就知道。模板总是先于现实存在，先于我个人的体验存在，先于某件事情具体到我个人的情况而存在。我从电影上、从电视中、从舞台上学到了有关爱情的事情。我学到了公式，然后我就运用它，这就是我处理事情的方式，我的全部生活。”

她又发出一串短短的银铃般的笑声。“是不是非常糟糕啊？”她再一次说，“是不是糟糕透了？”

钢琴旁边的小的表演台上，低音大提琴手身体前倾，对着麦克风说道：“最后一首曲子，各位。这是最后一首曲子。”

第八章

五月份

进行完残酷剧场练习的第二天，斯坦利在主楼梯处不期然遇到了那个在残酷剧场练习中挨打的男孩。男孩低着头快速地向前走着，每步都迈两级阶梯。面具男孩在其头顶处减掉了一片头发，为了与这片被剪断的头发找齐，现在他的所有头发都已经被剪得快贴到头皮上了。这种短发不是很适合他。他看起来似乎有些心有余悸，在短发的映衬下，耳朵和前额显得尤为突出，而他的身上则是一件新衬衫。

“嘿。”斯坦利说，伸出一只手拦住了他。

男孩抬头用一种心虚的目光看着斯坦利，羞涩地点头问好。

“我只是想跟你说我去投诉了，”斯坦利说，他的声音在楼梯井中听起来尤为洪亮，呈螺旋式向上空传递，向上再向上，传到上面的楼层中，在这纵向贯穿的楼梯井中听起来清晰又空洞，像是叮叮当当的铃声，“有关昨天发生的事儿，我去找形体主任投诉了。”

“谢谢，”男孩平静地说，“但现在还好，就是昨天有点儿笨了。”他似乎是要继续下楼，但是斯坦利拦住了他，站得离他更近了，把他逼在角落里，所以男孩被完全挡住，被束缚在楼梯栏杆处，无法走开。

“我还会去跟表演主任说这件事，”斯坦利说，“我没法相信没有别人像我这样做。太可恶了，他们对你所做的事，太可恶了。而且竟然没人在意。”

男孩儿用一种费解的目光瞅了斯坦利一会儿。他双手向后扶住楼梯栏杆，双臂放在身后，站在那儿，双手轻轻地拉住扶手。之后他说：“我是被安排好的。”

“什么？”斯坦利说。

“我是被安排好的。那个主要角色——尼克，那个戴面具的——他提前问我了也安排好了，我知道他们会挑我上台，我知道将要发生什么事儿，绝大部分的事儿，我知道会有水，他说他会扇我几下，我本来认为可能会很好玩，只是为了搞笑。”

斯坦利眉头紧皱：“但是你逃跑了。”

“我不知道他们会那么过火，”男孩说，“我的衬衣，还有其他那些，还有剪我的头发。他只告诉了我关于水槽的事儿，我本来认为没什么事儿，我认为我只是帮帮他们而已，或者随你怎么说，所以我就答应了。”

“总是事先安排好人吗？”斯坦利说，“每年？”

“我猜是的，”男孩说，他突然将目光转移，越过了斯坦利的肩膀，向下看向楼梯，“不然他们不会一直逃脱惩罚。”

“不应该让他们逃脱惩罚。”

“是的，”男孩说，耸了耸肩膀，“这只是一个练习，只是为了证明一个论点。”

“但是为什么？”斯坦利说。他说这话的时候要比他原本希望的更加具有挑衅性，他觉得有一种渐渐明白真相的无助之感，这种感觉他那天在形体主任的办公室里也有过。他迷惑地向男孩怒目而视，而现在男孩也反过来向他怒目而视了。

“我只是在帮他们，他们需要一个人帮他们完成这项任务，没什么大不了的。”

“那你的衬衫呢？”斯坦利说，“你的衬衫却不是没什么大不了的。”

男孩抓着栏杆的手握紧了些。他涨红了脸，咬紧了牙关，那层短短的金色发帽由于他的愤怒而在他的头皮上移向后侧。

“嘿，我说，我感激你的关心，就这样，”他说，“但是你知道我不是一个什么宣传小花车，也不是什么你要为之而奋斗的正义事业。是我的错，我本来应该问问他们要计划怎么做，没什么大不了的，你没必要投诉的。”

“他们伤害了你！”斯坦利大喊。

“是的，之后他们又来找到了我，”男孩大声说，“在他们脱掉了面具之后，所有一切就都已经结束了，我们在一起谈了，所有的事儿，我们把所有事情都解决了。这不是你的问题，你并不是当事人。”

斯坦利看了男孩一秒钟，之后他闪到一边，让男孩走过。男孩低下头，喃喃道：“不管怎样，谢谢你。”他从斯坦利身边闪身而过，飞身下楼，消失在视野中。

斯坦利抬头望向窗外，窗外的光线打到楼梯井中，是那种有高高的窗棂的窗户。他喘着粗气，发现自己的手蜷成了拳头状，模糊地觉得要去挥拳打什么东西，但又不能确定自己想要打什么，甚至都不知道为什么要打。一群二年级的演员吵嚷着穿过楼梯下楼，他向后退了几步给他们让路，他们渐行渐远，这时他抬头看到了表演主任尾随而至，正平静地走下楼梯，腋窝处夹着一捆主桅帆，打着补丁，用线束连接，围绕着边缘布满了收帆索的眼孔，上面覆盖着一层铁锈。他看起来全神贯注。

“斯坦利，”他走近时说道，“是你想找我，对吗？”

“现在没事了，形体主任已经帮我解决了，”斯坦利说，恭敬地向后退了几步，“现在都解决了。”

五月份

"这是一个控制与交流方面的练习，"形体主任说，"我想让你们所有人都分成两人一组，相互面对对方，开始时手掌相对，两脚与对方对齐，两人的动作要完全同步，每个人都是另外一个人的一面镜子，你们可以做任意动作，也可以去往任何方向，但是我希望当我走在你们中间观察你们的时候，我无法辨别出谁是领导者，谁是跟随者。"

全班的学生都乱哄哄地站起来，斯坦利发现自己是与坐在旁边的一个女孩搭对。当他们转过身来面对面的时候，都迅速地向对方微笑了一下，斯坦利发现自己的心脏猛烈地跳动起来，一阵自卑感袭上心头，他紧锁眉头，压下这种情感，转身看向形体主任，眯起双眼向女孩表明自己正全神贯注地听讲，表明自己很看重这堂课，也向之表明无论她是怎么期望的或者怎么想的，总之对于她是异性这一事实，他是会完全置之不理的。他用眼睛的余光模糊地看到女孩看了他有好一会儿，之后将目光也转向了形体主任。

"在你们之间，"形体主任继续道，"先选一个人做领导者，同时也选好某种身体动作作为信号，这样一旦领导者角色互换，双方都会知道。只要你们愿意，可以随意进行多次的角色互换，来来回回地换。眼神的交流是最基本的。我们会在沉默中做这一练习。"

搭好对子的同学相互靠近，低声地交流着。形体主任转过身来，按动环绕立体音响系统上的一个按键，按键突起的边缘上已经覆盖了灰尘，在等待着唱片滑入轨道期间，他用手指将灰尘拂掉，灰尘很厚，呈银灰色，聚集在他的指尖上，像是一个软软的绒毛般的薄饼，他把它揉成了一个球，弹掉。唱片开始旋转，他慢慢地转动声音旋钮，音乐声渐渐显现，声音越来越高，直至完全充满了整个体育馆。他选取了一个电影的插曲，是一首器乐曲，具有强烈的冲击力，夸张而有渲染力。

“请你们就位，开始，”在音乐小节间歇时，他喊道，“音乐是你们的节奏，从中汲取灵感，让自己一心二用，既要密切注意你的搭档，又要仔细聆听节奏，你们要让感觉敏锐起来，但与此同时还要保持平静。可以开始了。”

斯坦利转过身来面对自己的搭档，举起手掌让她的手掌与自己的相对。他们清楚地看到了对方，最初他局促不安、眉头紧锁，不确定她以如此清晰直白的方式看着自己，在她的眼睛里自己可能会是什么样子。她个头比他稍矮一点儿，下巴微微向上扬起，迎着他的目光。她有一双灰色的坚定的眼睛，嘴唇又直又薄。斯坦利现在与她的距离非常近，能看到她脸颊上的绒毛，在斜斜的光线中散发着温和的粉色光芒，浅褐色的雀斑分布于她的鼻梁之上。

重乐器渐渐隐去，弦乐器的声音安静地渐次加强。斯坦利把自己的右手掌从女孩的手掌上撤离，同时他感觉到女孩也在做同样的动作，缓慢而又谨慎，大约有四分之一秒钟的延迟。她微微地蹙着眉头，但是当他看到对方这一表情时，立即意识到女孩只是在模仿他自己的表情。他放松下来，换上了一副面无表情的样子，同时他看到女孩的脸上也出现了同样的表情，他的动作通过她又反射到他的身上，不过是女孩对这些动作的重复带有一种女性的精致，就像是一个洞穴，将自己的呼喊以一种更加美好的女性版本形式给投射回来。他握手成拳，举起，放到下巴下侧，动作力图缓慢而又谨慎，这样她就能看到他的动作的整个轨迹，并能够同步地将其复制。她看着他的眼睛，而不是他手上的动作。两人都睁大眼睛，精神紧张，试图进行无语的交流。在他们身边，其他搭对儿的同学也像他们一样动作，以一种缓慢而谨慎的方式舞动他们的双手。当他展开手指，将之插入他的搭档女孩儿那纤细又冰冷的手指中时，斯坦利自己在心里想，从班级的上空向下看，整个班级一定像是某种被风吹动的作物，一会儿向上升起，一会儿又归回原位，像是摇摆不定的纤弱的稻谷叶片，扎根于土壤之中，在不断变换方向的猎猎微风中摇曳生姿。

形体主任站在舞台上，在静默中观察着学生，他的指尖仍停留在音响上，已经染上了一层灰色的灰尘。他的目光在他们身上游走，停留在其中一个男孩身上，男孩站在人群的边缘，正伸手用食指触摸自己搭档的脖颈。他看到这对互为镜像的人正沿着一条看不见的线触摸对方的气管，接着向下触摸到锁骨中心位置的那个凹陷位置。他想，男孩是领导者。他总是能够辨别出来。

男孩正高高地仰着下巴站在那里，两腿分开，脸上那副庄严之极的表情，几乎快让形体主任忍俊不禁了。进行完残酷剧场练习，男孩那次在他办公室痛哭之后，这还是他第一次给这个班上课。早上当他步入体育馆，召集大家集合的时候，他就立即注意到斯坦利正活跃在人群的边缘上，焦灼地、急切地想被看到。形体主任当时把头转向了别处，他不想让这个男孩以这种令人恐惧的方式靠近他，就好像他把形体主任当成了自己的父亲，总是渴望获得更多关注、更多认可和更多的时间，而事实上他不明白所有这些震动心弦的第一次体验，这些冲破迷雾般渐渐明白的真相，这些如此全身心地影响他个人的东西，在形体主任看来，只是同样的事情在一遍遍重复发生，而斯坦利则只是这长长的链条上的最后一个与前面那些人感同身受的人而已。

每年都至少有一个学生要对残酷剧场练习进行投诉。这个课程属于表演主任教授的范畴，所以大多数情况下，都会是他将心绪难平的学生带到他的办公室，并对其无论什么样的持久的伤害进行安慰。有些年头，就像今年这样，他会找一个借口在最后一分钟离开班级，快步走上后面的楼梯，走到体育馆上空的灯光操控间内，在黑暗的玻璃后面观察这些学生。所看到的景象总是不同的：有一年那个挨打的学生挣脱出来进行还击，把舞台上的几个学生打成重伤；另外一年，观看的学生们愤怒地冲上舞台，进行大规模的救援。但是近年来，年复一年，这些学表演的学生正在失去什么东西——一种准备好去表演的状态，他是这样想的，没有讽刺的意味。就拿今年来说——一件衬衫，一点儿头发，一个水槽，还有一个后来心绪难平、哭泣抹泪的学生。

有时候，形体主任真想揍他们一顿，冲到体育馆的地板上，抽他们嘴巴，晃动他们的身体，直到他们惊醒，突然做出回应，并开始还击；有时候他觉得自己快要被逼疯了，他们身上好像都紧紧贴着一层黏膜，对什么事情都无动于衷。黏膜窒息着他们，捆绑着他们，使他们停止了呼吸，直到他们都像玩偶一样被装在热缩塑料壳里，并被贴上商标，进行大规模生产。

他甩了甩头。他们似乎都藏在垫子里，就是这样。他们都需要觉醒。

在下面的地板上，斯坦利已经无形中将领导权转交给了自己的搭档，她现在将身体从他身边抽离，散开，两人都穿着黑色的T恤衫，在地板的映衬下，就像是在陈旧的卡片上两个对称的墨渍，不是非常对称，男孩的动作总是无法完全与女孩的动作相匹配起来，反之亦然：总是有什么东西丢掉了，丢掉了一些清晰的棱角，让他们试图掩藏的东西泄露。形体主任叹了口气，像是在全景扫描一样看着他们所有人，看了几秒钟，这群梦游者，柔软光鲜，却漠然冷淡，他们眼看着自己的同学被剥掉衣服，被减掉头发，甚至快被淹死，却无动于衷。他想："我怎么做才有可能唤醒这群人？"之后他又想："谁又会来唤醒我呢？"

七月份

"我到这儿来，是想跟你们谈谈年末的剧目创作项目的，"表演主任轻快地说，“在一年级的学期日历上，到目前为止这是最为重要的一个事项。”

表演主任在说话的时候，总是要求学生们有一种骇人的静默。他不需要提高自己的嗓门儿。

“首先，我必须强调你们将完全独立完成这一剧目创作。指导教师们不会检查你们的排练、剧本、灯光操控、服装设计，以及意见交流。这是你们自己的项目。当我们在十月一日晚八点钟到达剧场时，我们想要的感受是错愕，是震惊，我们想要看到为什么我们从两百个进行试演的候选者中选了你们，我们希望在离开的时候，对我们自己良好的品味感到骄傲。

“我或许要加上一句，这个项目在本院有一个优良传统，令人印象深刻：一部分应本项目之要求被创作出来的作品已经有好多次在之后被重新翻演，成了非常优秀的作品，有一些还在世界范围内巡演。你们有一双大鞋要填满啊！”

表演主任现在兴奋起来，和以往一样，每当谈论起过去的学生时，他都会这样。他的赞美与赞同永远只会在回顾的时候给予，这是这些一年级学生目前还不知道的一个事实，他们并不了解这一点，而是使劲地盯着表演主任，急不可耐地要抓住这个崭新的、耀眼夺目的机会，用来证明自己。

“我们有一个传统，”表演主任继续道，“在闭幕之夜，全体演员会从他们的作品中选择一个道具向下传递，这个道具将作为下一年作品的驱动元素。去年的作品，名为《美丽的机器》，他们从上一届学生中接过来的道具是一个巨大的铁轮，在原先的作品中，这铁轮是一个人力车上的零件，在《美丽的机器》中，这个铁轮被装扮成‘命运之轮’，变成了美丽的机器本身的一个视觉中心点。”

一个男孩正起劲儿地点着头，表示他已经观看了《美丽的机器》，而且也对那个铁轮记忆犹新。表演主任淡然地笑了一下。他说：

“《美丽的机器》的演员，也就是去年的一年级学生，已经从他们的作品中选好了一个道具，这个道具将成为你们的聚焦点，它现在就在我的兜里。”

他停顿了很长一段时间，享受着这种紧张的氛围。

“有没有人有什么问题，在我把你们留在这儿开第一次会之前？”

没人想到什么问题。表演主任把手伸到兜里，摸出了一张扑克牌，这是一张普通的扑克牌，纸牌的背面是细细的条纹，泛着微微的粉色，圆边。他用手指夹住纸牌，将其举起，随即将它翻转过来，好让所有人都看到是一张方片国王纸牌，纸牌上的国王蓄须、薄唇，做沉思状，用他火腿一样粗壮的手将他的斧头举在头的后面。表演主任将纸牌掷在地上，礼貌地点了一下头，之后离开了房间。

体育馆的门在他身后轻柔地关上，方片国王纸牌顺着风在地面上滑行，纸牌有些向外突起，拱状贴在地面上，单薄地在风中战栗，像是一个没有桅杆的小舟，在大海中失去了航向。有那么一刻，人们只是沉默着。然后，有一个女孩试探着说：“方片国王是‘自杀国王’中的一个，或许有人还不知道。”她以一种谦逊的口吻说道，好像是因为自己首先打破沉默第一个发言而有意表现出歉意。

“红桃国王手里拿着把剑，那剑看起来像是插进了他脑袋的一侧——”她比划着，“——方片国王则看起来正用斧刃对着自己，每副扑克都是这样，这两个红色的国王总是被称做‘自杀国王’。”

所有人都伸长了脖子去看，发现她说的没错。又是一阵沉默，这次是另外一种沉默，是最后一句话还响彻于耳畔的一种沉默：*自杀国王*。每当第一个观点被表达之后，总是有一种不同类型的沉默，斯坦利想。

过了好一会儿，这种全体性的沉默状态被打破，人们的注意力不再那么集中了，他们抬眼向上看着，羞怯地露齿而笑，或者大笑着，伸展着腰肢，左顾右盼，开始聊天，环顾四周寻找一个领导者，能引领他们向前进行。

七月份

“我们进入到一个新阶段了吗，作为老师，”形体主任说，“当唯一能真正影响我们的是那些学生，是那些最能让我们想起来我们年轻时的样子的学生？”

表演主任大笑。“而且也总是讨人喜欢的样子，”他说，“永远充满活力，处于理想状态，还有身体，柔软、健康、年轻的身体，我们都想象着我们也一定曾经拥有过的身体，在所有其他东西到来之前我们曾拥有的身体。”

表演主任比形体主任年纪大十来岁的样子，他显得并不年轻：苍白的双眼下侧有一道湿乎乎的粉红色印记，这总让他看起来像是生了重病一样。

“可悲的是，我想这对我来说确实如此，”形体主任说，“今年有个学表演的学生——一个男孩儿，他非常像我年轻的时候，我这么想。我想我年轻时一定和他一样。我给他们班上课时，会忘记我所有的疑虑，对……对所有事情的疑虑，真的。我密切地关注着他，对于他所取得的进步我真是非常高兴——我的意思是确实很高兴——我总是额外地关注他，观察他的变化，一点一点地改变，进而自己感到兴奋、宽慰以及所有人们认为教师应该感受到的情感。”

作为一名教师，表演主任总是刻意与自己的学生保持着一定的距离，但是他总体上的淡然孤傲以及不为所动的行事方式似乎令人奇怪地让学生们更加崇拜他。他们希望获得的是表演主任的关注；在随后的若干年里，他们中大多数人记住的也是表演主任。

他的冷漠和淡然以某种方式吸引着他们，就像是小狗对于拿着皮鞭的主人的情感一样。形体主任并不具有这种冷漠的天赋，现在表演主任这样想到：他表现出太多的自我了，太容易让人直白地看到他的想法了；当学生们让他失望的时候，他对他们表现得太轻蔑了。

“一个角色神秘而立体的效应，”就在今天早晨，表演主任这样对他的二年级学生说，“其塑造方式就是向观众掩藏信息。只有当我们不知道一个角色的原委时，这个角色才似乎是复合多元的，是能引起别人兴趣的。”

形体主任正用指尖摩挲着另外一只手背上突起的关节。他摇了摇头。

“于是我不断地提醒自己，所有的可能性都只能归结为空虚，”他说，“我挑选了一个自己年轻时期的翻版，又如此贪婪地观察着他，就像是童话故事中被施了妖法的人。悲哀啊。我想我是不可能以同样的方式去对待其他学生的，就是不会——”他摊开双手，耸了耸肩，“就是不会那么*在意*，”他说，“我不会那么在意是什么让他们与众不同。他们是永远不会知道这一点的。我站在他们面前，教他们，就像是所有的舞台表演一样，从头到脚透彻地了解这个角色，融入其中，扮好它，但是在心底我知道所有这些只是在表演。”

“或许你对自己太苛刻了，”表演主任说，“给自己身上加了太多的期望，觉得自己在事实上*必须*要在意，或许你没必要在意，或许你可以不在意而仍旧是一个好老师。”

“或许吧。”形体主任说。

“是哪个学生捕获了你？”形体主任说，“那个你的年轻翻版。”

形体主任踌躇着，眯起眼睛向上看着表演主任头顶上方的一抹光线。

“我最好不要说出来。”他最后说道，有点儿害羞的样子，好像那男孩是一个他迷恋的对象，他仍旧将自己的心靠着他很近很近。

“那好吧，”表演主任说，“但是如果你愿意的话，我打赌我能猜出来。”

四月份

“我爸有这样一个理论，”斯坦利说，“他认为学校应该为那些最有可能死亡的学生去办理保单。”

一阵静默，之后，所有六个人都放下了手中的刀叉，把头转向斯坦利，牢牢地盯着他。

“什么？”他们说。

“因为总是有个孩子死掉，”斯坦利说，“不管是哪所中学，对吗？你们上中学时，不管是哪个学校，你们总能记着有一个孩子死掉吧。”

现在他的笑容有点儿勉强了。他本来不想让别人认为这句话有多么严肃，想带点儿调侃性，让人稍稍有点儿吃惊，但是现在他的这些同学却看起来一副反感又迷惑不解的样子。他试图让一种惊异而又失望的表情掠过自己的脸庞，好像是说他的观众不像他想象的那么世故通达、放荡不羁，好像是说他们这六个人都让他有点儿失望，视野都这么拘泥谨慎、中规中矩，见解都这么落后、赶不上潮流，没有留下任何让人发挥才智或者搞恶作剧的余地。他试图挑起眉毛，让自己本来微笑的嘴角稍稍下拉，做出一种世故的表情，脸上写满了轻蔑、欢愉和无所谓。他试图不那么认真。

“这很弱智。”一个女孩说。

斯坦利让自己的嘴角咧大了些，现在他已经无法全身而退了，他不得不继续宣讲，也因而从某种角度上讲拥有了这本来并不属于他的观点。他觉得自己掉到了陷阱里，所以他试图让自己变得欢愉起来，风趣起来，就像是他的父亲可能表现出来的样子，通过这种方式来挽救自己，并且他开始放大自己所扮演的角色，放大自己对这一观点的认同感，直到这一观点好像真的是他自己的。

“你可以办理一份保险，”他说，“大概每年交两百块。给孩子办理保险价钱是非常非常低的。要想挣钱就要在事情没发生之前就能预测其要发生，不是吗？所以，如果你能介入其中，并能从中受益——如果你能挑出那个最有可能死亡的孩子——”

他摊开双臂，耸了耸肩，似乎在说这种逻辑关系不言自明。

“那么你认为这笔钱会给任何一个去投保的人？”一个男孩说，“比如，学校会得到这笔钱，作为一种奖励，因为他足够聪明，找到了那个要死掉的孩子？”

“‘最有可能死掉’是什么意思？”刚才说话的那女孩突然抢白道，“这很弱智，你怎么能知道一个人是否快要死了？”

现在斯坦利感到浑身燥热。他开始觉得厌烦，不是针对他的爸爸。出于本能，他现在已经开始保护自己的父亲了。让他感到厌烦的是这些作呕状的听众，他们的目光穿过那张铺着镜面般的油布的桌子向他怒目而视，好像他刚刚提及的观点着实骇人。他忘记了当他的父亲提及有关保险的观点时，他自己也有一种类似作呕的感觉；他忘记了他父亲蓄意的挑衅总是让他的胸腔有一种透不过气来的感觉，一种无助的怒气会使他拳头紧握，并且在之后的几天甚至几周的时间里这种感觉都挥之不去。他也怒视着这六个人，说道：“谁说有什么好事儿不能来自于死亡？谁说从糟糕的事情中获得点儿收益是错的，比如从死亡中获得收益？在事情发生前找准，之后出击？”

他现在无法进行完美的措辞，他嘴里吐出的字眼是有失偏颇的，是不大靠谱的。

“获得点儿收益——比如那个在放学回家的路上掉下滑板车的孩子，从他身上挣一百万？”

“或许吧，”斯坦利说，“或许，是的。”

“这是我听过的最愚蠢的主意，”其中一个人说，“人寿保险完全是指获得一个后备储备，以防你依靠的人死掉。比如如果我爸死了，我妈就会陷入窘境，因为她需要他的收入维持生计、偿还按揭、支付账单等等。所以如果我爸死了，人寿金就会支付给我妈，这样在几年之内她就不会陷入窘境，直到她再找到其他什么人。他们怎么会让你在一个孩子身上投保险呢？这根本就毫无道理。他们会知道你是有所企图的。”

“可是，我只是在谈论一种可能性，”斯坦利说，最终还是把自己列入了第一人称，将自己归为这个主意的拥有者，“我的意思是，这个概念是有可能性的，是我们可以去考虑的东西，如果你想努力实现的话。”

突然在那一刻，他想起了从现在数的倒数第三次与父亲在饭店见面时的一幕。海宁居饭店，两人的剪影映在一面磨砂玻璃墙上，映在常春藤上，映在一个人造喷泉上，喷泉涓涓流水，永不干涸。他的父亲用一块折成花状的亚麻餐巾抹了抹嘴，说：“想不想听我这辈子听过的最黄的黄段子？我保证你没听过。”

饭店很安静。对面的一对儿一边嘴里吃着什么，一边把目光投向窗外。斯坦利轻轻地抹了一下嘴。他说：“好的。”

“我要警告你，这笑话真是很糟糕。你要听吗？”

“是的。”

“好吧，如果你用花生酱盖住了一个六岁孩子，你会得到什么？”

“不知道。”斯坦利说。

“勃起。”

一段长长的沉默，斯坦利的父亲眉毛高挑、咧嘴而笑，静默着，像个小丑。对面的女人无意地看了一眼斯坦利，与他的目光相遇，之后慵懒地移开自己的目光，转到了她那静默的被分解的食物上面。他不确定她是否听到了他们之间的谈话。他把目光转到自己的父亲身上，他的咧嘴而笑的、充满期待的父亲，之后他自己的脸上也挂上了笑容。这笑容让人感觉极其虚伪，就好像嘴角被晾衣夹子给夹了起来，或者是被钓鱼钩给钩了起来。有那么一刻，两人都沉默着，都咧嘴而笑，都静止不动。最后，斯坦利点了点头，他的父亲说："真是非常出格，是吧？"

"是。"

"是你听过的最糟糕的一个吗？"他的父亲歪着头，一副洋洋得意的样子，在椅子里欢快地晃动着身体。

"或许吧，"斯坦利说，"或许是最糟糕的一个。"

对这一场景的记忆不期而至，现在斯坦利的眉头皱得更紧了，被愚弄的感觉再一次萦绕在心头。他的听众正隔着桌子回瞪着他，影像映在桌面的深处，镜面中的他们显得面色蜡白，比现实中缩小了一圈。

"没有人会让你从一个孩子的死亡中受益，"其中一个说，"这就不会行得通，不会有人让这种事情发生。"

斯坦利耸了耸肩，目光投向了远方，投向了餐厅中其他的桌子上，好像是他们之间的谈话已经结束，而且他并不在意。"你们理解错了。"他说，没有看他们中的任何人。他满不在乎地用手刮了刮自己的脸，眼睛环顾餐厅的四周，双唇紧闭，像孩子一样挑衅般地撅着嘴，微微地表现出鄙夷的神情。他说："你们理解得太字面化了，本来只想当个笑话。"

七月份

"什么是禁忌？"表演主任问道，他的声音在巨大的房间里回荡。学生们盘腿而坐，围成了一个环状，用手抓着他们冰凉的沾满白色灰尘的脚趾，弥漫的灯光下，他们的脸色呈灰白色，鬼魅一样。

有人说："禁忌就是指你想要的什么东西却不可以拥有。"

"禁忌是指被禁止的东西，因为它令人厌恶。"

"或者是因为它令人恐惧。"

"禁忌是不允许我们谈论的东西。"

"禁忌是使人感到不舒服的东西。"

"禁忌是我们还没有准备好接受的东西。"

最后这句话是坐在表演主任右手边的一个女孩插上的。她说完话后，表演主任表现出惊异的样子，并用他那双清晰的苍白的眼睛在人群中将她找了出来，过了一刻，他露出了罕见的、令人意想不到的笑容。"我们还没有准备好接受的东西，"他重复着，"好。"

他们谈论了几分钟关于巫术、宗教典礼以及祭祀的话题，之后表演主任问："死亡是一种禁忌吗？"他用征询的目光逐一看着他们每一个人，"曾有一段时间死亡是一种极大的禁忌。现在仍旧是吗？"

斯坦利坐在那儿，对着地板蹙着眉。表演主任用他苍白的眼睛投掷过来的目光使他紧张不安，他的每一个问题都居高临下，都鲜明地带有一定的保留性，好像是在强调那些生死攸关的事情的复杂性，同时也在提醒他们，他们中没有一个人能够真正地提供一个有价值的答案。表演主任说话时所表现出的冷冷的简洁使斯坦利的骨盆中有某种东西在焦躁地跳动，好像不知怎么这种禁忌性因表演主任的那种疏离感而得以强化：好像是表演主任故意表现得很随意，斯坦利想，就像是一个老于世故的人故意为难一个孩子，给了孩子一支烟，却假装并没有注意到孩子因而涨红了脸，耸了耸肩膀，说话也结巴起来。

这次谈话总体上强烈地让人感到有些奇怪，就好像禁忌本身是一个禁止谈论的话题。斯坦利有一种模糊的感觉，那就是他们都正步入一个圈套，而且没人知道是一个怎样的圈套。他蠕动着自己的身体，等待着骨盆中那阵烦躁的跳动结束。大多数学生都像他一样，看起来都很不舒服的样子，坐在那里，眼睛低垂，等待着老师突然出击。

“斯坦利，”表演主任出击了，“死亡是一个很大的禁忌吗？”

斯坦利屈指成拳，把指关节按在地面上，思考着。

“不是，”他最后说，“不再是了。”

“为什么？”

“因为人们总是装死，”斯坦利说，“每次我打开电视的时候都看到人们在装死。”

“所以呢？”表演主任说，但是他看起来很热切的样子，双唇被拉向后方。

斯坦利说：“如果它是一个很大的禁忌，那么装死就会造成一定的后果。”

表演主任短暂地点了一下头，表示满意，之后将头转向大家。斯坦利吸了一口气。他出了很多汗。

“给你们讲讲我父亲的死，”表演主任说，“他死在了自己的床上，在他死后被运走之前，我的家人与他的尸体共度了一晚。我听说过有关尸僵的说法，我觉得那是一个有趣的概念，但与此同时也对此抱有一点儿怀疑的态度，认为这只是老妪们流传下来的故事罢了，太古老了不可能再发生。

“我坐在父亲的床边，看守着他，大约每一个小时左右我会悄悄上前用手指戳他一下，只是用食指轻轻地戳一下，在他颊骨下方的皮肤褶皱处，那儿的皮肤松弛又柔软。我就总是那样戳一下他的脸颊，像是例行公事，等着它慢慢僵硬。过了一会儿，它果然硬了。我俯下身，戳了一下他的面颊，那儿已经硬得像块板子。

“让我感到恐惧的正是这种延迟，”他说，“他一直以来都那么柔软，之后就像是有个人掀动了一个开关。这种延迟吓到了我，两种死亡的症状在时间上的间隔——尸体僵硬与心脏停止跳动。突然之间我看到了死亡并不是一种静态，也不是最终的终点，而是一个不断加深的过程，一个缓慢的症状累积的过程，一个渐渐平息的过程。我以前从来没有想过死亡会是这样。”

现在他们都小心翼翼地看着他。

“这对我来说是非常隐私的记忆，”表演主任说，“因为我之前一直想象在我的父亲死后，我会有一种非常强烈的悲伤感，甚至会歇斯底里，会恸哭不止，我看到我姐就是那样，我会在后来深切地感到一种渴望，渴望因失去了父亲而失去了的所有不可替代的一切，并且我不得不付出努力来重新修复我的生活，直至走入正轨。我想象着，在这件事情发生之后，我会花上一定的时间去思考我自己的死亡，但却是带着一种对短暂生命的感激与崇敬。”表演主任的声调稳定，但是声音却非常柔和，而且似乎这种安静反而强化了效果，就像是煤气炉上狂野而清晰的蓝色火苗暗淡了下来。

“但是这些都没有在我身上发生，”他说，“我没有哭，我没有感受到强烈的悲伤，我迅速地找到了我所需要的可以替代他的一切，对于我自己的死，我的看法还是一如既往，就是这样。我本来认为我知道我会对父亲的死做出如何的反应，但是我错了。

“就像是斯坦利说的，”表演主任说，语速加快，转换到一个新的、较为愉悦的波段上，“你们中的任何一个人都可以在打开电视之后，看到有人在装死，你们所有人都会看到成千上万次的死亡，这种死亡并不是死亡，而只是人们在装死。如果我现在说‘你们被击中啦，’你们就都会在地板上翻滚，捂着你们的胸口，扭曲着、呻吟着，之后你们会做的一件事——你们所有人都会做的一件事——就是复制一次死亡。

“我现在要给你们留的作业，”他说，“不是要你们准备表演一次死亡，因为你们大多数人都没有第一手资料，不知道一个人真正死亡时到底意味着什么。恰恰相反，我想要你们每个人都准备表演一下对你来讲最为隐私的一次体验。你们可以通过向其他同学表现这隐私的时刻，从而将自己完全置身于这次隐私的体验之中。这个练习的目的是要看看我们将如何运用这些极其隐私的体验，日后在我们表演自己并不理解的某个场景或情形时，把这种体验当做一种情感的替代形式。”

一阵不安的静默。每个人都努力不去看其他人，都试图快速地搜索自己生命中所有那些相对来讲不算痛苦的时刻，可以将之加工出来在全班面前再现，假装那就是他们生命当中最隐私的一次体验。

表演主任让这种静默持续了一刻。他懒洋洋地想：如果其中一个表演的是我的一堂课，那会是什么样？如果某个孩子的生命中最隐私的时刻恰好与*我*有联系，某个与*我*在一起的宝贵时刻，而且他还有胆量在全班面前将之再现，那会是什么样呢？当他在心里掂量这种可能性有多少时，撅起了嘴唇。他想：这永远不会发生，没人敢这么做。

“有关父亲的死亡，我在自己的表演生涯中运用了很多次对这件事的记忆，”表演主任最后说，“我对这段记忆重新记忆、重新想象、重新表演，直至它已经被吮吸干净所有有用的汁液，而我也终于*学到*了些什么。在扮演乐文柏[①]时，我用上了它；扮演肯特[②]时，我用上了它；信不信由你，在扮演大悲剧家时我也用上了它；我还在扮演阿尔吉时用上了它。”

坐在地板上，斯坦利在头脑中思索着自己父亲的形象，他想象父亲现在和他们在一起：靠在形体训练的扶杆上，双手插在兜里。体育馆地板上的同学们都纷纷向他点头致意，当他在众人中捕捉到了斯坦利的眼神时，庄重地向他眨了眨眼睛。他会讨厌表演主任的，斯坦利心想，并想象着他的爸爸现在会这么说：“说得

① 易卜生戏剧《海达·高布乐》中人物。
② 莎士比亚戏剧《李尔王》中人物。

对，热爱那些摧毁你们的东西吧，热爱那些死亡和离异吧，而且要学会在所有的喧嚣吵闹声中倾听你们自己的苦难。对你们来讲，这样才会把所有的东西都放进一个良好的、健康的视角里。这是一张门票。”斯坦利想象着自己的父亲摇着头，用一种憎恶但又无计可施的方式大笑着，耸着肩膀，穿着他那件起了球的灰色运动夹克衫，他工作时总是穿这件夹克。

但也许他不会这样做。或许他的父亲会向表演主任跷起大拇指，之后说：“我不得不对他甘拜下风，正是像这个家伙一样的伙计们最终给了像我这样的人职业。让他糟蹋你们吧，节奏缓慢但却步步为营，当你们生命当中所有的本真的好东西都被掠夺一空之后，到那时我就有二十名病人可以医治了。所以，继续前进吧，我就跟在你后面，儿子。我跟在你们所有人后面。埋头苦干吧。”

“如果记忆是一种罪，”表演主任正在说，他现在的声音很洪亮，好像正在背诵一段他所钟爱的引文，“那么日后你们就会脱离这种罪。这是一种救赎。”

斯坦利思索着在自己的生命当中是否做过什么事情需要被救赎，并没有什么进入他的脑海，这让他感到羞耻。他希望自己有一个秘密，一个在黑暗中秘密滋长的黑色墨痕，他可以对此牵肠挂肚，并最终得以脱身。

最后，当分针指向十二点时，表演主任说：“在我们结束之前，我要问你们最后一个问题。最后的禁忌是什么？比所有其他禁忌都更庄重、更不可冒犯的禁忌？”

“性。”有人说。这个答案听起来太肤浅了，有些学生皱起眉头，挪动了一下身体，看着地板努力地思考。斯坦利再一次感觉到自己的腹股沟内有什么东西在跳动，他的身体僵硬起来，异常希望离开这个房间，消失掉。之后那个坐在表演主任右手边的女孩抬起头说：“乱伦是最后的禁忌。”

铃声响起，表演主任说：“你们可以走了。”

八月份

二十个学生用了一个上午中最好的时光来再次展现自己生命中最私密的时刻，大多数人都选择了父母离异时的一个关键时刻。有些人选了一次性交的经历或者一次在公众面前受辱的场景。其中一个女孩把一堆比萨盒子拿到了舞台上。她一块一块地咀嚼着比萨，直到那比萨饼成了糊状，之后把它吐到她夹在胳膊下面的一个白碗里。她的眼泪不断地流啊流，直到她嚼完三个凉比萨饼，最后表演主任拍着手掌说:“好。谢谢你。我们能明白你的意思了。”

随着这个清晨的时光在向后推移，一种暗淡的氛围笼罩在班级里。斯坦利属于最后一批表演的人，他看着一个个的表演者轮流上场，一个又一个，手上紧紧抓着那个装小道具的纸袋子，把它贴在自己的身上，所有的表演者都又哭又喊，或者用他们颤抖的手背触摸着那些看不见的恋人。

“十六岁的时候，”一个女孩儿正在说，“我要完成一个数学课题，于是想在父亲的书桌抽屉里找一个圆规，这时我发现一张父亲与一个小孩洗澡的照片，我不认识这个小孩，也不认识这个浴池，我把它翻过来，但是后面什么也没写，于是我把这张照片拿给妈妈看。”

她猛拉了一下那张可抽拉式的旧地图的把手，地图固定在摆放在地上的白板上面，白板上溅满了污渍。女孩拉开了地图，她早已在地图卷轴上贴好了那张照片的巨幅彩色复制图。她的父亲蓄着胡须，大笑着，把头甩过来，露出了咽喉处隐约可见的猩红色。女孩将地图的把手固定在白板底部的一个钩子上，让它保持展开的状态，自己退到后面。

“他有两个家庭，”她说，“这就是我们所发现的。他在几年前与这个女人有染，她怀了孕，之后她再次怀孕，一次又一次，突然之间，他就有了两个家庭，两群孩子。他把自己的时间分成两部分，我猜。我们发现了真相之后，他没有试图解释，也没做其他任何努力，只是起身离开了。从那以后，我就再也没见过他。我也不想见他。妈妈撕毁了照片，所以我不得不复制了一个。这就是他，以及他的那群新孩子当中的第三个。”

斯坦利抬头盯着浴池中的那个肥胖的父亲，极其不成比例，用他粉色的、粗壮的手指环绕在一个婴儿小小的身子上面，大笑着，坐在水池里，大腿之间夹着泛白的肥皂泡。表演主任点着头，在他的笔记本上奋力写着什么。斯坦利看到女孩卷起了那副巨大的图片，平静地从舞台上退下。

一个男孩开始描述他父母间最严重的一次吵架。他是这个团体当中的喜剧演员之一，总是轻松地自我解嘲，很机智，深受女生的欢迎。在他说话时，能够明显地看出班级的氛围轻松起来、明快起来，同学们都挺身坐直，带着一种崭新的慷慨，准备好要大笑。表演主任将便笺簿翻到新的一页，抬头从眼镜的上方注视着男孩。他歪着脑袋，肥厚的手指在面前的桌子上张开。

“关键就在于此，”男孩正在说，“我爸说：‘你是个神经质的、有强迫症的女人，就在这几天之内，你一定会认识到这一点。’他的的确确是在尖声大叫，有那么一刻真有点儿吓人，因为我爸的的确确是属于又安静又有耐心的那种人。之后，似乎是什么东西被打破了。妈妈跑开了，她的的确确是跑着离开的，直接冲到走廊上，跑到她的书房，摔上了房门。我们以为这次战斗一定是结束了，但是大约十分钟之后，她又把门打开了，高高地、骄傲地昂着她的头，就像这样——”他学着她的样子，胳膊的造型像个芭蕾舞女一样，“——她两边的胳膊下都夹了满满的纸，用二分之一寸的字体打印了一整句话，之后又复印了五十份。她把这些纸贴得到处都是，把它们藏到他的公文包里、他的衣兜里，还把它们夹在厨房的告示板上。房子里到处都是这些纸，上面写着：‘你是一个神经质的、有强迫症的女人，就在这几天之内，你一定会认识到这一点。’”

每个人都大笑起来。男孩飞快地向他们跷了一下大拇指，之后好像是要转身回到自己在地面的座位处。

“等一下，奥利弗，”表演主任说，他没有微笑，“为什么你把这当做你最隐私的记忆？”

男孩耸了耸肩，把手伸到裤兜里。“我想是因为我是在那一天学到了什么是报复吧。”他说，所有人再次大笑起来。

“真的吗？”表演主任说，“或者是因为对你来说这世界上最容易的事儿就是让每个人都发笑吧？并且你挑了一个容易的选项，走了一条捷径，却并没有选择真正以一种真挚、坦诚的方式去分享你的经历。”

房间里安静下来。所有人都用指甲划拉着地面，避免去看喜剧演员奥利弗，后者仍旧站在那儿，手插在兜里，在舞台上摩挲着自己的鞋底。斯坦利看到一丝自卫的笑容像一簇焰火一样在男孩子的嘴角闪烁。

“其他在座的每个人都真正分享了一些东西，”表演主任说，“他们都愿意展示自己最脆弱的一面，他们都又走过一遍他们人生中最痛苦、最庄严的时刻，向我们袒露了心扉。这样做很勇敢。一上午这个房间里都充斥着一种信任，但我在你身上没怎么看到信任，奥利弗。展示自己的强项并不勇敢，你早就知道每个人都会笑，了不起。”

奥利弗现在点着头，懊恼着，很明显急于走下舞台，隐到坐在地上的人群中，这样他就可以独自消化自己的羞辱了。他早就知道这一刻会到来，所有一年级的学生都承受过一次这样的羞辱，一次在公众面前对自身形象的强力践踏，目的是重新建立一个更具有多面性的自身形象。到目前为止已经有大约一半的一年级学生受到过攻击了，剩下的人都惴惴地坐在那儿，等待着轮到自己的那一次。

“你有女朋友吗，奥利弗？”表演主任问。

“有。”她也是这些一年级学生中的一员，男孩儿快速地瞄了一眼坐在人群中的女孩。

“你与女友之间的关系中有没有你不想让其他人知道的一面？”

男孩把头转回到表演主任的方向。他短暂地迟疑了一刻，用怀疑的眼神看着后者。“有。”他再一次说，但是斯坦利心里想，他也不太可能说没有啊。女孩似乎被无形地重击了一下，好像预料到男孩会被迫泄露些什么，会让她难堪，或者会摧毁她，但是与此同时，男孩的招供又让她感到一阵快意，她几乎微笑起来，迅速地环顾四周，看看她的同学是否在嫉妒她。

“那才叫隐私，”表演主任说，“隐私是所有那些你不愿意去与他人分享的时刻。”

表演主任看着男孩儿奥利弗，不满地在桌面上轻击着自来水笔。

“你可以下去了，”他最后说，“但是你的事儿还没完。”

表演主任正坐在学生的后面，侧身坐在一张小书写桌的后面，两条长腿叠在一起，当他写什么东西的时候，另外一只手掌便无意识地摩挲着自己的小腿肚。他看着受窘的奥利弗回到自己的位置上，挨着女友坐在地板上，之后清脆地盖上笔帽。

“斯坦利，”他说，“起立。”

第九章

星期五

由于手心潮湿，朱莉娅手中的提示卡边缘都已经软塌塌的了。

“女孩们就像是仿真场景上的蜡铸模型：总是处于同样的场景，总是有同样的人物构造组合。”她这样说道，“无论是谁，最性感的那个女孩总是充当了一个陷阱。陷阱总是处于中间位置。她不能太靠近边缘，否则她就成了一个易受攻击的目标了。”

一束清冷的聚光灯将朱莉娅的影像平直地钉在墙面上。

“陷阱不一定是最美的，”她说，“但却总是最具诱惑力的。有时候，陷阱会做一些令他人受辱或者尴尬的事情，多数会采用一种粗鄙或者蓄意的诽谤方式。对这一角色来讲，这是正常的。

“最美丽的女孩坐在陷阱的一侧，她被称做奖赏。奖赏以其不可碰触性为特征。她通常是这个场景中唯一一个处于某种稳定而长久的关系中的人物，而这一关系存在的目的就是要强调这一人物的不可触及性，尤其是要强调这奖赏是干净的，是圆满的，是未可知的。

“站在陷阱和奖赏后面的，是掌控者。掌控者协调场景中所有的活动。掌控者总是很难被辨认出来：各个团体的掌控方式自然是不尽相同的，一些普遍的隐蔽管理方式包括运用智慧或者启用残酷，或者有时会采用一个慈母般的人物。

“场景中所有其他人物都是渴望成功的仆人，围绕于这处于中心地位的三人组合周围。她们是被用来当陪衬、当替罪羊，或者是被当做笑声罐头的。”

朱莉娅拥有一种特殊的、用直白的语调说台词的方式，就像是有人强迫她念这些文字，而她则想把自己内心的不屑之感溢于言表一样。

“一个令人郁闷的事实是，这个场景如此的稳定，”她总结道，“它让我们清楚地看到为什么女孩们视转世与再生为一切事物之最上选。”

星期一

关于布丽奇特的死，没有安排任何心理咨询课。一面旗从体育用品储藏室被找了出来，熨烫好，被升到桅杆的半空，在那儿度过了阴郁的一周，不断地拍打着已经生了锈的旗杆。女孩们排成庞大的队伍，鬼魅一般在操场上游走。她们都感到羞耻，自己竟然毫无感觉，而是出于恭敬假装感受颇多。她们看着雨点顺着玻璃滑落，自顾自地思忖着自己死亡的概率。她们叹息着，长时间地滞留在厕所的隔间里，互相说：“我想我需要自己安静一会儿。”

“是一些琐事，”朱莉娅在糖果食品店排队的时候，听到一个女孩对朋友说，“正是一些琐事让你记忆深刻。”

集合时，辅导员说：“布丽奇特是一个非常特别的女孩儿。”他说特别二字时，与他说重要一词时一样，把嘴唇绕着这单词兜成杯状，像是在吸吮一颗橡树果，无意间赋予了它相反的意义。在礼堂里，那些从来都不认识布丽奇特的女孩们都颤动着点头表示同意这一说法，并拽着旁边人的衣袖寻求支持。

在教师办公室，老师们商量着为布丽奇特留下一点纪念物。有人建议制作一个人像壁画；有人建议在音乐走廊上悬挂一块纪念牌，用以纪念她在爵士乐队所付出的努力。几周的时间就这样过去了。

与此同时，伊索尔德的姐姐维多利亚回到了学校。

星期五

“你和朱莉娅好像相处得不错。”伊索尔德像个棉球一样滚了进来，解开了围巾，又把手从手套中抽出来，这时萨克斯风教师这样说道。

“是的，”伊索尔德说，她拍打着自己的胳膊，“天啊，太冷了！”

“你在学校总能看到她吗？”

“是吧，”伊索尔德说，“七年级学生有她们自己的公共休息室、自己的学习大厅和设施。我们是不允许进入的。嘿，我弄到了我们那天看演出的那个人的一些唱片——在图书馆有一整套呢。”

“不错，”萨克斯风教师说，“之后呢？”

“令人敬畏，”伊索尔德说，“让我想要开始和其他人一起演奏了，那种正规的演奏。”

“你可以加入朱莉娅的地下乐队。”

“她比我强太多了，”伊索尔德说，“她不是都学了好多年了吗？”

“她今年正要参加考试拿证书，”萨克斯风教师说，“我必须要说，你们两人关系融洽，我很高兴。她在学校里是你姐姐的朋友吗？”

“当然不是，”伊索尔德用鼻子哼着说，“维多利亚的那些朋友都是……我是想说无脑。不是。她们只是……非常女孩化。”

“朱莉娅不女孩化？”

“绝对不。”

“与女孩化相对的是什么？”萨克斯风教师问，自己心里想，只有涉及社会等级啊或者特别注重名牌啊这些事儿才让她的学生产生这种念头。

伊索尔德想了一会儿，一边用手指捻着自己的项链，“信念坚定。”她最后说，确定无疑地宣布，似乎是拒绝一切其他的可选项。

“那么朱莉娅的信念坚定？”萨克斯风教师问。

“嘿，我弄出来的那些专辑，有一张我要问你点儿问题呢，”伊索尔德说，一边把手伸进兜子里乱翻，“我带过来了。”

萨克斯风教师皱着眉。她想要一次表演。她想要灯光转换，变成萨拉丁先生的汽车尾灯的红色灯光，她想看到在萨拉丁先生把引擎熄灭，并在关掉所有的灯之前，有那么一刻，伊索尔德的周身都被照得通红，而在低矮的街灯暗光下，伊索尔德坐在黑魆魆的车里，她想听伊索尔德说——

“就是关于这一段曲子的声音，”伊索尔德现在说，终于翻到了唱片，把它翻过来寻找那段曲子的名字，“你不介意我播放它吧。”

“当然不，去吧。”萨克斯风教师说。她优雅地坐下来，看着伊索尔德按动立体声系统，把唱片插入。她隐藏了自己的失望，伸手去拿她那杯正在慢慢冷却的茶，看着伊索尔德摸索到电源开关，指尖掠过立体声系统正面的键盘，与此同时手指轻轻敲击着，就好像她是个盲人。

伊索尔德转动音量旋钮，音乐从立体声系统中飘出，这时，灯光发生了转换，伴随着漂浮于上空的空旷的萨克斯风演奏声，她们头顶的灯光及时地隐退到暗处。有那么一刻，两人都完全处于黑暗之中，之后灯光又慢慢转回。现在，两人都笼罩在微微发红的温暖光线中，灯光晦暗而空间促狭，像是在闭塞的酒吧里，光线从隔间的台灯和桌灯上散落下来。音乐慵懒而低沉，充满了半音。萨克斯风教师满意地轻轻呼了一口气，静下心来，开始观看。

“我们离开你之后，”伊索尔德说，“这就是我们听到的曲调，来自于那些烟雾缭绕的后街小酒吧里的其中一个，就在市政厅旁边的巷弄里。有时某处会传来爵士演奏的声音，不是那种横冲直撞、汗流浃背的爵士表演，那种表演会让每个人都用胳膊肘相互推搡，而这种表演只是三人的乐队在一个安静的酒吧中把时间填满。朱莉娅转过头来说：'想进去喝一杯吗？'我一定是点了头，因为紧接着我们就推开了那扇烟雾缭绕的门，进入一个温暖的午夜咖啡厅中——"

伊索尔德把音量旋钮稍稍旋转了一下，音乐声嘹亮了一些，像是门刚刚被打开——

"他们正在演奏的乐器包括鼓、低音提琴和键盘乐器，所有乐手都赤着脚，很愉悦的样子，鼓手一边演奏着一边斜着身子跟吧台上的一个男人说话。"

萨克斯风教师一边点头一边在心里勾画着酒吧的画面：她太了解那里了，沾了污渍的布满菱形图案的壁纸，齐肩的壁板有着优雅的边缘，微微发红的黄铜台灯领结一样在墙上镶了一圈，富有艺术气息的铜锈呈放射状向下流淌在墙上，留下斑斑污渍。帕齐最喜欢在这儿静坐、饮酒，岁岁年年，萨克斯风教师曾经在那潮湿而又晦暗的角落里度过了无数的时光。她能看到酒吧后面那华丽的石膏镜框，斑驳的金色和蜕皮，还有卫生间门上的黄铜牌匾，随时光流逝而增加了斑斑点点的灰色污渍。

"我们走了进去，"伊索尔德说，"朱莉娅说让我先坐下，她会给我们两人点东西喝。所以我就走进去，把自己窝在一个角落的包间里，剥下衣服和围巾，在门边有一个玻璃窗，我从那昏暗的玻璃上检视自己的影子。我看到朱莉娅斜身靠近吧台对侍者说了些什么，之后她拿起零钱和两杯红酒，那个侍者向她挥舞着切掉一半的柠檬说：'离我远点！'两人都大笑起来。她闪身进入包间说：'对不起，我都忘了问你了，红酒行吗？'而我并不想说大多数时候我喝的是伏特加或者朗姆酒，为了好喝会混合一点果汁，唯一一次我喝红酒是有一次我们从尼古拉的妈妈那儿偷了一瓶红酒，把它倒到半瓶可乐当中，所以你是不能分辨出来那是什么的。”

伊索尔德的嘴唇很干。她舔了舔嘴唇。

“我呷了一口，”她说，“很难喝，当时我们是掺入一半可乐，在露天看台下面的橄榄球场上喝的，这次的口味比那次难喝。我问朱莉娅是否已经到了十八岁，她看起来有点儿不快，好像是更想谈论些别的话题。她说她已经到了十八岁了，就在上周。上周是她的生日。我说酒很好。之后我们开始谈论你，我们对你的看法，大概是因为你是我们之间唯一真实的联系纽带吧。”

音乐低沉而又简单。萨克斯风教师能够看到当时的场景：慢慢变老的欢快的三人乐队，赤脚跨过黄色的接线板：低音提琴手点着头，微笑着，抚着他的独腿女人光滑的木质肩膀；键盘手不时地倾斜着身体，身体一会儿在灯光下，一会儿又在灯光之外；而当鼓手伸手拿一杯啤酒喝掉时，另外一只手敲击的频率则降到了每几个音节敲击一下。酒杯上还沾满了水珠，用流苏装饰的台灯照耀在啤酒上面，呈现出一片金黄色。

“后来，”伊索尔德说，“我们喝完了酒，就沿着街道向她的汽车走去，我稍微有点儿头晕。我笑得太多了。之后朱莉娅说：‘学校里大多数女孩儿都害怕我，有点儿害怕。你不怕我，这让我感觉很好。’”

伊索尔德停下了。她现在正笼罩在街灯昏黄的灯光下，大睁着双眼，有点儿气短，手指几近痉挛地紧紧抓住自己羊毛衫的袖口。音乐转入了一个新的、急促的段落，变得更加迫切而不和谐。伊索尔德的身体僵直了。

“我看着她，之后我说：‘我有点儿。我有点儿害怕。但是如果我以前不怕你的话，那么你遭受的那些就都不值了。’”

伊索尔德轻声地啜泣起来，一种压抑的不知不觉的半饮泣状哭泣，对于萨克斯风教师来讲，这是她后来唯一能记住的一件事。

“朱莉娅看着我，”她说，“之后她猛然抓住了我的衣袖，双手满把抓住了我的衣袖，使劲儿把我拽向她。我想我记得在我们到一起之前曾有那么短暂的一刻，就像是在最后一刻我们停顿了一下，我能感受到她在我的上嘴唇处喘息，芬芳、热烈又急促。我能在我们之间狭小的空间里闻到红酒中黑色香料的味道，之后，她吻了我。”

伊索尔德没有看萨克斯风教师；她的目光投向窗外，穿过外面一个个布满苔藓的屋顶和一丛丛的天线，还有那一圈又一圈在天空中盘旋的鸽子们。

“只是这个吻并不像我从前想象的那样，”她说，“她把我的下唇放到她的双唇中间，咬着我。她咬着我的下唇，但是并不使劲儿，更像是在非常温柔地扯着它，用她的牙齿拖着它。我猜我的头有点儿向后靠，喘了一口气，有点儿微微地张着嘴，而她仍旧用她的牙齿拖住我的下唇，不是那么使劲儿，非常温柔，像是她已经捕捉住了它，便不舍得放开它。

“之后我们靠在了墙上，”她说，“我记着我的双眼是闭着的，双手在头顶握成拳，抵在墙上，朱莉娅压到我的身上，她的手一路探索着，从我的套衫下摆处摸索到我的皮肤，之后她将她冰冷的双手滑入，向上抚摸着我的后背，她在我的耳边喃喃私语，热烈，带着一股咸咸的味道：‘我不能相信眼下的一切。我无法相信。我无法分清这是我的想象还是你的。’”

灯光轻松地转回到她们上空，正好唱片中的那首曲子以弦乐收尾。伊索尔德移身到立体声系统，在下一曲开始之前把唱片弹出。萨克斯风教师擦拭了一下自己的脸，把自己的手向下拉，从下巴处滑过，所以有那么短暂的一刻，她脸颊上柔软的皮肤被向下拽去，像是一个悲伤的小丑。

星期二

“我理解，对于这件事，你不可能提前做好心理准备，”萨克斯风教师对布丽奇特的妈妈说，“我自己也很震惊，一部分原因是我觉得布丽奇特是如此的乏味，我总认为那些死了的人是有趣的人，是错误的，是悲剧人物，他们的死会是一个巨大的、绝对的浪费，我总把这想象成一个悲剧。布丽奇特的死似乎不是这样。”

布丽奇特的妈妈拨弄着垫子上的纽扣。她的脸色灰暗。她的手胖胖的，左手的无名指上戴着一大块镶了宝石的金首饰，陷入两个肥大的指节之间，凹陷进去，像是一块刺青，或是一块烙印。她不耐烦地把垫子从她的大腿上推走，绝望地摇着头。

“如果她有点儿灵性，”布丽奇特的妈妈说，“那还让我们好过点儿。如果她有点儿灵性，你看，那我们就有可能一直担心她有一天会自杀，就会想到她的死。我们只要通过想象，就可能会对这种可能性做好准备。但是像布丽奇特这么没有想象力的人是不可能想到自杀的，她只是不会聪明到把这当做一个选择。”

“是的，”萨克斯风教师说，“我也想到了这一点，布丽奇特还没有聪明到那一步，失望是不会进入到她脑子里的。”

她们沉默地坐了一会儿。下面的院落里，鸽子们在打架。

“你怎么能对交通事故提前做准备呢？”布丽奇特的妈妈无力地说，几乎只是对自己说，“你怎么能对黑暗中疾驰的汽车做好准备呢？”

过了一会儿，萨克斯风教师说：“你有其他孩子吗？”

“哦，一个男孩儿，”布丽奇特的妈妈说，“大点儿。他不在家里住了。”

“我想你已经给他打电话了吧。”

“是的。”布丽奇特的妈妈说。

“我想他正赶回来参加葬礼吧。”

“哦，葬礼，”布丽奇特的妈妈说，她又沉默下来，之后说，“我只是没想到会发生这种事儿。我没做好准备。我还没准备好呢。这不公平。”

星期五

“你知道吗，”帕齐坐在桌旁，用手抵住下颚，摇摆着身体，用一种恍惚的声音说，“我对布赖恩最不真诚的时候往往是他认为我对他最亲密的时候。”

“什么意思？”萨克斯风教师说。她僵直地坐在那儿，将萨克斯风竖立地抱着，放在膝上。已经很久了，她仍旧带着一种谨慎的敬畏抱着这乐器，甚至有些小心翼翼，用她的双手，好像它是一位新娘，还没有被染指，还没有变得平庸。

“我会坐在那儿想他有多么令人讨厌，”帕齐说，“可能因为他读书的时候吸鼻子，不断地吸鼻子，每半页一次。之后，他会抬头，微笑着看我，我会觉得我必须得说些什么，以免我内心的想法被他看出来，所以我会惊慌失措，在负疚感的驱使下，我会说：‘我们能像这样坐在这儿默默地读书，感觉真好，这么平静，我喜欢这种与你相伴的时光。’这些话显然与我的真正感受截然相反。这种事情发生得太频繁了。比如当我正在想他怎么会变得这么胖时，便会为自己有这种不大度的想法而感到内疚，所以我会慌了神儿，冲口而出说：‘我爱你。’我总是会被这些毫无来由的事情驱使。”

“但是你确实爱布赖恩，”萨克斯风教师说，多半是由于她觉得自己应该这么说。到目前为止，她只见过布赖恩一次，是在一次独奏会上，在一个古老的大学小礼堂中。他握了她的手，赞扬了她的表演，之后用一种低沉有力的声音谈论着对挂毯和镶板的革新，他的个子很高，向下俯视着萨克斯风教师，眼睛中闪耀着愉悦的光芒，似乎非常享受她的毫无兴致。帕齐轻快地走来走去，用手掌拍着他，一遍遍地说："得了吧，贝尔，她不愿意听这些的。"

"哦，上帝，是的，我爱他，"帕齐这样说道，"基本上所有时间，反正在很大比例上。目前为止，我的最大比例。"

她大笑着，轻轻地耸着肩膀，邀请萨克斯风教师也加入，一同笑话她的愚笨，也笑话所有两面派的女人，她们都这样愚笨，总是说与自己的真实想法相反的话。萨克斯风教师嘴唇紧闭，微微地扬了扬嘴角，看着帕齐的笑容隐没，变成了一阵摇头和一声叹息。她想要亲吻她的唇。她想感受到这个女人由于受惊而在瞬间身体向后挣脱，她几乎已经退缩了，因为这种事情有多奇怪、多为人所不容啊，但是顷刻之间，她便做出回应——甚至是违心地。尤其是她会违心地做出回应。

如果没有布赖恩——萨克斯风教师的思绪经常以这儿为起点。如果没有布赖恩，会怎么样呢？布赖恩只代表一个男人吗，只是一个随机的、偶然出现的男人吗，还是他代表了所有男人？他是不是印证了帕齐的总体的取向？是总体的一种趋势？也就是说如果没有布赖恩，还会有另外一个男人，或许是米基、哈米什，或许是鲍勃？她有时害怕布赖恩这一实体的存在。她害怕在漫长的岁月中他这一实体的存在已经改变了帕齐的形体，使她的形体扭曲弯折，直到她只是男人的填充物，与男人构成互为补充的空间，一个人完全勾画出另外一个人的轮廓。她害怕帕齐总是以这种方式存在，无论有布赖恩还是没有布赖恩，总是将自己委身于一个男人，按照男人的轮廓来勾画自己的轮廓，总是男人：八卦中的阴总是伸展出一部分去迎合与之相对应的阳，一端总是向里面弯曲，而另外一端则向外伸展出去，永远是这样。

帕齐再次摇头，好像是无法相信自己的愚笨，她伸手到鬓角处，用手掌把头发从已经渐渐老去的脸庞拂走。她的手腕纤细。萨克斯风教师的目光追随着她的动作。

星期三

“我听说她在服用百忧解[1]。”到第二周的时候，每个人都这样说，或者是，“我听说他们找到她之后，给她用了利他林[2]，她完全失控了”。现在维多利亚被如是评论，注定要接受摆在她面前的有分歧的极端命运了。“一种可能是，最后的结果是她会在余生中随意乱交，她的身体将因此成为她所依赖的武器，只是她现在还没确定怎样去运用它，”女孩们都这样窃窃私语，“另一种可能是最终她会成为一个没有情感的躯壳，空洞、冷漠又茫然。非此即彼。你们会看到的。她已经被毁了。非此即彼。”她们贪婪地看着她，看她会选择哪条路。当她走进一个房间时，她们探头向前观察她，而当她离开时，她们又像是泄了气的皮球，失望，与此同时神经也松弛下来。

维多利亚没表现出任何迹象要从这两条路中选择一条。她郁郁寡欢，对所有老师都很礼貌，在校园里，她试图修补由于她的背叛已经变得千疮百孔的友谊，却几乎没有进展。女孩们都带着怀疑的目光看着她，尤其是那些曾经的维多利亚最亲密的朋友，她本来是应该与之分享自己的秘密的，但她却没有这样做。她问及一些这几个月以来她错过的、可以公开探讨的事情，女孩们也如实以告，但与此同时却像是在很远的距离之外瞅着她，眼神几乎介于怜悯与厌恶之间。

“你的父母见过萨拉丁先生吗？”一次午餐时，一个女孩这样

① 一种治疗精神抑郁的药物。
② 一种较温和的中枢神经兴奋药。

问，“我是指在你离开学校之后。有没有一次会面什么的？”

“是的，”维多利亚说，“我们四个人都在。”

突然之间，她的周围出奇的安静，大家都呆住不动，所有的女孩都看着她。

“他还是比我的父亲年轻多了，”维多利亚说，“所以还是有点儿像是我们两人与他们两人相对。”她没再说什么，而是吃完了苹果，慢慢地穿过庭院，把苹果核丢在垃圾桶里。当她往回走时，铃声已经响起，女孩子们四散开来，她们一边起身摸索着书包，拾掇着午餐的包装袋，一边向她投去渴望的目光。

“你意识到了吗，你能够弥补你这次背叛的唯一方式，”女孩们想说，“就是告诉我们所有事，不隐瞒任何细节。”

“你会受我们欢迎的，”她们想说，“只要你供出所有的事情，告诉我们所有的细节，让我们介入。”

女孩们想说：“你竟然比我们多知道那么多事，这不公平。知道这么有价值的、危险的东西，却不让我们知道，真是自私。”

时光流逝，一周又一周。

星期一

“我喜欢你上周的表演，”朱莉娅进来后，萨克斯风教师说，“听完音乐开车回家的过程，你对这个的表演，你们两人都在车里。你当时的感觉。你所看到的。我很喜欢。”

“谢谢。”朱莉娅说。

“你演练了吗？”萨克斯风教师渴望地说，“像我所说的？”

“一点儿。”朱莉娅说。

“你着重于什么？”

“我猜是大的轮廓，”朱莉娅说，“一个女孩儿如何勾引另外一个。”

“那我们就从大轮廓开始吧。”萨克斯风教师说，一边用手掌示意朱莉娅开始。

“我一直都在关注所有日常的挑逗方式，”朱莉娅说，“比如咬着你的嘴唇，只要比正常所需的时间延迟那么一秒钟，之后看向别处；总是大笑，找到任何可以碰触的借口，用指尖轻点前额，或者大腿，把这些动作穿插在笑声之中，使笑声更具渲染的效果。我一直都在想这些东西有多爽啊，这些教科书上教的方式，准确地说是因为它们根本不需要解码，不需要翻译。从前，在很长时间以前，你可能会咬着你的嘴唇，这可能传达出这样的意思：我对你的爱慕之情快让我不能自已了。而现在你若咬着自己的嘴唇，那就意味着：我想让你*看到*我对你的爱慕快让我不能自已了，所以我现在正在使用我能想到的最直白的、最广为人知的信号，好让你知道；现在这意味着：我们两人都知道我咬着嘴唇的含义，以及我正试图要表达的意思，我们在运用一种语言，你和我一起，一种并不是我们发明的语言，一种并不专属于我们的语言，我们在说着别人的话语。这让人感到舒适。”

朱莉娅的萨克斯风正横躺在乳白色的单人沙发上，吹嘴儿轻轻地搭在扶手上，沙发的侧翼装有软垫，呈现出一个倾斜的弧度，萨克斯风的喇叭的圆弧边缘便嵌入到这沙发侧翼与沙发坐垫相接的缝隙当中，乐器的这一姿势让萨克斯风教师想到了一个女孩蜷曲起双膝，将其抵在胸部，头放在胳膊上，一个人在黑暗中看电视。

“我不知道怎么去引诱她，”朱莉娅说，她的目光也落在了萨克斯风上，上上下下地打量着，“有时我想，如果我试着对她微笑、咬起嘴唇、双眼低垂；如果我试图看起来柔弱无助、娇羞腼腆，那就像是试图在她身上施展一种她自己发明的魔咒。那竟然会奏效？甚至只是那么想想都让我感到束手无策、汗流浃背，又绝望无助。但是还有什么其他方式吗？我应该表现得像个男孩吗，扮演男孩的角色，做一些她可能希望男孩做的事情？

“那样做行得通吗？”朱莉娅说，用了反问句式，与此同时陷入了沉思。她还在看那萨克斯风，侧面躺在沙发上的萨克斯风。“就像是一场假扮大戏？像是一场表演？感觉像是一对陷入爱河的少男少女之间的一场对话剧。或许是这样的：两个演员都是女孩，但是在剧中只有两个角色，只有两个，所以其中一人必须装扮起来，其中一个不得不贴上胡须，用带子缚在胸部，穿上宽脚裤，宽宽大大的，去扮演一个男孩。

“如果你只看服装、剧本、帷幕以及灯光，所有这些用来产生舞台效果的东西的话，那么你只会看到一个男孩和一个女孩之间的爱情故事。但是如果你看看里面的演员的话，如果你选择不被这种表演的视觉印象所蒙蔽的话，那么你就会看到实际上那是两个女孩。或许无论什么时候当两个女孩在一起时，都必须得是这个样子吧：其中一个女孩总是扮演男孩的角色，但实际上是她们两人都在表演。”

“哦，但是为什么两个女孩就不能表演有关她们自己的话剧呢？”萨克斯风教师自得其乐地说，“为两个女孩写的剧目。”

“没有这样的剧目，”朱莉娅说，“没有任何写两个女孩的剧目。没有任何那样的角色。这就是为什么你要假扮。”

“你准是搞错了，朱莉娅，”萨克斯风教师说，“你准是错了。”

朱莉娅耸了耸肩，转头看向钢琴表面所发出的光泽及其倒映出来的自己的模糊的影像。她说：“即使抛却所有这些不计，仍旧有一件事情是有利于我的。危险性。危险性具有一种诱惑力。那就是我必须得打出的一张牌，我想。我必须得强调这种行为有多么为人所不容，有多么不合常理，有多么史无前例，强调其危险性。

“正是这危险的因素会使她胸中任何快乐的心弦拨动转变为怦然有力的恐惧震击。这就是我所占据的优势：当她在最后时刻缴械投降并做出回应时，如果她投降的话，她的情感会爆发出来，她的恐惧会得到巨大的释放。不管她最终有什么样的感受，至少不会是模棱两可的：一种可能性是她会被恐惧击中，这种为人所不容的情欲得以升腾，强烈而有爆发力，像是决堤的洪水；另外一种可能性是她会生出一种强大的反挫力，她会厌恶、抵制、拒绝我。不管怎样，我都会让她感受到一些东西。她会不得不感受到一些东西。不管下一步会发生什么。”

星期五

阿比·格兰其的女孩们永远都在相互为对方下着定义，或者是温和的，或者是残酷的，也或者有时候是为了发泄愤懑。到了她们在这儿度过第五个年头，也就是最后一年时，这已经是一种被磨得像刀片一样锋利的技能了。这是她们的所有技能中最黑暗和最致命的一个，每个女孩都可能树立起或者毁灭掉任何一个其他人的形象。

她们说：“你们认为谁最有可能第一个结婚？”或者“你们认为谁会交最多的男朋友？”或者“谁最有可能出轨？”或者“谁在床上表现最好？”还有一个必不可少的问题：“我们这个年级所有的女孩中，谁最有可能是同性恋？”

最后一个问题总是能伴着尖叫声、拍打声和一阵愉悦的倒吸气声。她们在心里掂量着那些倾慕者最少的女孩，那些当下不受她们待见的女孩，那些与其他女孩相比属于边缘上的，不那么有吸引力的女孩。不受欢迎，沉默，像书呆子一样内向，不愿意追随大家的脚步——所有这些都是征兆，女孩们聚拢在一起进行诊断时得出一致的意见。她们高喊出一些名字，之后大笑，像是女巫聚会中那些轻狂的女巫们一样大笑，赋予别人一个悲惨的命运。

然而，如果朱莉娅的名字被提到的话，女孩们就会皱起眉头，挥挥手说："是的，但是除了朱莉娅还有谁。"为朱莉娅确诊没什么意思。她似乎不存在于这个充满倒吸气声的、尖声大叫的、被别人赋予社会角色、被别人赋予性别的王国，在这个王国中女孩们都在自己不知情的情况下，被指名道姓地宣告有罪，或者被判处刑罚。女孩们无法只是通过说"我猜朱莉娅很有可能会成为一个同性恋者"这句话，就能改变她的命运：她们的权力对她来讲没有任何意义。她就像是一把上了膛的枪，被投掷在她们的玩具箱子里，半隐没在塑料来复手枪、塑料左轮手枪、玩具大炮以及雷管当中。她们恐惧着她所闪耀出的光芒。

为了满足圣·斯尔维斯特的男孩子们，她们当中有几个人已经相互接过吻了，可能是为了赢得一次坐在低座小轿车中绕着街区转一圈的机会，或者是为了交换一瓶偷来的酒，或者是一箱啤酒。有几个人在玩伴家的客厅里举行聚会时，趁朋友们到外面的花盆里呕吐的时刻，相互接过吻，不是很激情——那是她们的自我防卫方式——而是随意地、实验性地，没有爱慕的眼神，或者对将来及发展趋势的承诺。这些都不是爱情故事，而是自私的标记牌，日后她们会以此作为一个标记，标志着她们崇尚自由主义，标志着自己老于世故、自由而有活力：这种吻是一种保障，可以为日后的一句自我评价提供证据："是啊，当然，我曾吻过一个女孩儿。"

通过不提及朱莉娅这一方式，女孩们占据了微弱的优势：她们将自己可能受到的威胁降至几乎没有。当她们在大厅中从她身边走过，就把脸扭到一边，旁若无人地走过去。

星期五

朱莉娅的课结束后，萨克斯风教师发现自己的留言机上有一条留言。打来电话的人快速而优雅地说明自己是一个单调乏味的母亲，一个不讨好的、管束太多的妈妈，把女儿的脸紧紧贴在自己的胸前，宁愿她们在自己的胸窝里窒息、哽噎、闷死，也不愿意放松约束她们的绳索，看着她们走远。

萨克斯风教师用她的指甲尖按了留言机上的暂停键，手指搭在拨盘上，站在那儿待了片刻。

“这些妈妈总认为我是效忠于她们的，”她脱口说道，“认为我们都是成年人，这种共性会发挥一种功能，那就是把我们捆绑到一起，共同对付她们的女儿，共同对付她们的孩子。她们认为她们的女儿只是让我们这些成年人走到一起的一种消遣方式，是一项我们双方都享受的活动，是一个每月例行一次活动的读书俱乐部，是一场网球赛；她们的女儿只是我们建立友谊的一个媒介，为我们的聚会提供一次机会，一个共同的爱好，允许我们对我们这些成年人进行自我开拓以及自我反思。

“这些妈妈认为我是她们的同盟军，共同对付她们的女儿，而她们则是我的同盟军：她们认为我必须要和她们一样努力，以期与女孩建立起一种联系；她们向我使眼色、晃动脑袋、高声大笑，就好像她们的女儿简直不可救药，而我们两人都对这一点了然于心。她们请求我温柔地对待她们的女儿，或者对她们的表现恼火，甚至对她们放弃希望，但是最重要的是要把她们当成一个东西对待，只是把她们当成一次机会，利用这次机会，我们之间可以建立起一种双方互惠的联系，成人与成人之间，同类与同类之间的一种联系。”

她停了下来，之后再次戳了一下留言机，激活了那个声音，把那个女人的声音又带回到房间里。

“所以我希望能得到你的回复，”留言机上的女人继续道，“斯特拉现在十四岁，学单簧管已经将近三年了，在此之前学了钢琴将近六年。她非常希望能转到萨克斯风上。你也知道，单簧管有点儿太过时了，不入流了，我想她正在找机会转到一个更性感点儿的东西上，一些更刺激点儿的、对她更有吸引力的东西上。这是一种可喜的转变，真是这样。我们有段时间曾经担忧她对有些东西的兴趣不足，没有足够在意，关于男孩子啊，漂亮衣服啊还有其他的什么。有段时间我们为此担忧呢，我也不怕告诉你。并不是她在交友方面有问题——应该说恰恰相反，真的，是因为她那种友谊好像太深了，你撬都撬不开。不管是谁，只要是她当时最要好的那个。总是一个接一个，总是有个最要好的，一路走来，都是这样。我来回地运送她们，到电影院啊，再从电影院回来啊，诸如此类，她们总是一起坐在汽车后座上，用个破毯子搭在她们的头上，这样她们就可以说悄悄话了，我也就无法看到她们了。我会在后视镜里观察她们，那个像裹尸布似的格子呢下面，两个人的头凑到一起，在一起低低地耳语。甚至看起来像是在接吻。这让我身心疲惫。我不介意告诉你这些。

“希望你能给这个号码回复一下电话。”最后女人说道。之后是一小段忙音，表明留言已经结束。

星期六

现在距布丽奇特的死亡时间还有三十五分钟，她正坐在音像店里的软垫儿高脚凳上，盛钱的小抽屉里的现金已经结算好，被放在柜台下面脏兮兮的帆布套里。外面的停车场空荡又泛着亮光，她能看到那排黄色的街灯在黑暗中渐渐远去。

布丽奇特正在回忆她小学时的两个女同学，她们曾有一段时间迷上了积攒有关性方面的知识。她们总是把性行为称做它。她们将两个人的智慧联合起来，提高以及扩展有关方面的知识，一坐几个小时，庄重而尽职尽责地协商着，这时她们会不时地因为持久的震惊而紧闭双眼，嘴里说着“两个在一个上的它，那也太粗俗了吧”之类的话。她们进行这种谈话时总是遮遮掩掩，防备着别人，不愿意与他人分享自己的知识，就像是一只骄傲而疲倦的狮身人面怪物一样，守护着进入另外一个世界的大门，而其他人却不可能希望去了解这个世界。

布丽奇特回忆起在这一时期的一节体育课上，两个女孩站在一起，两人的手臂随意地搭在一起，带着一种克制的严肃表情观察着体育老师，那种表情是极适合于她们对它的研究的。体育老师大声说：“我们今天从蹲伏开始学习疾跑的动作。”那个稍瘦小一点儿的女孩立即悄声说：“蹲伏式开始的它。”她们交换了一个庄重的作呕的眼神，好像是假想中的画面已经让她们恶心。当布丽奇特看到两个女孩相互会心地分享厌恶时，觉得自己有点儿妒忌的感觉。瘦小女孩的故意的剧烈反应让她产生了强烈的兴趣。“蹲伏式开始的它。”她说。这个话题似乎太让人恶心，不能再多说些什么了。高个儿女孩同情地眼睛向下瞟了一眼，摇着头，似乎意识到这一切有多么令人恶心、多么必然会是那样，好像这事就发生在她们身边一样。

八岁的布丽奇特当时还无法理解这节体育课到底与它之间有怎样的令人恐怖的关系，而现在当她反思当时的场景时，意识到现在她仍旧不知道怎样辨别或者执行那样一个蹲伏式开始的它，甚至是否真有这种事儿。她怀疑地问着自己，但是随后她再一次回忆起了那个当时十岁的女孩的姿态及十足的自信。那女孩现在已经十六岁了，完全有可能正在学习超出布丽奇特的想象力的什么艺术吧。布丽奇特想，自己知道的东西真少。雨滴打到了窗台上，微微地在那儿颤动。她觉得很惭愧。

星期二

萨克斯风教师用手理了理报纸，再一次看了看这篇文章。报纸现在已经旧了，后来一直都有其他的补充性的报道，对这第一篇报道进行重述，一些关于调查、采访目击人、辩论谁应受到指责的报道，但是这张报纸被留存了下来，被折成了原来报纸的八分之一大小，软塌塌的，染成了灰黑色，一副旧新闻的猥琐模样。标题是《女孩儿之死，“巨大的浪费”》，文章很短，里面没有提及布丽奇特的名字。萨克斯风教师想到：考虑到布丽奇特那么容易让人淡忘，没提及她的名字看来很合适。萨克斯风教师一遍遍地读着：这个没被标明名字的女孩当时刚下了班，正骑自行车回家，在她从音像店的停车场出来向右转弯时，被一辆红色私家车撞上。汽车没有停下来。

萨克斯风教师想：要是我足够喜欢布丽奇特的话，那天就会也邀请上她去听音乐会，那么那晚她就会与我们三人在一起的。这种想法在她的心里盘桓了一刻，只是作为一种可能性，像是一件可试可不试的衬衫。最终她耸了耸肩，把这个想法驱除掉。她能隐隐约约地听到外面的院子里有一些表演学校的学生在一边吟唱一边跺脚。她把报纸推到一边，走到窗边去向外看。

在银杏树树干的附近，六个学生已经在一个薄薄的方形泡沫垫上搭成了一个人形金字塔，在他们的前面有更大的一群人来来回回地踱步。他们就像是一群熙熙攘攘的黑乌鸦，穿着表演学院统一的黑色服装，赤裸着双脚踏在石子路上，脚上毫无血色。从萨克斯风教师站着的角度看，金字塔看起来就像是一个卡片城堡，轻轻地摇晃着，但却牢牢地站在那里，当越来越多的演员从前面那群人当中抽身加入到金字塔的行列时，金字塔就向侧面和上面生长着。

萨克斯风教师有好一会儿时间观看着金字塔前面黑色的骚动的人群，当她转回头再去看在银杏树根基处的人体金字塔时，吃惊地发现有人一直在观察着她。一个在前排的男孩，跪在沥青上，两只胳膊僵直地伸向两侧，正抬头看着她。他的头向后仰着，衬衫的衣领开口处露出了他的白色脖颈。萨克斯风教师的第一反应是要从窗口退回，但是她没有动，她感觉自己看到了男孩在冲她微笑。她将目光转向别处。

排练马上要接近尾声了，前排的一个女孩突然起身，用一种清晰而饱满的声音大声说:“我在看别人的时候,会想象一些东西。”

当她说这话的时候，当她悦耳而响亮的嗓音突然中断的时候，当跺脚声和击鼓声在刹那之间慑人地停顿下来，庭院突然之间被静默填满,像是一股突然来袭的水流从天而降;当她说这话的时候，她身后的卡片城堡坍塌下来，如瀑布般壮丽地倾泻下来，像是被设计好的舞蹈动作，也像是慢动作的消融过程。演员们的脚后跟轻轻点地落到地面，或者双膝着地，跪倒在泡沫垫上，之后匆匆走掉，或者跳跃着离开，直到金字塔完全消失掉，消融在一片无形的黑色的静寂之中，所有的表演者都停留在刚才停下来的地方纹丝不动，静默一片。

前面的那个女孩现在是唯一一个站着的人。她伸展着双臂说：“我想象着——”

在极其短暂的停顿之间，女孩伸展着腰肢，深深地吸了一口气,肋骨都膨胀起来,似乎要爆炸了。之后就像是一个符咒被打破,就像是一个隐形的幕布突然垂落，隐形的灯光突然熄灭，舞台变成了漆黑一片，而所有的已经倒下的人物现在都又开始活动起来。他们跳起身来，把身上的灰尘掸掉，突然之间开口说话。萨克斯风教师听到有人说“那次倒下的时候好很多，你当时正好合着拍子进来”，“咱们还能让它更结实点儿”以及“从上面”。

第十章

六月

“所以至少我们都认可，性是我们都感兴趣的东西。”男孩费利克斯大声说，这是这些一年级新生第一次开会探讨剧目创作项目，以及方片国王纸牌。费利克斯在发号施令，冒冒失失的，不明白自己刚刚说的话里暗藏着笑料，双目怒视着那两个隐隐窃笑的男孩。这些学生们此时正围成了一个圈开会，两个男孩则位于圈外的最边缘处。

“我觉得用上一些找来的故事，这个主意很好，”其中一个女孩说，“从媒体上啦、咱们周围啦，或者什么其他的渠道，把这些故事拿来用，使之戏剧化。我喜欢这个主意。”

“好的。”费利克斯大度地说，用一支粗大的毡头标签笔把“性”这个字用一个尖状的云朵给圈住。别人都看着。从本年伊始，费利克斯就开始努力想谋得这团队组织者的角色。大多数同学都对此颇为反感，当他们看到他在写字的时候露出的舌尖儿时，都认为自己会做得比他更好。

“那么格雷丝所说的故事怎么样？”费利克斯画完了那个泡泡之后说道，“发生在卑鄙·阿比学校的那个老师与学生之间的故事。”

他用了那个学校的别称向别人表示尽管他现在是组织者，但是他不允许别人讨厌他或者把他当做一个老师。

“我妹妹在阿比 · 格兰其，”其中一个男孩说，“在六年级，她认为她们所了解的都不到真相的一半，反正她听说的是那女孩的朋友们发现了这事儿，那个老师在几个月之间用钱堵住了她们的嘴。主要是为她们买酒。”

“但是那女孩儿不是七年级的吗？那么她的大多数朋友都应该已经到了十八岁吧。”

“这只是我听说的。”那个男孩说，耸了耸肩。

“他们最后是怎么被抓到的？”有人问。

“我听说是另外一个老师走漏的消息，”那个男孩说，“那个家伙以前一直和另外一个同事恋爱，后来分手了，是那个女老师发现他和那个女孩有染的。波利是这么说的。”

“我还以为是她的朋友呢，”其中一个女孩说，“她们发现了，就去校长那里，告发了她。”

“我听说不只是一个女孩受辱，”有人说，“是她们一伙人——他在同一期间玩弄她们所有人，只是她被抓住了而已。”

“有人知道他们之间是否的的确确发生了什么吗？”一个女孩插嘴道，“如果实际上那女孩儿和她的老师之间也没发生什么呢？”

“他们是有证据的，比如在他的房子里找出来了她的衣物，还有一支牙刷。”

“牙刷并不意味着*强奸*，”女孩说，稍稍有点儿刺耳地笑着，“牙刷包含的意思恰巧与强奸相反，它甚至都不能意味着一夜情，牙刷意味着你已经预见要发生什么事儿，这就像是他们在他的房子里找到了*睡衣*一样，女孩子的小法兰绒睡衣，柔和的粉色，上面有云朵的图案。这不能被作为*证据*，这是一种投入，牙刷是一种投入。”

一片静默，所有人都在品味这一全新的概念。

之后一个男孩说：“他不是有六十岁了吧？”

“没有那么老，上周的报纸上有他的照片，长着棕色的头发。”

“所以说实际上我们所知甚少。”费利克斯冷冷地说，挥手把盖在脸上的刘海拂到一边。他感到有一种无助的烦躁在胸中翻滚，像是一个爱指手画脚的人正在试图掌控对自己来讲太大又有太多主见的团队。他拔开笔帽，在那张已经被他弄得一团糟的纸的顶端写下“要点”二字。

“我们需要真正出色地利用起纸牌本身，”一个女孩说，“纸牌必须是这次表演中贯穿整体的一部分，而不仅仅是一些微小的、被附加上的、无足轻重的道具布景。”

“我想这是一种假设，”费利克斯说，“那么，咱们探讨一下扑克牌吧，以及我们能够运用它的不同方式。”他在“要点”两个字下面画着横线，啪一声小心地重新扣上笔帽，用期盼的眼神看着所有人。

“只是一张牌，还是整副牌？”

“我认为是整副牌吧，”有人说，“从服装的角度讲，它确实很具审美价值，而且我们可以利用它搭建戏剧的框架什么的，比如如果我们有四幕戏的话，每一幕就可以用一个花色的名字，或者如果有十三场的话，每一场都可以用某一花色下的某一张牌的名字。”

“这主意不错。”

“是啊！我们可以打扮成人头牌，佩戴上他们的工具和其他装备。他们所有人不是都有武器的吗？”

“我们编排一个游戏怎么样？一种纸牌游戏，我们可以把它作为本剧的焦点。如果你抽了一张红色纸牌，那么你会被女性所吸引；如果你抽到一张黑色纸牌，那么你就会被男性所吸引。”

“对，而且每张纸牌都可以代表某种特定的——不好说，某种特定的习惯、品质或者什么东西，某种与性或者其他什么有关的东西。”

“如果你抽了张黑兹·诺博，那么你会在黎明之前离开？”一个男孩说，所有人都笑了起来。

“什么是黑兹·诺博？”

“克里比奇纸牌游戏中的一张杰克纸牌。”

“稍等，”费利克斯说，飞速地写着什么，“咱们进行得太快了。”

“咱们的速度还行吧，”一个男孩说，“只是你写字的速度太慢了。”

费利克斯觉得自己的权威开始受到挑衅，他皱着眉，觉得刚才如果指派一名抄写员就好了。

“咱们把全剧都弄成某种虚幻的东西怎么样，比如把故事放在虚幻的世界背景中，或其他什么样子，在这里只要你到了一定的年龄，你就必须要抽一张牌？”

“你就被送往一个算命的或者什么人那里——”

“比如纸牌占卜师。”

“对！就像是到了一定年龄的特定仪式一样，一种成年庆祝仪式。”

“这张纸牌就变成了类似于你身份证似的东西，你总是随身携带着它。”

“你不能向任何人展示你这张纸牌。”

“所以女王纸牌可能意味着女扮男装或者怎么样，而如果你抽了一张女王纸牌，那么你就得开始穿上异性的服装。”

“女王——比如说女扮男装的女王。”

“我就是这个意思。”

“但是我们真的相信这些东西吗？”斯坦利说，“我们真的相信事情是这样的吗——相信你的身份是被分派给你的，在你成年的那一刻就已经被赋予了你，而从此之后这就变成了你的——你的命运基调或者怎么说？像是一枚徽章？”

“是啊，”第一个男孩说，“难道你不信这个吗？”

斯坦利张了张嘴，之后又合上了，他不太确定。

“但是那不就意味着你整个后半辈子都拥有这同一张牌吗？”有人说。

“是的，”那个男孩语气坚决，“除非你把它输掉，在一个高风险的、靠碰运气取胜的游戏中，在地下赌场进行的一次生死攸关的赌博游戏中，而与此同时你也会有输光一切的危险。”

“我们一定能做得非常棒。”

“戏剧的表现力会非常棒。”

“很具蒸汽朋克派的特点。”

“我想会的。”

“不管怎样，”一个女孩恼火地说，“实际上我们是怎么想的并不重要。这主意太好了，表演主任会为此发狂的，这恰好是他喜欢的那种交叉表演的东西。”

“什么意思，交叉表演？”

“那个老师与学生之间的事儿，从媒体中获得的故事。有没有人看过几年前那个关于政治迫害的作品，他们让演员乔装打扮分布在观众中间，假扮成观众中的一员？”

“是啊，我看过。”

“直到你分不清所有周围的人谁在表演，谁是观众。真的很让人害怕，确实是。那段时间观众场场爆满，他们不得不再多加了一周的表演。”

室内一片短暂的安静，同学们都在想象着他们的剧目延长表演一周时的情景，费利克斯已经停下了笔，他环顾四周，手里的笔无精打采地竖立在那儿。

“我喜欢有关阿比·格兰其的主意。”有人说。

“我也是。”

“可是我们要怎么进行啊？只看几篇本地报纸的报道？内容太少了。”

“我们必须得重新搜集材料，得找到更多东西。”

“因为到最后所有东西都坍塌了，”一个女孩说道，“对于那个女孩儿来说，也就是那个受害者，那个被凌辱的女孩儿。所有在她身边的东西都倒塌下来，像是一个纸做的城堡。”

七月份

走廊上的窗帘是开着的，斯坦利和女孩手里抱着服装穿过走廊去到艺术系。他们听到了某种声音，于是转过头，停下来，走近窗户去查看。

一个男孩正在号啕大哭，蠕动着身体，弯着腰，几乎折叠起来，双手放在腹股沟处。声乐主任蹲踞在他上方，完全俯在他后背上，双脚分开，牢牢地站在地上，她的脸颊压在他的脸颊上，丰满的胳膊裹着他，紧紧地钩住他。她急切地对着他的耳朵念着一些别人听不见的咒语，男孩仍旧在大哭，哭声聒噪、毫无规律，不断地发生变化，一会儿是从嗓子眼儿里发出的哽咽声，一会儿是沙哑的吭吭声，甚至还有蝙蝠般的尖叫声，太尖锐而又嘶哑，所以无法被人听见。他看起来似乎正在试图挣脱声乐主任的怀抱，但是她却紧紧地箍住他的后背，男孩只能扭动着身体，挣扎着。他的双眼紧闭。

“他怎么了？”斯坦利咕哝道。

“矫正发音，”女孩也同样咕哝着向斯坦利说，“他正在试图摆脱很多东西吧，从他的孩童时代开始，我想。很糟糕的东西，都锁在他的心里。”

男孩面目呆滞，张着嘴巴，表情中没有痛苦，但是他发出的声音却原始、粗野，充满了伤痛。这声音令人恐怖，这种骇人的声音来自于男孩平静的没有任何异样的喉咙，如果不是因为看到他的喉结在跳动，斯坦利都会认为这声音是录制下来的。

“毛骨悚然。”斯坦利说。

女孩儿轻蔑地扫了他一眼，好像是他不希望去理解别人一样。“总比用什么其他的方式发泄好些，”她说，“把猫咪放到微波炉里或其他什么方式。”

“他是在做这件事吗？发泄？”

“当然了，”女孩儿说，甩了一下头，“这是她的专长，声乐主任。人们雇她出去，到学院外面——她到别人的家里或者怎么样。这就像是一种特殊形式的治疗。她很擅长这个。”

他们看了一会儿男孩大哭的样子，声乐主任庞大的身体将他包裹起来，箍住他，他就僵直地待在那里。他的表情发生了变化，他的嘴唇向后拉，露出所有的牙齿，鼻子皱起来，纠结到一起，嘴里的舌头隆起部分向上翘起，紧绷着，颤抖着。他猛然合上下巴，低吼了一声，是那种从嗓子后部发出来的短暂的屏息式的低吼声，像是在咳嗽。声乐主任现在已经开始对着他的耳朵低声吟唱了，一种柔和而又静谧的摇篮曲，在男孩狂乱的吼叫声的掩盖下逐渐蔓延上来，使男孩畏缩起来，喘着粗气。斯坦利突然觉得有一种羞辱感。

“好了，咱们该走了。”他说，把自己的目光挪走。女孩早就走了。

九月份

春天的一个周六的下午，斯坦利把自己窝在艺术系一个空荡荡的小房间里，正试图把缝纫机上的线轴给理顺，却徒劳无功。他马上就快完成他的黑桃王后的服装了，衣服的胸部正前方饰有图案，他把一大张光滑的纸板缝在里侧，这样看起来就会更有曲线感。他用了整整一上午费劲地安装好了一个线圈头饰环，让它环绕在前额处。这头饰环是用来把呈几何图形的头巾从头顶处向上托高的，由于在上面安装了线圈辐条而闪闪发光。他花了将近五个小时的时间眯着眼睛看那些接缝，为了把坚硬的线圈头处理好，把指尖都弄青了。最终的结果令他比较满意，效果还不错。现在当他俯身摆弄缝纫机时，就正戴着这头巾。房间里堆满了殖民种植风格的家具，是被搬到艺术系来油漆的，放到这里，利用周末的时间让其晾干。他的那块头巾在这些家具的映衬下，显得暗淡无光。他的周围充斥着油漆的甜味儿，在学院里总会是这样，在油漆中掺入一些清洁剂，这样当某个剧目闭幕之后，油漆很容易被去掉。

斯坦利俯身在自己的戏装上埋头工作。在对这一剧目的探究过程中，他已经对于他所持有的这张牌了解颇多：他了解到在传统的法国扑克牌里，黑桃王后被认为是圣女贞德的化身，而在红心大战纸牌游戏中，黑桃王后非常不幸，被称做黑婊子。他了解到她是唯一一位既拿着一根权杖又手握一枝雏菊的人，也正是这个原因有时她被称做床柱皇后。他在家里盯着自己手中这副牌中的所有人头牌，盯得时间太长了，以至于晚上当他闭上双眼时，会发现那些或红或黑的形象在他眼前浮现。他最终把缝纫机压脚板下面乱糟糟的线轴理顺了，并把那些多余的线头剪掉。他用手指捏起线轴中的线头，把它从线轴筒的凹槽处拉出来，与此同时听到了线轴清晰的旋转声。

门开了，斯坦利听到了从前厅附近的舞蹈大厅中传来的微弱的音乐声，一些学龄儿童每周六都到这儿上爵士舞蹈课。

“那就在这儿吧，”他听到有人说，“在这儿应该没人打扰我们。该死，有人在用教师办公室。你愿意的话，可以坐下。”

是形体主任的声音。斯坦利仍旧专注地想把线轴装回到缝纫机底部的带有合页的小凹槽里，嘴里还咬着一段线，所以他没有立即把自己的注意力转移过来。他转动着位于缝纫机一侧的机轮，看着针脚陷下去，勾住线轴中的线，把它带上来，形成了一个小小的猩红色的圈，他用剪刀尖儿把它轻轻挑起，轻柔地把它拽出来。他非常专注于这一任务，以至于在他完成这一工作之后形体主任与他的客人之间的谈话已经进行了一半，他们非常随意地聊着，两人都异常轻松，像是已经等待了很久这种可以单独畅谈的机会。

“所有人都想要这样，”形体主任正在说，“不只是一年级的新生——每个人，一直持续到他们离开的那一天。”

“那么学校为什么不提供这个？一对一的指导课，或其他什么东西，如果学生想要这样的话。”

斯坦利尽可能慢地侧身倚在小房间的边缘，从倒置的扶手椅与餐具柜中间的细小而狭长缝隙中看到了那个残酷剧场练习中的中心人物，那个二年级的面具男孩，就是他在台上用手扇那个受害者，用剪刀剪他的头发，还几乎把他淹死。斯坦利盯着他看了一会儿，现在他的脸很平滑，没戴面具，在听形体主任说话的时候，由于认真专注而神情严肃。

“我赞同你，”形体主任在说，“我认为这所学校有很多方面都还做得不足。我昨天就是想说这个——我建议你们在毕业后学些什么，甚至可以考虑见习，去哑剧学校。到明年年末的时候，你们还是半成品，饥渴的半成品。”

形体主任说话时表情凝重，但是却没有了平日说话时他所特有的语音清晰、似乎经过提前演练的特征。斯坦利从缝隙中嫉妒地盯着两个人。男孩坐在那里，一条腿高高蜷起，手指摩挲着陈旧的家具，在形体主任说话的时候认真地点着头，突然之间，斯坦利觉得此情此景如此得不可思议：*他们是朋友*，他惊讶地这么想到。

“我完全接受你的意见。”不戴面具的男孩说，身体靠近了一点儿。在那一刻，斯坦利记起了那个黄金男孩，流光溢彩、魅力四射，像是一道手工大菜，上面涂抹上一层光泽，留待为菜谱杂志拍照。当时那个黄金男孩曾经是熠熠生辉，而面前这个男孩也是一样熠熠生辉。

斯坦利咽了口唾沫，感觉到喉咙中有一点苦涩的不公平的味道。他回忆起自己的形象，当时在形体主任的办公室里，他大声地哭诉，挥洒着眼泪。即使是现在他都仍旧为自己当时对残酷剧场练习做出如此剧烈的反应而暗自感到丝丝的得意。但是为什么形体主任却对自己没留有什么深刻的印象呢？为什么他没有因为自己公开地向他展示自己脆弱的一面而对自己表现出一种少有的、骤然激发的亲密感呢？为什么是这个男孩呢，斯坦利想，这个脸部光滑、没戴面具的男孩，既不比其他人更优秀，也不比其他人更糟糕？

"很可笑，"形体主任正这么说，"在很多方面，你确实……嗯，唤醒了我，我觉得。"

"我的成长映射于他的身上……*在他的身上得以体现。*"不戴面具的男孩咏诵着，斯坦利从那个隐秘的缝隙中看到两人都微笑了起来。

"共生或者复生，"形体主任说，"不是对学生的一种指导，而是对另外一个人的完全的坦诚。"他停顿了一下，之后加了一句，"会铭记于心的。"

他们坐在那儿盯着自己的鞋子，享受着室内这片刻的安宁。斯坦利藏身于冰冷而斑驳的缝纫机侧翼的后面，观察着他们，越发感到酸楚。他在那里等了两个小时之久，双腿都抽筋了，剧烈的饥饿啃噬着他的肠胃，直到男孩和形体主任结束了谈话，离开房间。

七月份

"咱们来个即兴表演吧，"一个一年级的男孩建议道，"就从上周咱们探讨的内容开始，看看会有什么样的结果。我真是很喜欢那种方式：两个演员在一起，两人之间正经历着什么，两人都说些另外一个人不能真正听到的话，就好像是其中一个人说话时，另外一个人不完全在场一样。”

“咱们就向前走着看，”一个女孩说，“先是萨拉丁先生，之后是那个女孩儿，就这样交替循环，任何人在任何时间都可以站起来，每个人都可以扮演他们中的任何一个，不管是谁。咱们就这样试一下，让剧情发展，看看会发生什么。”

“咱们是要真正地进行一场对话。”

“对。”

一段短暂的停顿，每个人都在体会着这一规则，并同时开始快速地准备自己一会儿要说的话。之后一个男孩站了起来。在他站起来的那一刻，他已经化身为一个不同的人，宛若从灰白色的灰烬中飞出的凤凰，就这样一个男孩化身为一个男人。他站定，双手掐腰，下颚骤然回收，把赤裸的双脚分开，牢牢地站在地上，没有人怀疑他已经变成了什么角色。

男人道：“女孩们谈起这事儿的时候，都说*自始至终*，好像这一过程是一次行程，一次海上航行，类似于在模糊的海图上照惯例会出现的第一个十字路口什么的。维多利亚跟我说了这句话——*自始至终*。她问了一个问题。她问：‘你要自始至终都陪伴我吗？’好像她的离去已被纳入行程，锚已经被抛出，我只能选择跟着她踏上船只，与她一同远航，一同消失。*自始至终*，她说。每一英寸。那充满狂风暴雨的、充斥着海腥味的、历经磨难的旅程的每一英寸。每一英寸。”

他坐下来。又是一段最短暂的停顿，之后斯坦利站了起来。他站定，重心放在一条腿上，像个女孩，一只胳膊穿过前胸扶住髋部，另外一个臂肘弯曲起来，把手掌伸平，摆出了一个造型。

“他花了好长时间来回答这个问题，”斯坦利说，“最初他短促地大声笑起来，把我拥入怀中，亲吻我的头顶。有时在他吻我的时候会从喉咙底部发出那种热切的声音，跟一只小狗差不多，是一种幽幽的低沉的声音，渗透着某种深切的情感，是内心深处的一种情感。有一次他把头埋在我起了小球儿的蓝色羊毛衫的腋窝里，大声地呻吟着，之后说：‘我只是觉得太受眷顾了，维多利亚。我觉得太不可思议了，太不可思议地受到眷顾。’我们当时就坐在他客厅中的乳白色的皮沙发上，我说：‘你想自始至终都陪伴我吗？’他说：‘哦，我亲亲爱爱的小姑娘，我还没想，只是还没有想，就让我们享受这片刻的醇美吧，在它飘散之前，在我们再也不能伸手抓回这种时光之前。不管我们即将去面对的到底是什么，就让我们现在把握好这一刻，来尽情享受吧。’”

斯坦利坐下来。他身边的所有人都面无表情，神情呆滞。所有人都不是对他的表演十分关注，所有人都在心中预演着自己在站起来走到众人面前时要说的话，设计着怎样能使自己的台词听起来是自然而然的、没有预演的痕迹并且是一针见血的。

一个女孩站了起来。像所有试图扮演成年男人的女孩一样，她的表演与之有些不相称，让人稍稍觉得有些尴尬。她让自己的声音深沉起来，双脚叉开很大的距离，装出一副有些过于严肃和生硬的姿态。她抬起下巴说：“如果这个女孩儿不曾敢于这样做，那么有没有可能会有另外一个女孩儿替代呢？是不是也一样容易呢，或许是爵士乐队中在她左侧或者右侧的女孩儿，或者在她前排的另外一个萨克斯风手，或许是某个胸部小一些的女孩儿，或许目光更锐利一些，指甲更短小些，又或许身材没有那么匀称，针织衫的褶边总是开着线？她们所有人都曾对我微笑过，眼睛定定地看过我，与我一起大笑过。我们在中学爵士乐节中赢得一席之地时，甚至几个女孩儿还抱过我。当时我与她们其中的一个有进一步的发展，情况会有所不同吗？”

在这位萨拉丁先生回到地板坐定后，另外一个女孩站起身来。她摊开双手道：“想到我从来没看到过他醒来的样子，觉得好笑。

我从来没有在一翻身之后看到他仍旧在旁边睡觉；从来没有在清晨灰白色的晨光中看到他的眼皮泛着青光、静止不动的样子；从来没有在钻进温暖而甜蜜的被窝中时，感到他突然一惊，之后在睡眼惺忪中伸出自己沉重的臂膀让我躺进去；我们从来没有清晨后的时光；我们没有夜晚，没有长长的不受打扰的夜晚，在那样的夜里我们可以一直睡一直睡一直睡；我们也没有静默；我们从未一同吃过早餐；我们从未一同游过泳，或者购过物，或者一起去看场电影；我从来没有在他工作期间给他打过电话，问问他什么时候能回到家里；我从来没有把他的已经洗完的衣服夹在晾衣绳上；我从来不认识他的母亲或者他的侄子，也不了解他的生活。

“所有这些都是成年人的事情，这些是我从来没有与他一同经历的。现在人们说我是一个孩子，不合时宜地闯入了成年人的角色当中。人们称之为成年人的关系，是违法的、不合时宜的，是早熟的。而事实上恰恰相反，是萨拉丁先生拥有了一种少年男女之间的关系，所有那些坐在后排窃窃私语，站在门道上笨拙地摸索，在午夜之前回到家，等待父母入睡或者出去办事，用暗语发信息，并且是秘密地发信息。我并没有扮成年人，是萨拉丁先生扮成了孩子。”

八月份

首演之夜日趋临近。由于没有一个核心剧本，这次自行编排的创作表演似乎一直没有达到某种完成的状态，而只是在一些犄角旮旯处冒着泡泡，发出新枝，像是一个老式的充满褶皱的宴会气球再一次被充上了气。团队中的气氛渐渐变得暴躁起来，当一些心怀不满的学生在学院各处的廊道上相遇，三三两两地开始充满反叛意味地窃窃私语时，那些有极强个性的人的周围开始出现了摩擦的火种。

“安迪穿着那件戏服趾高气扬的样子让我恶心，”有人这样窃语，“认为自己在舞台上是上帝的宠儿呢，每次他路过的时候我都想伸腿把他给绊倒。”

“你知道吗，如果埃丝特在旁边的话，要和奥利弗同台表演有多难啊？今天她实际上正在扳他的一条腿呢。”

“如果费利克斯再有一次那样清嗓子，我发誓会揍他一顿。”

“这是什么表演啊，像是对一个家伙长达两小时的颂词！怎么萨姆就占了那么多的舞台时间？他不见得就是混迹在群鸡中的鹤吧，或是什么其他类似的东西。”

而真正的危险在于这些不满的学生，这些窃窃私语者们，恼怒于他们的角色有多么不重要，讨厌团队中其他人多管闲事的督促，他们有可能非常希望使自己与这次表演相互脱节，以至于在首演之夜，他们可能会有意地不认真表演，通过他们过火的表演，有意地引起人们对演员与角色之间的距离的注意。这变成了一种隐约可见的威胁，而这种威胁就悬浮在他们身边的气体当中，演员们变得相互警戒而不信任，把自己的戏服贴在胸前，抱得更紧了，好像是他们内在的自我的外壳已经破裂，他们正试图用自己双手的力量按住它，以期其破碎的外壳待在原位不掉落。

一天在进行完排练之后，斯坦利离开了学院，他把要拿回家的道具装在一个包里，现在这道具包就夹在他的腋下，他甩头望向天空，有那么一刻享受着这午后苍白的阳光。他是悄悄地离开的，从舞台后方溜走，穿过演员通道进入到小巷当中，他的那些同学仍旧眉头紧锁，眼中布满阴霾，他们在堆椅子，清理排练教室，为明早做准备，与此同时还在争论着什么。

他拐了个弯，走入北边的那个方院中，这时他吃惊地发现自己正站在一个女孩面前，是那天不期然闯入礼堂的舞台侧翼上的女孩，她当时双眼圆睁，与他在天鹅绒的幕布里撞了个正着。在他认出来她时，短暂地停顿了一下，再一次想起了当时在黑暗中那次短暂又惊魂未定的碰撞，他记得在自己摔倒时女孩倒吸了一口气，惊慌失措，哑然地低头看着他，一副抱歉的样子。

那场戏演完之后，他曾经回到侧翼处寻找她，但是她已经不见了。

“有人在那儿看咱们呢，”后来当他和男孩费利克斯在化妆室扭动着身体脱下戏服，之后又把假发放回到排列在衣橱上方的无脸塑料模型的头上时，他对男孩费利克斯说，“在侧翼那儿，她一定是从演员入口进来的，我猜那入口是开着的。”

“你有没有让她出去？”费利克斯说，不怎么感兴趣。他正在那儿恶狠狠地解紧身胸衣，斯坦利听到了那又脏又破的蕾丝撕裂的声音。

“她不见了。”斯坦利说，一边看着费利克斯，后者看到自己的错误，正在低声地咒骂着，“我只是觉得这很奇怪，别人从侧翼看着我们，而我们却不知道，她这是占据了一种不公平的优势。如果有人从前厅偷偷进来观看，我就不会那么在意了。”

伊索尔德坐在银杏树下面的板条长凳上，正穿着阿比·格兰其学校的校服，手里翻着一本已经卷了边的小说，来回轻轻地摆动着双腿，腰弯下来对着书，头发自由地散落在脸庞周围。在他进一步走近时，才越发清晰地看到女孩有多么漂亮。她长着圆圆的脸颊，嘟起的嘴巴，纤细而上翘的鼻子，手里正拿着一本书，在读书的同时用一只手指正抚摸着鼻子。当斯坦利靠近她的时候，她抬起头来，在认出他来的那一刹那，似乎吃了一惊，一副迷茫的样子。

“是你，”斯坦利说，“舞台侧翼的女孩儿。”

“哦，是的。”女孩说，用牙齿咬住了下唇。她狐疑地抬头看着他，像是一只等待训诫的小狗。

“你使我没接上登台提示。”斯坦利说，然后两人都因他这句唐突的话而涨红了脸。

“对不起，”伊索尔德说，“我听到有鼓点声，就循着声音进去了。我想我只是迷迷糊糊就走进去了。”

两人都沉默了片刻。

“那只是一次排练，”最后斯坦利说。她礼貌地点了点头，双唇紧闭，露出一丝愧疚的笑容。斯坦利指着她的乐器箱，想转换话题：“你弹什么乐器？”

“中音萨克斯风，”伊索尔德说，“我老师的工作室就在这上面。”

“她一定很有钱吧，能租得起这儿的工作室，”斯坦利说，“这儿的租金高得离谱。我之所以知道这个，是因为戏剧学院本来打算在这儿收购的建筑楼要比现在所拥有的数量多得多，但是价钱太高了。”由于尴尬，他觉得越来越热，这种不自在像是他胸前的一摊红色墨水污渍，一直蔓延到他起了一层鸡皮疙瘩的嗓子的凹陷处。他知道从他的衬衣领开口处一定能被人看到一片潮红，像旧式的环状领一样一直延伸到他的下巴。他现在希望刚才没有认出这个女孩，刚才路过时没有说话，也或许只是平静而含糊地向她点点头。

“我不知道她是不是有钱。”伊索尔德说。

“你吹得好吗？”斯坦利问。

话一出口，他便觉得羞愧起来，竟然向这个长着圆圆的脸蛋儿的、熠熠发光的女孩问这样一个无法回答的问题。他希望她不要拿类似的问题来回问他才好。但是伊索尔德只是说：“我正在参加八级考试。”并耸了耸肩表示这个问题对她来说算不上什么。

“我有时能听到你们吹奏，”斯坦利说，“哦，也许不能肯定是你，但是音乐声会飘到我们那儿。”

“是的，我有时也能听到你们的声音，”伊索尔德说，脸也无以名状地红了起来，“多数是鼓声和叫喊声。”

“也可能是尖叫声。”斯坦利说，试图开个玩笑，但是伊索尔德只是笑了笑，说：“没有，我从来没听过尖叫声。”

“好的。”斯坦利说，拍打着自己的胳膊，“那么，我想我们还会见面的。”他本来希望自己说这话时语气冷淡，但实际上他的声音却听起来充满了期盼，好像是正在期待下一次重逢的机会。他把头转向一边，用以表示他并不在意，目光投向远方，跨过鹅卵石小路，落在了那些鸽子身上，为鸽子排便而准备的粗砂堆积起来形成了一个边，像是用一层薄薄的银白色的硬壳为庭院安装了一个边框。

“好的。”伊索尔德说，好奇地看了他一眼，并没有再拿起小说继续读，而是用目光追随着他，看着他从她身边磕磕绊绊地离去，穿过庭院，装满道具的兜子从他的手臂上滑落。

六月份

“斯坦利，”表演主任说，“我想让你变成你的父亲。”

斯坦利迟疑地点了点头。他站在那儿，双腿微微分开，双手放在身后，所有其他的学生都坐在地板上，抬头看着他，紧紧抱住双膝，把膝盖抵在肋骨上。

“这是一个问与答的环节，”表演主任说，平静地用手掌展平面前的纸张，他坐在桌子前面，偏向桌子的一侧，双腿在膝盖部交叉，慢慢地摆动着一只赤裸的白色的脚，放松踝关节，“我们会问你一些问题，直接把你当做你的父亲称呼你，我希望在接下来的半个小时里，你都一直保持是这个角色，如果对问你的问题你并不知道真正的答案，那就编一个，如果你必须要撒谎的话，那也没关系，只是不要从这个角色中走出来。”

斯坦利再一次点头。他低下头待了一会儿，吸了口气，当他再抬起头来时，脸上就已经挂上了他父亲的那种撇着嘴角、嘲弄性的微笑。他摊开双手说：“打我啊。”顷刻之间他的脸上便是一副无所谓的、自信满满的、充满恶作剧的表情。

“你对你的儿子斯坦利了解多少？”表演主任首先发问。

斯坦利扬起眉毛笑道：“他是个好孩子，我们互相讲黄段子，这是我俩之间的事儿。我们相处得不错。”

“什么样的黄段子？”

“哦，我们试图让对方感到震惊，你讲一个我讲一个，只是我们玩的一个游戏而已。”斯坦利再一次微笑起来，用淡然的眼神瞅着表演主任，好像自己能看穿他的心思，好像是所有表演主任所希望获得的、所惧怕的、所希望的和所有的错误都在他面前坦然陈列。表演主任漠然地回视着他。

“给我讲一个你曾讲给你儿子的笑话吧。”他说。

“和未成年人睡觉最大的好处是什么？”

“不知道。”表演主任礼貌地说。

“会因为照看小孩而得到每小时八元的报酬。”

在地板上坐着的学生中间，有人抑制着自己不笑出声来。斯坦利转过头向他闪过一丝微笑。“不错吧，嗯？”斯坦利扭动着双手的手腕，抖动袖口，这正是他的父亲经常做的动作，“但是现在越来越难找到有创意的笑话了，我让秘书帮我查找，这是她做得最好的工作，她是这样认为的。”

另一轮笑声在地板上响起。斯坦利咧嘴而笑，挺了挺腰板，把双手放在腹部，一而再、再而三地向下捋着衬衣。他有意让这一动作看起来是无心而为的。

“给我讲一个斯坦利讲给你的笑话吧。”表演主任说。

斯坦利停下来想了一会儿。“想不起来了，对不起。”他最后说。

“你会认为你与斯坦利的关系很好吗？”

“我们不那么经常见面，”斯坦利说，“但他是个好孩子，有幽默感，或许有点儿敏感吧，但这不会阻碍他。我们相处得不错。”

"你儿子擅长什么？"

"斯坦利吗？"斯坦利说，借以赢得一些时间，像他的父亲的一样，"每到什么地方，他都挺受欢迎的，我想。他的表现不错，所以进了戏剧学院。他是个好演员吗？这我不知道。你或许能告诉我这个。"

"那么你会说他擅长什么？"

"艺术吧，"斯坦利迟疑地说，努力思考着，"他是个浪漫的人，这一点受我影响，肯定不是受罗杰的影响。"

"罗杰是他的继父？"

"是的。"

"他人怎么样？"

"温和，"斯坦利说，"即使他认为不好笑的时候也会大笑；没什么东西可说的时候就一副惶恐的样子，会试图逃脱；当然他是个好人。我是不会与他结婚的。但他是个好人。"

"对你的儿子来说，他是位好父亲吗？"

"他是我儿子的一位好继父。"

"好的，"表演主任说，转头看向在挤在斯坦利脚边的其他所有人，"咱们畅所欲言吧，任何人都可以开始问斯坦利的父亲问题了，问什么都可以。"

"你在斯坦利身上能看到自己的影子吗？"前排的一个女生大声说。

"或许我在他这个年龄没他那么谨慎。他是个天真的孩子，我当时可没有他天真。"

"你认为他现在还是个处男吗？"后面的男孩们乱七八糟地坐着，这个问题就来自于这其中的一个男孩之口。表演主任用锐利的眼神环顾了一下四周，但是斯坦利并没有退缩之意。他耸了耸肩微笑起来。

"他有一种独特的处事方式，"他说，"没有被破坏的什么东西。

我说不出来，也不想说。”

“他最糟糕的东西是什么？最大的错误？”

斯坦利低头看向地板，牙齿咬住双唇，思考着。“太信任别人了，”他最后说，“相信那些不值得信任的人。”

“你有没有告诉过他你这个想法？”

“没有，”斯坦利说，他烦躁地拍了拍自己的肩膀，“那又有什么意义？他需要犯错误，否则他就永远不会前进了。我可不是那种父亲。”他不耐烦地甩了甩头，再一次快速地抖动自己的衣袖。

“你觉得斯坦利是怎么看你的？”

“我想在内心深处我是让他失望的吧，”斯坦利说，“他失望、生气，因为一方面他很想反叛我，他想摧毁所有我所推崇的东西，让我亲眼看到我是个什么样的人，但是他又无法办到，因为我在他的生命中不担当这一角色，他不需要反叛我，因为我不是那个制定规则的人。我只是一个旁观者，一个时而出现的人而已。如果他真想反叛我，只会换来我对他的嘲笑。我想正是因为这个原因，他讨厌我。对他来讲这是一种失望。”

“所有这些你都能看出来？”地板上的一个男孩问道，带着明显的怀疑，似乎在暗示斯坦利大概忘了这个练习的规则了。表演主任正靠着椅背坐着，双臂环抱，眯起眼睛专注地看着斯坦利。

“是的，”斯坦利简洁地说，他再一次摊开双手，“我是个心理学者，我的工作就是洞察事物。”

八月份

“有消息了！”在斯坦利溜进排练室，坐到地板上时，男孩马库斯大声喊着，“波利有一个朋友的朋友曾是那个受辱女孩最好的朋友，她基本上知道所有事。我们采访了她，把所有东西都写下来了！”他高高地挥舞着一个小笔记本，因自己的成就而兴奋得脸色潮红。

“有什么东西？”有人大声喊。

“比如说，他是她的音乐老师，”马库斯说，兴奋地翻开笔记本，“她跟着他上木管乐器单独辅导课，学中音萨克斯风。他们一起开车不管去什么地方的时候，她总是躺在后面的车座上面，盖上一个小毯子。他在闲暇时间会画油彩画，只是作为一个爱好，只是他从来不会画她，因为那样就留下证据了，他不会那么愚蠢的。但是他很想这样做，他说，上帝啊他想这样做，因为当她达到高潮时，有那么一刻，她的胸骨上会布满像地图一样的蓝色脉络，咽喉会全部向外提，有那么一刻的时间，提到与皮肤的表面平齐。他总是说如果他能捕捉到那一刻，那将会是他在这世界上所做的最好的一件事儿。他本能地知道这一点。他们曾经开玩笑说他会画一系列的画，一个展览。他说自己从未看到类似的事情，从未看到在那短暂的一刻，在高潮来临时，有人竟然会发生如此大的变化。这是他最喜欢的一件事。”

马库斯匆匆地翻着笔记本，翻了很多页。

“哦，这么多呢，”他说，雀跃着，“咱们能用到这所有的内容，太好了，这么多东西。咱们应该给那女孩买个礼物表示感谢，波利是通过管弦乐队认识她的。”

“我们一定要送给她首演之夜的免费票。”费利克斯说，一边已经在他笔记本的一侧做了笔记，还有一张买零食的代金券。

“读读剩下的内容吧，”有人大声喊道，“所有内容都读一下。”

八月份

在一年级学生的校历将近结尾的地方，有一项内容被着重标注出来。它只是简单地被称做“外出”。日程安排是被精确地计算出来的，因此一年级、二年级和三年级的演员们就都可以按照要求共同参加这一活动了。所有的演员都在体育馆集合，而二年级和三年级的学生心知肚明自己曾做过这一表演练习，所以都信心十足，一副居高临下的样子。

表演主任给六十多名学生中的每个人都分派了某一剧目中的一个角色。他是非常精心地做出角色安排的，为他早已烂熟于心的角色们安排从气质上和生理条件上最为相近的学生进行表演，他已经提前在笔记本上做了长长的记录，现在每念完一个名字，他便微笑起来。“赫里，我希望你来表演陶万尔德[①]，”他说，“我期盼着看到你表演的陶万尔德，我猜一定是一个非常有趣的组合。”——好像赫里和陶万尔德是透明的覆膜一样，可以互相覆盖，组成一个混合物，一个更新的、更明亮的形象，无论比起这个男孩还是比起这个角色本身都会更好、更鲜亮。

“克莱尔，”他在说，把头转向一个站在人群边缘上的三年级学生，“我为你选了《扁豆中的床》[②]中的苏珊这一角色，你要表演一个稍稍超越你年龄段的角色，但是我想你会处理好的。”

这一练习的规则相对来说比较简单。学生们按照要求离开学院所在地，分散到学院建筑物周围四个街区以内的地方，在接下来的两个小时内必须保持待在这个角色里。他们会一小拨一小拨错落地走出学校，在为期三天的时间里，一拨人回来之后，另外一拨人离开。指导教师们和其他赋闲的演员们会在这些街区里游走，似乎是在进行一些日常的活动，比如购物啊、点咖啡啊、跑步啊以及在街上相遇，互相攀谈起来，等等，但是当他们在做这些事情的同时，也会观察着那些演员。

---

① 即易卜生戏剧《玩偶之家》中的主角海尔茂。

② 改编自BBC电视台畅销剧集《脸部特写》(*Talking Heads*)的舞台剧中的一幕，作者是阿伦·班内特。

多拉、塞普蒂默斯、玛莎、玻。名单在持续。斯坦利向窗外看去，让自己的思绪游走，很快他就发现自己已经无法分辨出角色的名字与那些被分派扮演这些角色的学生的名字了。

“斯坦利。”表演主任喊道，将他从冥想中摇醒。他抬起头来，但是表演主任并没有在叫他。“《欲望号街车》[①]中的斯坦利。”他正在说，地板上一个学生正有力地点着头，潦草地将这个角色的名字写在自己练习本上的空白处。斯坦利叹了口气，低头看自己的手。

“我知道有些角色比另外一些要简单些，”表演主任说，“有些角色则很难想象他们脱离原剧的背景会是什么样。但是要记住每个表演都是一种诠释，你可以自如地发挥想象，你们自己决定要穿什么，是否要尝试某种口音，是否要改变你的形象以便更好地适应你的角色。”

斯坦利的目光向侧面滑到了形体主任的身上，他像个耐心的影子一样站在表演主任的身后，脚踝交叉在一起，脚后跟顶在墙上。他模糊地笑着，点着头，但看起来像是机械的动作，像沉重的钟摆在一方玻璃后面恪守着时间。他看到形体主任向地板上的一个学生眨了眨眼睛，他迅速地转头顺着他的目光试图找到这目光的接受者，但还是晚了一步。他回过头来看形体主任时，看到他正微笑着，谨慎地低头看着地板。

表演主任已经念到了一年级的学生，他身边所有的同学都一个挨一个地被指派了角色。哈里·巴格利、乔治、莫斯、艾琳。

斯坦利被指派的角色是乔·皮特。“先读一下剧本。”表演主任建议道，在转回到自己的名单时，脸上挂上了一丝微笑。有人在人群中轻声窃笑了一声，斯坦利涨红了脸，心里想着不知道乔·皮特是个什么样的人。他在记事本崭新的一页上写下这个名字，之后把它塞到了书包里。

---

① 田纳西·威廉姆斯（1911—1983）的著名剧作。

八月份

“你要在市中心待多久？”点餐之后斯坦利问道。他的父亲正忙着往他的电子笔记本上胡乱地写着什么，没有立即回答。他戳了一下屏幕，扣上笔记本，抖了抖自己的袖口。

“对不起，冠军，”他说，“你说什么？”

“你要在这儿待多久？”

“就这个周末。我明天在会议上发言，之后我们就飞走了。我又给你准备了一个笑话。粉刺与神父的区别在哪儿？”

“不知道。”斯坦利说。

“粉刺只在青春期之后才在你的面前出现。”

“爸爸，这是亵渎。”斯坦利说。他想：禁忌之所以是受禁止的，是因为它是神圣的。

他的父亲举起双手作投降状：“太过火了？”

“是的。”斯坦利说。或者是因为它令人讨厌。他不由自主地皱起眉头，喝了口水。

“那么，说说你吧，”他的父亲说，“跟我说说戏剧学院。哦！我忘了——我给你带了点儿东西。今天早晨我从报纸上剪下来的。”他翻着公文包，直到找到了一小沓报纸，被折成了八分之一大小，并把它递给桌对面的斯坦利。在等着斯坦利读它时，自己愉快地哼着小曲儿。

标题是《女孩之死，“巨大的浪费”》。文章很简短。

“你认识这个女孩儿？”他看完之后，他的父亲这样说。他的神情充满期盼，眼睛呈现愉悦的半月形，像是学院前厅中那个笑意盈盈的喜剧演员面具上的眼睛。

斯坦利再一次看了一下那篇文章，咽了口唾沫：“你是想跟我说这就是那个我们可以获利百万的女孩儿。”

他的父亲大笑起来。“斯坦利，”他说，“这就是我们可以获利百万的女孩儿，你认识她吗？”

“如果我认识呢？”斯坦利说，“如果我认识呢，而且这就是我找到的，而且你一直以来对我们两人都极端冷漠？”

斯坦利的父亲伸手从对面的斯坦利的手中抽走那张报纸。“只是觉得好玩而已，”他说，把报纸重新塞到自己的公文包里，“我本来认为你会笑的，别那样看着我。”

他嬉笑着向斯坦利摆动手指，伸手去拿那平底大玻璃杯。“不管怎么说，如果你确实认识她的话，”他说，“那么我本该现在正在恭喜你的，因为有可能你已经从一开始就选中了她，而且可能会已经为她投了一份保险了。”

“这个女孩儿是某处的一个真实存在的人。”斯坦利说。

“这个女孩儿现在是某处的一具尸体了，”他的父亲纠正道，他用严厉的批评的目光看了一眼斯坦利，像是极度失望，第一次认清了他的面目一样，他说，“我本来确实认为你会笑的。”

第十一章

星期一

阿比·格兰其学校的蓄水区很宽广，从经济的角度来讲相差悬殊：在地域上，它比较接近市中心，能够触及比较富有的地区，但同时又覆盖了几个中产阶级的郊区，还有几条街道位于其低洼处的边缘地带，正处于一些穷困的郊区之内，宽阔蜿蜒的街道旁有巨大的排水沟以及蓬乱的杂草。

贫穷些的女孩会利用课余时间到快餐店或服装连锁店里打工，她们会对那些从父母那儿拿零花钱、不用打工挣钱的女孩在道义上制造一些优越感。当不那么富有的女孩到富有女孩家那耀眼的白色房子里做客时，总是会为自己武装上一种强烈的使命感，她们会打开冰箱、切换频道、清晨时恣意地冲一个长长的热水澡，她们总是带着一种毫无愧疚的，甚至是一种恪尽职守的职责感，去改正这世界上一些糟糕的不公之处。那些富有的女孩家的食品储藏室里安装着可以调整角度的卤素灯泡，灯泡都固定在铬合金条上，照耀着储藏室。从这样的女孩家里哄骗或者偷出半袋子的炸土豆片简直就是一种荣誉：这非但不是一种盗窃而且还是一种均衡贫富的形式，是一种平衡重置。贫穷的女孩儿们正是这样告诉自己的，与此同时再一次伸出咸腻腻的手抓住下一口要吃的东西，并大声地谈论她们今晚会在糖果吧被安排在值夜班的值勤名单中。

通过这种狡猾而阴险的方式，富有的女孩就会因自己父母的财富而感到羞耻，因此她们便开始做出过度的反应，使其生活中额外的奢侈品变得名正言顺，辩称自己的每一件奢侈品只是出于基本的需求："我们必须得有新鲜的核果，因为妈妈想节食。"或者："我必须得有一辆自己的车，因为爸爸总是要出去办理公务。"或者："我们只是因为爸爸的后背疼才弄了浴缸。"这些不断重申的理由成了她们的口头禅，并且很快这些富有的女孩就开始相信了那些她们出于羞耻之心而被迫说出的话。她们知道有一些女孩会在卖炸鱼和炸土豆条的店铺外面排队等候买食品，并会把油腻腻的食品包装袋掖在衬衣的下面，以方便她们走路回家。她们开始相信，比起这些女孩，她们的需求就是要更敏锐、更特别，也更加迫切些。她们并不认为自己受到了特别的待遇或者更加幸运，她们认为自己的需求是恰当的，是应该得到满足的，而如果你要称她们为富人的话，她们会挑起眉毛，眨着眼睛说道："哦，好像我们不至于饿死或者怎么样吧，但我们绝对不富有。"

两者之间这种坚持不懈的相互之间的权利制衡，一方是挑衅性的，另一方则是防范性的，确实标志着阿比·格兰其学校中的女孩心中拥有一种集体性的、真正的恐惧。她们在一个没有什么起伏变化的、统一为一体的团体当中，共同走过中学的这几年时光，相互之间都默许着某种公平，固守着一种中庸之道的平等，她们总是害怕其中一个人会在某一时刻突然之间凸显出来，遮挡住其他人的光芒，整个团体可能都会突然之间不可挽回地被掷入到她的阴影当中，而所有人所默许的平等与公平则可能完全化为泡影。在这样一个团体当中，女孩们的经济水平若按平均值计算，处于一个中庸的水平，而这种既不太高又不太低的总体上的平庸似乎变成了某种类似权力的东西，其中每个人都发挥着自己特有的功能，在整个团体中固守着自己的势力范围。但是如果其中一个竟然真的突然之间凸显出来，周身闪耀着光芒，那么其他的女孩就会暗淡下去。她们戒备着这种可能的威胁，互相攀附着臂肘，在走廊中串成一串，阻止任何一个有自立门户的苗头的女孩——任何一个有迹象表明某一天会脱离出去，不需要其他人的女孩。

维多利亚正是把这样的一个团队给分裂了，给破坏了，她离开了组织，以这么自私的、秘密的方式去发展一段情事。通常来讲，女孩们会私下里去会见男孩子，或去面对其他什么类似的事情，但却总是要把这些男孩子当做这个团体的集体财产的：可能这个女孩后来只会同她最好的朋友谈及——也或者是几个密友，根据她自己的敌友网络群——但是这最起码是可以让人接受的，因为她会告诉这个团体的某个人，因为这个男孩还仍旧不能进入这样一个充满着各种各样密如繁星的信任关系的团队，他是一个可以探讨的，但是永远不要信任、也永远不要相信的事物。维多利亚对这些规则的破坏是致命的，是彻底的：她建立了一种完全的秘密关系；她与这个团体之外的人建立了承诺与约定；最主要的是，她信任萨拉丁先生超过信任这融为一体的女孩团体，而她们又是如此依赖于这种团结性。她的背叛使这一团队绚丽多彩的堡垒被削弱，所有事物的快乐及意义都被吸干，所有对团结与力量的错觉都幻灭，女孩们开始相互之间畏首畏尾，连圣·斯尔维斯特的男孩子们都似乎乏味而又愚钝，像是假扮的士兵挥舞着木板做成的刀剑一样。

“这不公平，”这是这些女孩的想法，所有被滞留在后面的、罩在阴影下的女孩都蹲伏在维多利亚的阴影中，忍受着煎熬，“看她从我们这儿偷走了什么。这不公平。”

星期一

伊索尔德怀疑自己的感受是不是只是一种崇拜，一种对一个年长女孩的着迷的钦佩，就像是她从前也将这种情感投注到维多利亚及她那群高傲的朋友身上一样：永远试图去取悦她们，依附在她们的脚踝处，像是一个午后日影中那小小的影子，被一种不可能实现的愿望压得喘不过气来，那就是有一天她们可能会把她列入最亲密的朋友之列。朱莉娅真的只是她所热望成为的一种人的投影吗——见闻广、资历高、深思熟虑、活泼清爽？这就是她全部的吸引力吗——一种自恋式的自我欣赏，女孩被女孩的形象迷住？爱上朱莉娅是不是要在某种程度上也要求自己爱上自己呢？

她所拥有的全部就是一个婆娑隐约的夜晚，在音乐会中度过的夜晚，听着一段一段的曲目，拖着长长的尾音，一个亮晃晃的东西上有一丝孤零零的火花让她怦然心动，热血涌入她胸骨上面薄薄的皮肤之上，之后便是日复一日、周复一周的孤独的幻想，把自己置于一个恍惚的边缘地带，对自己产生了怀疑，甚至认为朱莉娅是一个不可能存在的人，一个怪物、一个日间的漫游者，都隐退到她那不安的灵魂的后视镜中。

她模糊地想到最好是受到什么阻挠。她想象着她们两人招摇地走在她的父母面前，或许手拉着手；她想象着看到父亲用指尖扯着他红红的喉咙，一边摇着头说："伊西，不要摒弃你的其他选择，甜心。你永远不会知道，或许这只是你一时的想法"；她想象着妈妈——她耸耸肩，谨慎地微笑；她想到了姐姐，她会变得很平静，远远地看着她们，非常谨慎地看着朱莉娅，这个朱莉娅实际上与她同龄，是她的同学，这个女孩是她曾在无板篮球预赛中所藐视的人，是她曾在背后低声嘀咕的人："她难道不知道我们所有人是怎么看她吗？她当然是知道的。"

伊索尔德想，为自己预设好一个人物形象，并且知道自己已经变成了这种人，这不错；有理由表现得郁郁寡欢而又备受中伤的样子，这不错。

伊索尔德的每一个选择实际上都只是同一个问题的另外一种说法，或者说是这同一个问题的另外一种伪装形式："我是什么样的人？"

在未来的几年中都会是这个样子。

星期二

有时候朱莉娅对自己身体的现状充满了愤怒，她臀部丰腴的脂肪，她冰冷的长满雀斑的胸部，打了双层褶皱的子宫内巢。她不希望自己与众不同，不热切地希望自己长着阴茎或者胡须或者一双青筋暴突的手掌，上面生满了老趼及生硬的指甲——她只是懊丧于自己的生理机能赋予自己的、放错了地方的、毫无用处的优势。伊索尔德似乎对自己表现出来一种既暧昧又含糊的好感，那么如果这种好感是往其他方向发展的呢？如果伊索尔德并不想寻求一个如自己镜像般的爱人，而想找一个与自己正相反的爱人，一个与自己恰恰互为补充的爱人的话，那么朱莉娅就没有机会了。

朱莉娅想，诱惑伊索尔德不仅仅要尽可能表现得有吸引力、有诱惑力，并且相信伊索尔德会咬钩儿。如果，正相反，她现在要去诱惑一个男孩子，那么这种简单的方式就可能会奏效了，只要有朱莉娅的这种生理结构就足够了，她本身就是一种诱惑——她的身体，整个她本身。但是诱惑伊索尔德需要迫使这个小丫头以一种全新的方式来看待她自己：只有在伊索尔德渐渐开始喜欢上她自己的时候，喜爱自己女性的、凹陷的、阴柔的美时，朱莉娅才会有一线希望。伊索尔德必须要渐渐喜欢上她自己，这是第一位的也是最重要的。这种诱惑必须以劝导的形式呈现，循序渐进地赢得她的芳心。

朱莉娅想到了所有在求爱时期常用的礼物，比如放到教室里的花朵啊，午夜时投掷在她窗户上的石子啊，或者是在学校的大门口耐心地等待，推着一辆自行车等着护送她慢慢地走回家。所有这些都似乎荒谬可笑：她想象着送花到伊索尔德的教室的情景，她能想到的唯一的场景就是当女孩从高处仔细端详一串红色花瓣的边缘时，掠过她脸庞的惊恐表情，卡片已经在尴尬中被她拨落，揉做一团。她想象着这束花太大又太娇弱了，伊索尔德无法把它塞进自己的包里，而那些漂亮的女孩都爆笑着，大喊着：他叫什么名字？

一阵悲伤之感袭上了朱莉娅的心头，她使劲地用钢笔在作业练习纸的空白处划拉着，纸上出现了累累伤口。她想，可能性有多大？一个让我的心脏加速跳动的女孩就一定也是一个想要我的女孩吗？我受吸引的点正契合她受吸引的点吗？她想，我能信任什么化学物质吗，某种香气或者信息素之类的东西，它们会尾随着我的踪迹前行，并在我经过她身旁时去亲吻她。

朱莉娅并不信任这种化学物质，这种看不见的、全线撤离了她这片海岸的离岸流。她想：我不能依赖化学物质；我不能依赖她受吸引的点；我必须得引诱她，主动地追逐并且诱导她；我必须利用这十几岁的女孩尚待成熟的意志自主性，她的思想倾向应该还不完全由她自己说了算。

星期二

“嘿，伊索尔德，想来玩儿吗？”有人大声喊，伊索尔德抬起头来。她正从糖果食品店往回走，双手各自拿着一个棕色的纸袋，食品的糖衣慢慢地渗透到纸外，灰色的油斑把灰白色的纸袋染成了深棕色。

“不了，谢谢。”伊索尔德说，把纸袋子举起来作为一种借口。

问话的女孩笑了笑，转回到游戏当中。伊索尔德看着她走过：四五个女孩正打算玩沙包球，穿着厚底的校服鞋，套着下垂的灰色短袜，用双手扯起校服裙，展示出冬季所特有的白色的、有膝盖窝的膝盖。她转过了学校图书馆的拐角，继续向前。

伊索尔德七拐八拐地走在那些一圈又一圈地紧紧坐在一起的庭院中的女孩子们中间，之后让她惊奇的是她看到了朱莉娅正远远地坐在石子路另外一边的草地上，是一块少有的有阳光照耀的空地。她正戴着耳机，半眯着眼睛看一本平装本小说，一副桀骜不驯的样子。伊索尔德害羞地举步向她走去。她的心跳在加速。

朱莉娅抬起头来，看到她走近，把耳机从耳朵上摘掉。

“嗨，伙计。”她说，伊索尔德挥舞着她的纸袋子也说：“嗨。”

“你拿的什么？”朱莉娅说。

“只是一个面包卷儿和一个油炸圈饼。”

“坐在这儿吧，如果你愿意。”

伊索尔德把双腿在脚踝处交叉，麻利地做出了剪刀状动作，身子下蹲变换成了坐姿，这是女孩儿们长久以来总是盘腿而坐的结果，她的裙子用银色短裙别针别着，裙摆在别针下面折叠起来，她腾出一只手来拉开别针，把裙摆展开，这样一来它就可以盖住她膝盖上裸露出来的皮肤了。朱莉娅挪了挪脚踝腾出地方。伊索尔德的夹心面包卷上有一道水平的切口，切口旁边已经被甜菜根染成了粉色。伊索尔德用手指沿着切口抹拭，把蛋黄酱聚拢到手指上，之后小心地舔舐着手指。

“你知道我觉得什么恶心吗？”朱莉娅突然说，她的背部弯成了弓形，探身从地上揪了一把草，放在手里撕扯着，“就是他们让你去参加那些有关自我防范啦、什么教师凌辱之类的心理辅导课。”

“但我也学了很多东西，”伊索尔德说，眨着眼睛，“比如说我的身体就是一个庙宇；还有，可能我们在孩童时期都被凌辱过；我们只是需要努力去记住它。”

朱莉娅大笑起来，把手中的草撕得更碎了。

“但你表现得太棒了，”伊索尔德说，“那么勇敢地面对他，就像你做的那样。”

“现在他已经害怕我了。”

“每个人都害怕你了，在你说完那些话后。”伊索尔德说，本来是想开个玩笑，但是朱莉娅皱起了眉头，摇了摇头。

“应该说，我只是在解读而已，”她说，“好像我并不是第一个这么说的。一群笨蛋。不是说你。”

“哦，不是的。”伊索尔德迅速地说。她的紧张感已经被一种眩晕感所代替，是一种横冲直撞的被塞得满满的感觉，这种感觉一直都让她的心跳似乎提到了嗓子眼儿里，让她的视觉锐利起来，清楚地意识到朱莉娅与自己的距离如此之近；当朱莉娅的两只手在泛黄的光秃秃的草坪上撕扯着什么时，她清楚地意识到朱莉娅的发丝垂落在脸旁，清晰地意识到朱莉娅双手的每一个动作。朱莉娅的双手细瘦而颜色发红，在每一个尖而扁平的指甲的中心部位，都留有暗色的指甲油的残迹。几个脏兮兮的圆环套在她瘦骨嶙峋的手腕上，而在她的手背上还有几处用蓝色墨水写着的提示，已经在手上停留了好几天了，所以墨水已经在她的皮肤上化成了细密的墨水痕迹汇成的网络。对于伊索尔德来讲，即使是看一眼朱莉娅的手都让她有一种难以承受的冲动，她迅速地看向别处，目光向远处穿过庭院，那儿有一群女孩正在用手掌拍打出韵律，她们正在为学校舞蹈挑战赛而排练一曲幕间曲。

“我们才是发号施令的人，”朱莉娅正在说，“这才是整个萨拉丁先生事件的教训，一个他们不想让我们知道的教训。”

“哦。”伊索尔德说，她再一次看向朱莉娅的手。

“这是因为我们在这力量的链条中所处的位置。我们可能会被伤害，但是我们无法伤害别人。噢，我猜我们能够互相伤害，但是我们无法伤害我们的老师或者我们的父母或其他什么人。他们只能伤害我们。那就意味着我们是要定调子的人。”

“定调子是什么意思？”伊索尔德说。

朱莉娅沉默着，甩了甩头。“每个人都崇拜受害者，”她说，“这是我从这个地方学到的所有东西，受害者崇拜主义。在四年级时，我不是在全国比赛中做四人舵手船的桨手吗？我们出线了，很显然我们在锦标赛中处于最弱势。我们没有足够好的传动装置，那四人舵手船的确是又旧又沉，我们没有经过足够的训练。但是因为我们是弱者，所以我们确实非常相信我们会赢，因为事情往往是这样的。在最后的十秒钟，弱者会最终以一帆之距获胜，好人会打败坏蛋，最终证明钱财是不重要的。我想起在比赛之前我手握船桨坐在船里，等着明令枪鸣响，当时我就在想：等我们真正赢得比赛之后，一定要让他们好好看看。”

“但是你们没有赢。”

“当然没赢，”朱莉娅说，“一个富有的学校带来耀眼的纤维玻璃船，超出了第二名一里远。我们是最后一组通过终点线的，被人落下了至少十四五秒钟。但是我只是想说受害者的事儿，如果你是个受害者，你的确会相信你会有出头之日的。这是我们在这儿学到的东西。崇拜受害者。失败者会赢。”

伊索尔德看起来很迷惑。她有点儿敬佩朱莉娅吐露自己观点的方式，她在表达这些被提前排练过的小见解时眼睛炯炯发光，脑袋歪到一边。她的观点不像是一种见解，却更像是一种挑衅。

“你知道，”朱莉娅说，“在过去，各个学校会为班里最聪明的孩子准备特殊的课桌，但是现在最聪明的孩子已经不再和普通学生分开了。正好相反，咱们现在有补习楼，有特需服务楼，还有就业咨询楼。这些人才是现在被分离出来单独对待的人。”

伊索尔德说：“你认为人们崇拜我姐。”

“是啊，我是这么想的。”朱莉娅说。

伊索尔德侧身看着旁边这个比自己年龄稍大的女孩，发现自己无话可说。她用手指从面包卷中拉出一点儿苍白的火腿，慢慢地小口咬着。

“那么当时是怎么回事呢，”朱莉娅说，“我是说维多利亚？”她早就剥开了一块麦片糕，但是吃得很慢，用拇指和食指捏出一些甜米粒，把它们揉成一个个油腻腻的小球儿，一个又一个。女孩们如果与一个令自己紧张的人待在一起时，通常会以这种慢条斯理的方式吃东西。

“你是指什么？”伊索尔德问。

“我只是想——她是你姐，她后来有没有跟你谈起过或者怎么样？他们当时在一起时，你有没有猜到些什么？她不会有事儿吧？”

朱莉娅的心怦怦乱跳。她的本能要让她行事更加强硬些，比她所感到的要更加强硬、不妥协，用一种莽撞的率直去追求伊索尔德，用一种傲慢的、毋庸置疑的态度表现出自己怀有某种确定无疑的观点，这会让这个小姑娘用一种敬仰的目光来看她。与此同时朱莉娅的内心深埋着一种浓重的孤独而脆弱的感情，一种简单的孩子般的向往，向往着被碰触，被身旁这个女孩拥入怀中，被她亲吻，并倾听她为自己低低哼唱的小调。当她传达自己的观点时，即便是当她耸着肩膀、紧缩眉头、一副满不在乎的样子时，即便是她的语言充满了侵略性的意味时，她内心的某一部分却都试图在向对面这个女孩表明，她是可以更温柔些的，在内心深处；她可以甜美、柔和而热切；身为女性的动物本性在她身上并没有丢失太多。貌似刚硬与貌似温柔，使两者达到一种平衡的状态是多么奇怪的一件事啊，朱莉娅感到为了达到这一目的自己快疯掉了，好像就在这一时刻，就坐在这草地上，她就可能轻易地突然大哭起来。

当伊索尔德思考着如何回答朱莉娅的这个问题时，她用手指捏起一片半月形的黄瓜，舔舐着它湿漉漉的边缘。她正要做出回答时，一个黑影笼罩到她们身上，她们都抬起头来。

是那些漂亮女孩，她们都微笑着，嘴角微微上翘，露出淡淡的笑容，这使她们的嘴唇紧绷在一起，与平日松弛的嘴角形成的撅嘴的样子形成强烈的反差效果。

“终于给自己找了个女朋友吗，朱莉娅？”那个最漂亮的女孩说道，“打算把她带回家给妈妈看吗？”

朱莉娅抬头看着她，什么也没有说。伊索尔德正一张张脸看过去，努力想做出决定自己是否该对她们微笑，哪怕只是一点点。

“她是要拂去一些蜘蛛网吗？”这个漂亮女孩又说，“稍稍清理一下自己？是这样打算的吗？”

她们窃笑起来。伊索尔德几乎已经挂在脸上的笑容收回去了一点儿。

“你给她打电话吗？塞给她点儿现金，就可以获得特权了？”

“哦，见鬼去吧，你是个十二岁的孩子吗？”朱莉娅抢白道。她伸手去拿她的耳机和小说，开始装自己的书包打算走掉。

“不是啊，”漂亮女孩的同伴说道，在一阵少有的荣耀感的驱使下，她向前迈了一步，“但是她是十二岁，对吧？”

她指着伊索尔德，这时伊索尔德感到自己变成了绛红色。她迟疑着是否应该指出自己实际上有十五岁了，但如果那样的话，是不是只会给她们另外一个可以嘲笑她们的借口呢。所有的女孩儿大笑起来。朱莉娅看起来是对自己所犯的错误完全恼怒了，只是继续在那儿猛把自己吃剩的午餐往书包里装。

“我猜你找不到与你同龄的好姑娘了吧。”那个同党说道。

朱莉娅说：“给我滚开，蒂法尼。不管你企图做什么，你都不可能做到。滚开。”

“那么，如果她是个猛男的话，”漂亮女孩说，现在她转向了伊索尔德，“那你是什么呢？女伴儿？不总是这样的吗——好像总是会有一个男人和一个女人的吧？像是一场古老的假扮大戏？”

伊索尔德非常紧张，不知道自己是该进行公开的否认呢，还是应该在众人面前就那些自己还不甚明白的东西辩护。她只是微笑着，嘴唇紧绷在一起的微笑，漂亮的女孩们显然把这当做是她对刚才受到的奚落的认可。那头目正在琢磨再说点儿什么，但最后只说道“性变态！”，作为结束这一幕的结束语，之后便突然抽身走开，那些仆役们也都紧随着她走开。这帮人走在一起的样子与一把尖刀的形状颇为相似，她们穿过庭院，像是一个蓝色的小彗星，打头的明亮而美丽，而参差不齐的尾巴则越来越晦暗、越来越平淡，直至渐渐地完全消失掉。

“妈的。”朱莉娅小声地嘀咕，一边粗暴地拉着书包拉链。

“对不起。”伊索尔德说。

“对不起。”朱莉娅说。

第一遍铃声响起，但是朱莉娅和伊索尔德都没有起身的意思。她们肩并肩地坐在草地的边缘，撕扯着小草。

“我听说她好像做了隆鼻手术，”伊索尔德说，“那个打头的女孩儿。去年。”

“我能不能吃点儿你的油炸圈饼？”朱莉娅说，因为在内心深处，那些有关调情的日常规则仍旧在发挥作用。

星期二

布莱夫人这一角色需要一套肥大的罩衣和特殊的用乳胶制作的赘肉，让其垂落在双颊的下方，以便使下巴肥大起来。肥大的罩衣完美无瑕，大部分由硅树脂制作而成，专门为这个女人量身订制，它的重量很足，足以让她在走路时摇摇晃晃。她穿着一件筒状的粗斜纹棉布裙子，裙子在胸前扣住，戴了一条金链子和一个精巧的金坠子，她肥胖的双颊上扑了胭脂，而头发上则喷洒了香雾。她蹒跚而优雅地走进房间，落座于其中一个扶手椅上，叹息着，伸手向下揉搓她那人工制作的肥胖的小腿。你甚至都不能看出来这是一件肥大的罩衣。萨克斯风教师都快忘了说话了，她太忙于惊叹这完美的效果了。

"特百惠的其中一个妈妈向我推荐了你，"布莱夫人说，"她说在那起学校绯闻之后，她的女儿换到了你这儿，她很满意。"

"我很高兴，"萨克斯风教师说，"是的，今年有大量的学生从阿比·格兰其流入到我这儿。"

"这整个事件不是太恐怖了吗？"布莱夫人说，一边聚拢起嘴唇，眯起眼睛，快乐地哧哧笑起来。

"接触反应。"萨克斯风教师假装同意道，内心猜测着布莱夫人不会停留太长时间来思考这个词语。她果真没有。

"太糟糕了，"她再次说，"那女孩儿被毁了。现在她是一件残次品了。当然所有的女孩儿都与她保持一定的距离了。"

"正如她们所应该的样子。"萨克斯风教师说。

"因为这会像病毒一样蔓延的，我就是这样跟我的姑娘们说的，"布莱夫人说，与此同时把巨大的粗斜纹棉布的裙子下摆放到膝盖上，把嘴唇收拢到一起，露出一丝含糊的笑容，这样一来她的嘴唇周围就布满了皱纹，都环绕分布于嘴唇形成的中心纠结点处，“这种污点是洗不掉的。”

萨克斯风教师突然觉得很厌烦。她坐下来。“布莱夫人，”她说，“要记住，对你女儿来说，她这么多年以来所积累的所有生活知识，相对于她日后会经历的所有事情来讲，只是一种彩排。要记住她最感兴趣的事就是所有事情都走向错误的方向。当她现在仍旧安全地待在演员休息室中，周围挤满了用布覆盖的家具、一排排的无脸的塑料头颅、覆满灰尘的裂了缝儿的镜子，还有那些破旧的在地板上乱飞的纸张，在这时，她最感兴趣的事情莫过于*现在*遭遇什么不测。不要等到她出去之后，等到她置身于探照灯那炽烈的白光下，等到所有人都能看到她时，不要到那时候再遭遇什么。让她在一个安全的环境中体验所有事，戴着钢盔，裹着护膝，带好打好包的午餐，而你就在大厅的尽头，门已经被砸开了一条黑洞洞的有半寸之宽的开口，以防在夜晚漫长的几个小时之间有人会尖声大叫。”

在肥胖的布莱夫人嘴巴周围，那如同蜘蛛网套索一般的褶皱稍稍地松弛下来。

“好消息是，”萨克斯风教师轻快地说，现在把头转向她的笔记本，“我周三下午还有一个空缺，如果这对你女儿的时间安排合适的话。我的一个学生被车撞了。”

“哦，那不是很危险吗，”布莱夫人说，“我不让丽贝卡骑自行车的。我绝对拒绝让她骑自行车到任何地方。周三下午太好了。”

“四点。”

“四点。”布莱夫人再一次吃吃地笑起来，“她会非常高兴的，”她说，“她一直以来都在吃力地练习竖笛，好能够达标，她那么迫切地想得到这次机会。好像在她生命中第一次有什么东西要开出花朵了。”

星期五

“我以为你不认识布丽奇特呢。”一个下午，萨克斯风教师跟伊索尔德这样说。

“那个死了的女孩儿？她比我高一年，在六年级。”

“她是我的学生。”

“哦，”伊索尔德说，“是，我不认识她。”她停顿了一会儿，看起来一副局促的样子，以脚跟为轴来回地摇晃着。“你还好吗？”她最后问道，畏缩着，想表现出某种关心来。

“不是非常令人震惊吗？”萨克斯风教师说。

“是的。”伊索尔德说。

“所有人都一定是特别伤心吧。在你们学校什么的。”

“哦，”伊索尔德说，“是的，他们举办了一次集会。”

“只有一个集会？”

“还降了半旗。”

“我想每个人都仍旧特别伤心吧，”萨克斯风教师说，“逃课，哭泣，记起所有关于布丽奇特不可替代的东西。”

“我想是的吧。她比我们高一学年，我不认识任何认识她的人。”伊索尔德现在摆出一副极度伤心的表情，通常来讲要对某人的死进行安慰或者劝诫时，要有这样一副表情，但伊索尔德的表现却不怎么到位。她不安地拖着脚板，看着地面。

“布丽奇特，”萨克斯风教师突然改变了腔调，说道，“是我最不喜欢的一个学生。布丽奇特在吹奏的时候，会以一种特殊的方式翘起和抬高自己的臀部，这让我私下里觉得有点儿厌恶；布丽奇特会把身体向后靠，弯曲膝盖，紧闭双眼，浑身紧张起来，准备好把重心向前倾，压到前脚掌上，把萨克斯风竖立起来，像一个金色的泡沫即将破裂，之后落下来。她下巴上的肌肉都紧绷起来。我会俯身去看布丽奇特的笔记本，好避免看到她这副样子，潦草地在空白的地方书写简短的提示语，以方便她日后在练习时能记起来：'音调'，我写道，之后在下面又写上'亮丽'。"

伊索尔德羞涩地，几乎是恭敬地，从自己的身体中钻了出来，变成了布丽奇特——不是真正的布丽奇特，只是一个占据其位置的人，一个方便萨克斯风教师指向的对象，一个可以与之对话的人。她畏缩地站在屋子中间，萨克斯风贴着她的臀部，头发耷拉下来，穿过她的脸庞。她没有说话。

"这是我最后一次看到布丽奇特，"萨克斯风教师说，"她吹完了一曲《古堡》，把萨克斯风从嘴边挪走，下巴来来回回地推进推出好几次，好像是在咬合一副假牙。她已经练习过了。她总是练习过。这是我不那么喜欢布丽奇特的另外一件事情。我问她：'今天的心理咨询课你们学什么了？'布丽奇特说：'这周我们在探讨负疚，关于负疚如何可以具有启发作用，我们正在基于有关负疚的观点进行角色扮演。'

"我说：'负疚。'之后布丽奇特匆忙地说道，脸上掠过一阵少有的喜悦之情，似乎她正在聚光灯的照耀之下，她的嗓音也只有这一次是她自己的声音，也值得别人听，她说：'负疚确实很重要，人们只有迈出了这第一步，才能在人生的道路上获得更美好的东西。'"

伊索尔德的脚趾微微地挤到一起，双膝向里扣，髋部别扭地向外挺出，用手指搓着她的萨克斯风的喇叭，看着萨克斯风教师的鞋子。

"所以我说，"萨克斯风教师说，"布丽奇特，我想你是被骗了，负疚从根源上讲是一种偏离，负疚是使我们偏离更深层次的、更加真实的情感的一种感觉。我给你举个例子吧，你有一种负疚感，因为你受到了一个你不该喜欢的人的吸引；你觉得受到了吸引，之后你记起来了你是不被允许喜欢这个人的，之后你就有负疚感了。这两种情感中你觉得哪个更为基本，吸引力还是负疚感？”

“我猜是吸引力吧，因为是先有的这种感觉。”

“我就说：‘很好，负疚是次要的，负疚感是一种表面上的情感。’”

伊索尔德微微地点了下头，以表明自己在听。萨克斯风教师目光呆滞，记忆充盈了她的视野，像是在她凝视的双眸上各自覆盖了一个亮晶晶的人物形象。

“我之所以那么说，”她说，“是因为布丽奇特是我最不喜欢的学生，我之所以那么说，是因为我不怎么在意布丽奇特的感受。”

记忆消退，她的目光再一次锐利起来。

“你们在心理咨询课上学到了什么？”她说，眯着眼睛用锐利的眼神逼视着伊索尔德。女孩眨着眼睛，直起身板，于无形当中转回到自己的人物形象中。

伊索尔德不能确定她应该给予什么样的答复。在她迟疑着，不安地摩挲着绕在她脖子上的萨克斯风时，她想到了那个女孩，想到了那一次集会，那一面被降了一半的旗子，那一直未被提上日程的对她的死进行的一次心理咨询会，那如同剪纸图样一般便利的悲哀，在大约一周左右的时间之内，都被一些年龄稍长些的女孩所利用，只是为了赢得半小时的自由以及去看护士的通行证。

萨克斯风教师仍旧盯着伊索尔德，等待她的答案。

伊索尔德说，平静而充满了羞愧：“在心理咨询课上，我们所有人都哀伤地怀念所有有关我姐的不可替代的东西，我们哀悼现在已经失掉的所有有关维多利亚的东西。”

星期一

朱莉娅从下午的滞留课堂上出来直接来上课。她几乎快迟到了，当萨克斯风教师打开门时，朱莉娅仍旧面部潮红，有点出汗，自行车帽盔拖曳在手腕上。

“我们老师是头蠢猪，”一进门，她便总结道，“保罗夫人是头蠢猪。他们必须得在滞留条上填写滞留原因，我就说：不如就写上‘大声说出每人都想说的东西’。所以她就加倍延长了我的滞留时间，我真他妈恨中学，我恨中学里的一切。”

“最初使你滞留的原因是什么？”萨克斯风教师赞赏地说，但朱莉娅只是摇了摇头，眉头紧锁。她花了点儿时间打开包，并从中摸出乐谱，萨克斯风教师搅拌着手中的茶，歪着脑袋等待着。

“在你离开学校，所有这些都结束的时候，”萨克斯风教师说，“在你的后半生中总会有一位学校里的老师让你永远记住，一位改变你生命的老师。”

“不会的，”朱莉娅说，“我的生命中永远不会有这样一位老师。”

“会有的，”萨克斯风教师说，“一旦隔上几年，而你可以清晰地回头看时，会有某位小姐——哈蒙德小姐、吉莱斯皮小姐——会有个老师让你与其他老师相比起来更为记忆犹新，他的头会比其他老师的头抬得更高些。”

朱莉娅看起来还是一副怀疑的样子，萨克斯风教师挥舞着她的手臂继续说着。

“但是有多少老师有那么幸运，能让一个学生去改变他们的生命呢？”她问，“一个真正改变他们的学生。我告诉你吧：这是不会发生的。这种启发是单向的，一直以来都是单向的。我们期盼老师是出于爱好而去教课，去启发、去唤醒、去点燃学生，与此同时不期盼任何回报，不期盼被学生们启发和唤醒；我们期盼着他们最大的，而且是唯一所憧憬的喜悦就是，或许，某个学生在十年甚至二十年之后回来，在某个早晨突然造访，告诉他们，他们曾经给予他多么大的影响力，之后就又消失在自己的生活中，享受自己的成功去了。就是这样。我们期盼我们的老师每年都重新开始，都切断一年之中获得的进展和稳步营造的联系，打破所有他们所构建的东西，转回身来重新开始，在一个新的孩子身上努力。每一年，我们这些老师都耕耘着，照料着另一株毫无感恩的作物，从它的身上老师们是永远不会获得丰收的。”

“我并不是一个孩子。”朱莉娅说。

“年轻的成年人，”萨克斯风教师说，“随你怎么说。”

“我从来没被启发或者点燃过。”朱莉娅说。

“但是你明白我的意思了。”萨克斯风教师说。

“不，我没有，”朱莉娅乖僻地说，“你是有报酬的，就像任何一份其他工作。”

萨克斯风教师倾身向前，跷起二郎腿。

“你的母亲，”她说，“想要一个进度报告，想让我描述我是如何启发你的，我是如何唤醒你的，我是如何劝诱你走上一条通向优秀、勤奋和财富的康庄大道的。与此同时她也悄悄地想要我告诉她你是如何启发我的——不是直接的，而是以一种迂回的、不动声色的方式，就好像我有点儿惴惴不安，被你们搞得有点儿脆弱敏感，好像是我们正在谈论一些什么极端的禁忌。她想让我撒谎，有那么一点儿。”

“那就撒谎好了。”

“她想要，”萨克斯风教师继续道，“所有的母亲都想要的东西：她想要我告诉她，说你我之间有一种特殊的亲密关系；她想要我告诉她，说你会告诉我一些你不会与其他任何人谈起的事情；她想让我告诉她，说我在你——朱莉娅——的身上看到了一些这么多年以来我不曾看到过的东西；她想让我说，我们之间的关系可以被称做是一种共生或者复生——不仅仅是对学生的一种指导，而是一个人对另外一个人的完全的坦诚。”

“那就给她她想要的。”朱莉娅说。她今天顽固又难以被说服，仍旧因为被滞留了双倍时间而带着一副受到不公正待遇的表情，像是在脸上挂了一层阴沉的面罩。她把萨克斯风在脖颈处放妥，站在那儿，已经准备好了要吹奏。

“好吧，咱们开始吧，”萨克斯风教师说，并非没有愠怒之色，“给我高声吹点儿什么。”

星期四

“我觉得我的两个学生正在谈恋爱。”如果帕齐在这儿的话，萨克斯风教师就会这么跟她说。或许是会在早午餐的时候吧，她总是在这个时候和帕齐在一起，而且会是在周四，阳光透过高高的窗户斜斜地照进来，让整个公寓都充满了慵懒的布满尘埃的光线。

“两人之间，你是说？”帕齐会这么说，倾身向前，把两只臂肘放在桌上，双手托着下巴。

“是的，”萨克斯风教师说，“我在一次音乐会上介绍了她们认识，她们是校友——哦，一个女孩儿比另一个大两岁，但是她们在同一所学校上学。”

“哦，是啊，”帕齐说，“最初总是要有一定的年龄差距的，同性之间的这种关系，这是一种固定的开始模式。需要一种在经验上的不平等，否则的话是永远不会有什么进展的。”

“真的？”萨克斯风教师说。

“当然，”帕齐说，“如果没什么性别上的角色可依托的话，那么就得需要这种力量把两人纳入这种模式，是有固定模式的：老师与学生之间、掠夺者与猎物之间，诸如此类。”她突然把头向后甩去，大笑了起来，是一种清脆而快乐的笑声，像铃铛一样在这小小的公寓里鸣奏起来。

“我知道你会笑的。”萨克斯风教师说。她今天有些心浮气躁，闷闷地想，帕齐总是那种样子把头发甩过肩膀，总是那种样子吸吮食指上的黄油渍，她做这些动作，在很大程度上像是个特别享受让他人瞻仰的人。

“她们跟你说什么了吗？”帕齐说。

“没有直接说，但是——嗯，你是知道的。”

“表现出所有的迹象。”

“是的，完全正确。”

帕齐在这儿停顿了一刻，以一种满足的方式，随后问：“是那个女孩吗，报纸上报道过她姐姐？”

“是啊——那个年龄小点儿的女孩儿，伊索尔德。她的姐姐被凌辱了。”

“那就更容易发生这种事儿了。”帕齐说。

“是吗？”

“当然。因为这种种原因。”

两人在静默中坐了片刻。报纸被铺在盛早餐的器具上面，在果酱罐和糖浆瓶子的上面高高挑起来，打出了褶皱，斑斑点点地沾满了果酱和油点。在薄薄的塑料水果盘的底部，只剩下了一颗草莓，边缘已经被压平，像是冰凉的凿子头，由于没有成熟而裹了一层白霜。

“我只是想知道这背后的实情。就是这样，隐藏在所有东西后面的真实内核。”萨克斯风教师突然说，毫无来由。

星期五

“爸爸在试图与我们沟通，”伊索尔德说，语气中有一种特殊的厌倦感，对于父母想要去与她们沟通的努力她一直持有这种厌倦之感，“他想要重新建立些什么东西，这是其中的一部分内容。他想要知道更多的关于我们的事，有关我们两人的。”

"这是件好事儿吗？"萨克斯风教师问。

"昨天晚上，我正在看电视的时候，他进来了。他说：'嘿，伊索尔德，你有男朋友了吗？'"伊索尔德不太友善地窃笑了起来，"我只是在笑他刚刚说'嘿'，那么欢快和随意，好像是他事先在镜子前面或其他什么地方早就练习过了。我说：'是啊。'之后他拍着手说：'哦，太好了，咱们请他来吃饭吧。'"

"你说你有男朋友？"萨克斯风教师说。她的身体僵直了起来，眼睛追随着伊索尔德，歪着脑袋，一只手从腕部无力地垂落下来，像是漫画里一只目瞪口呆的宠物。

"是啊，"伊索尔德一副怀疑的表情，一边把头发塞到耳朵后面，"只有几周的时间，但是是有。"

萨克斯风教师的手微微地抽搐着，示意伊索尔德继续。伊索尔德把舌头伸出来压在下唇上，在继续叙说之前先审视了萨克斯风教师好一会儿。

"现在遇到所有的事情都要在一起吃饭，"她说，"全家在一起吃顿饭能解决所有的事情。我们吃饭时像是在进行某种仪式——所有人都不能碰食物，直到每个人都坐下，之后所有人都会感谢妈妈，然后就是传递调味料或其他什么东西。爸爸说在一起吃饭就是答案，如果我们从一开始就在一起吃饭的话，那么维多利亚就不会有意地'偶然'在大厅里撞到萨拉丁先生，并在她向后退却的那一瞬间让自己的胸部蹭到他身上，一边说着：'哦，对不起，我真是太笨了。'如果我们从一开始就在一起吃饭的话，那么萨拉丁先生就永远不会在维多利亚每次看着他的时候都咬住嘴唇迅速地低下头了——这个自从八十年代开始他就一直在用的、腼腆的、学校男孩惯用的调情招数现在却仍旧奏效。如果我们从前在一起吃饭的话，维多利亚就永远不会吸吮他的手指尖儿，并用自己的舌尖儿舔着他食指与中指之间形成的V字形处，使他呼吸急促。所有这些事情都不会发生。"

“我不知道你有男朋友了。”萨克斯风教师说。

“我们所有人在饭桌上都没什么可说的，”伊索尔德说，“甚至包括爸爸。到最后他只是会喋喋不休地高谈阔论他的工作，但是每个人都充耳不闻，尽可能早早地吃完饭。”

“你是怎么遇到他的？”萨克斯风教师说。

“偶然碰到的，”伊索尔德说，“就在附近。”

“下个月的独奏会他应该会来吧，”萨克斯风教师说，仍旧直盯盯地看着伊索尔德的脸，用一种崭新的眼神，“来看你的表演。”

“是的。”伊索尔德说，声音在她的嘴里打了个弯儿，像是吹奏口琴时一个音节被吸到了嘴里，她是试图让自己听起来对此事并不关心，一副淡然的样子。

“他和你是同一年级吗？”萨克斯风教师说。

“哦，不是的，”伊索尔德洋洋得意地说，“他已经毕业了，是个演员，在戏剧学院。”她轻描淡写地把手伸出窗外，向那些远远地矗立于庭院边上的建筑物挥了挥手。

光线突然变换，萨克斯风教师能够看到这一情节，像是别人家的家庭视频正在她面前播放，电视机影像模糊，黑色雪花呈条纹状分布于屏幕之上。

“他是个演员。”伊索尔德的父亲在说。

“我是这么说的。”伊索尔德说。

“他在戏剧学院。”

“我是这么说的。”

“他多大了？”

“还在上一年级呢，爸爸。”伊索尔德说，试着让自己看起来讨人喜欢。

“我当然是希望他没指望和你做爱吧。”

“爸爸。”

“因为你只有十五岁，”伊索尔德的父亲说，声音洪亮而清晰，好像伊索尔德有点儿耳聋，“如果你和他睡觉的话，那就是一种犯罪了。”

“爸爸！”

“我现在要问你，”伊索尔德的父亲说，双眼圆睁，“我现在要问你，而我希望你给予我一个直接的答案。你和他睡过觉吗？”

“爸爸，住口吧，这也太粗俗了。”伊索尔德突然灵光乍现般地说，“好像是你想把所有事情都平均分配，公平地做事，就像你曾经对待维多利亚的那个样子对待我，罪恶对应着罪恶，住手吧。”

“你为什么要避开我的问题？”

“你为什么这个样子对我说话？我能不能跟妈妈说？”

“你已经和他睡觉了。”

“很好，你已经这么认定了，现在你是不会相信我跟你说的任何话了。”

“你只有十五岁。”

“我能跟妈妈谈吗？”

“伊索尔德，”伊索尔德的父亲悲伤地说，“我从来没有姐妹。告诉我我该怎么做。”

灯光恢复正常，工作室中重新充满了午后黄灿灿的光线，萨克斯风教师眨巴着眼睛，像是刚睡醒。

“那所学院，”她说，“应该是很难进的，是吧？他一定很优秀。”

第十二章

九月份

是要他先去脱对方的衣服吗，还是等着对方先来脱自己的？他觉得先去脱对方的衣服不太好——让人觉得自己太贪婪了，一想到自己的衣服还穿着而她的衣服已经被剥光了，他就觉得紧张起来——他想象着有人走进来，那他们会怎么想呢。会不会是一件一件地脱呢，像是一次礼貌的决斗——她的一件衬衫，之后是他的，她的胸罩，之后是他的背心儿，一直这样脱完？或者是要他们各自单独脱完自己的，在两人都全身赤裸之后再到一起呢？当斯坦利领着她走到床边时，他的心怦怦乱跳，他们都坐在床沿上，一前一后地踢掉鞋子，侧身抱在一起，之后躺倒在床上。

斯坦利曾经很多次想象着这一刻，但他现在意识到他想象的多数是快结束时的镜头，拱起身体、竖立起来、沉重的呼吸、肌肤的接触。现在应该做什么呢？他试图在女孩的身体上面艰难地摆动身体，与此同时避免自己的膝盖压到她的腹股沟。他的身体僵直，像是在遵循着导演的指导，或是在按照某种提示行事。他挣扎着，把重心从一侧转到另一侧，之后又转回来。他突然之间以一种自上而下的视角看到了自己的糟糕形象：跪在那里，一只胳膊在身后无助地摸索着，试图找到正在滑落的羽绒被，把它逆势拽到自己的肩膀上面。他对于自己的愚笨感到一阵恼怒，几乎是恶毒地把自己的手滑入她的衬衫内，只是为了证明他是能胜任这一任务的。他感到随着他的触摸，她的肋骨高高地耸起来。

斯坦利现在希望自己比实际年龄大得多，他希望自己是个男人，而不是个男孩，一个自己很放松的男人，能剥去女孩的衣服，与此同时大笑着，知道自己所做的事情是对的；他希望他是这样一个男人，把自己的手指放在女孩的嘴唇上，说“现在我要让你达到高潮了”；他希望他是一个能用“阴道”这一字眼的男人，能大声而轻松地说出这一字眼，用一种会让女孩爱慕又崇拜的方式说出来；他希望自己是一个游刃有余地摆布自己的身体的男人，一个可以说“你真美”这种话的男人，与此同时知道这句话是有分量的，因为他是以一个男人的身份说这话的，而不是以一个男孩的身份。

斯坦利游动着自己的手，向下伸到她的腹部，再向下越过了女孩肚脐的凹陷处，当她把手臂抬起，举到头顶上方时，肚脐处一叠肌肤收缩成一个结实的细小的突出点。她伸手勾住他的头往下拉，使之对着自己的脸，之后向上伸长脖颈去亲吻他的嘴。他的手在她裤子的纽扣处胡乱地摸索着。他恼怒于自己的动作如此之快，但与此同时却在内心充满了一种无助的希望，希望自我的毁灭，似乎是希望目前这一幕在没有他的情况下继续进行，这样他就可以抽身了。粗斜纹棉布被撑得很紧，平平地压在她的盆骨上，所以他必须使劲地把扣眼掰到一侧，这样才能把扣子扭开。成功了。他拉下拉链，并用他的手指触摸她的紧身短裤上薄薄的棉质布料，布料被她那簇卷曲的阴毛撑起来，浮在半空中。他觉得很奇怪。他曾经想象着：她那儿是没有毛发的吗，像个布娃娃？

女孩的喘息更加急促了。他把手滑入她的内裤中，用手掌根部扣在她耻骨上那堆毛茸茸的毛发上，手腕弓起，解开她牛仔裤上的腰带。他谨慎地挪动手指，拨开她的阴唇，冰凉的手指感受到它的热度。他想开口说话。他想要低语些什么，好打破这尴尬的寂静，在急促的呼吸声和摸索声当中，这种静寂充斥了整个房间，他的手像老鼠一样发出窸窸窣窣的声音。

斯坦利发现自己好像正站在一台摄像机的后面观察着眼前的这一幕，他开始过度地在意从上面向下看他会是什么样子，或者是从侧面看——他试图让自己的动作更加流畅，少做一点儿无用功，温柔地把女孩脸上的头发拨到一边，让自己的手指在她的下颌骨周围游移，碰触她毛茸茸、肉嘟嘟的耳垂，像是他那么多次在电影中看到的样子。但似乎这些在这儿都不奏效。

“我的胳膊麻了，对不起。”女孩充满歉意地低声说，扭动着胳膊，让它脱离了束缚。

“妈的。”斯坦利说。

“怎么了？”女孩儿惊奇地说，把羽绒被拉到自己身上，仔细地把被子掖到自己的胳膊下面，一边身体向后靠。

“我不——”

“你不知道该做什么？”

“不是，”斯坦利说，有点儿恶狠狠地，“不是，我知道该做什么。”

“没关系的，”女孩说，用她手掌根的隆起部位把他的头发从脸上拂开，这一动作既狂野又柔和，斯坦利自卑了起来，觉得她一个简单的动作就能达到自己理想的效果，而他却发现自己很难做到这一点，“抱抱我就好，来啊。”

他爬着横穿过床，她掀开了羽绒被让他钻了进去。他们就这样躺了一会儿，斯坦利的心怦怦地跳动着，女孩儿的手沿着他肩胛骨的中间凹陷部位上上下下地游移着，伸进了他脖颈后面细细的毛发中。

“我没想到会这样。”斯坦利说，没经过大脑。

女孩儿用一只臂肘支撑起身体，说：“什么？”

斯坦利意识到他的话听起来很无礼，便赶快说："我是说我，我没想到我会这样。"

这听起来更加糟糕，有那么一刻他在心里充满了懊恼和对自己的鄙视。他想说的是所有他看过的那些电影和电视节目，本来是可以教给他在这一刻如何去做的，但现在却使他陷入到一个旁观者的位置，变成了一个身处安全而隐蔽位置的窥淫癖者，能够想象着自己替代主角的位置，但是却从来没有真正切身地被要求去实践。现在他完全感到自己是没有剧本可参照的，被放逐于一个孤岛之上，不顾一切地希望女孩率先行动，这样的话他就只要跟着做就行了，他就不需要承担做决定的负担了。

"这是你的第一次。"女孩说，语气发生了改变，变得柔和了很多，甚至有些母爱的成分。她将他拉得更近些，他把头埋进她的臂弯。"愚蠢的大笨蛋，"她说，弯起手指刮他的头顶，"会好起来的。"

他们在那儿躺了一会儿，听着冰激凌卡车停到街道上，打开它的主题乐曲让孩子们都听到。卡车轰隆隆地开走了，又安静了下来。

"刚才就那样吧。"斯坦利第一次抬起头来，面对着光亮。

"刚才就哪样啊，斯坦利？"女孩儿说，翻过身来，用指尖轻轻地碰触他后背下方的凹陷部位，"刚才就哪样啊？"

"刚才是我生命中最亲密的时刻，"斯坦利说，"就在刚才，就是那样。"

八月份

"是给萨拉丁先生的提示！"一个学生大喊着，"黑桃国王！你究竟跑到哪儿去了，康纳？"

舞台侧翼上一阵骚动，却看不到人，之后黑桃国王出现了，脸色绯红，一溜小跑，从分片的幕帘后迅速蹿出来，好像是被发射出来的。

“对不起。”他大声向正厅后排的方向喊道，与此同时试图在地板上找到自己的标记地点，是两块胶带交叉成苍白的 X 状，像是一个卡通创可贴。

“快演你那该死的戏吧！”有人大声喊。

黑桃国王找到了他的标记地点，挺了挺身板，喘了口气，他们都看着他，既鄙夷又满意。他的戏服上那个僵直又苍白的胸甲和一个肩膀粘到了一起，所以就以一种别扭的样子挂在那里，穿过他的胸部。他忘了戴手套和剑，但是现在为时已晚了。

台上的学生叹息着，折返回来重新给这个男孩提示。他们说：“但是从另外一个角度看看吧。她失去了童贞，时间刚好，否则的话，它终有一天会像一块儿显眼的破抹布一样邋邋遢遢地伴随其左右。她诱惑了一个年长的男人。她获得了声名。现在她拥有了一个所有人都渴望了解的秘密：一个有关性的秘密，最好的一类秘密，一个秘密的涡轮总是在她的身边绕来绕去，所以她是从来没有真正卷到*里面*去的。哦，不要可怜维多利亚了，去可怜可怜那孤独而不幸的萨拉丁先生吧，他品尝了年轻而纯洁的最亮丽丰满的果实，而现在他再也没有什么事情可做了。”

从乐池中传来了一声定音鼓的敲击声，合着拍子。这一声对黑桃国王的效果是非常显著的。他的身姿扭曲着，好像是在两个肩胛骨之间的地方被人棒揍了一顿，顷刻之间他的腿变瘸了，无助而苍老。当他开口要说话时，当那些不起眼的角色化身成为孩子环绕于他双膝时，前排座位上的一个男孩向旁边的人凑过身去低声说：“他还是想要演出笑料来，如果他想这么演的话，那可不会有啥好效果。”

黑桃国王说：“回想起最初，有些东西真是让人依恋。她吹奏的方式，是课本以外的曲子，满月一般大大的双眼，敞开的衣领，被拉到上面的衣裙、露出来的膝盖。令人感动的粗浅把戏，像是个孩子的画作，瑕疵点点、色调不和、手法拙劣，却大声吵嚷着要让人赞扬，要求被钉在墙上或者贴在冰箱上，好让别人夸赞、奉承和崇拜。”

他拖拉着一只脚，低头看向地面，自己悄悄地笑了，好像是想起了什么完全私密的东西。乐池中的乐队已经开始演奏一段爵士乐，鼓声、低音提琴声，还有中音萨克斯风的低低嘶哑声。

他说：“十年之后，她就能够冷静地看着一个男人，之后想：我俩比较合适。她会想：考虑到你思想上的宽容大度，考虑到你有能力为我提供我所需要的情感港湾，考虑到你嘲讽的自我解嘲式的幽默感，你对无声片的兴趣，考虑到你喜欢做的饭菜，你学究的样子，还有你消遣时喜欢做的事——考虑到所有这些，我能得出结论，认为我俩比较合适。在她生命的过程中，她会慢慢地编制这沉闷的必需条件列表。年复一年，她会不断地缩小自己那令人瞠目的欲望的沟壑，直到把它缩小到对一份工作空缺的渴望：一个看门人，或者是一个岗哨，甚至只是一个无所事事打发日子的人。报纸上只要写着‘需要人’，这就行了。”

黑桃国王耸了耸肩。

“但是和我在一起时，她没有固定的公式，”他说，“她不知道自己的喜好，没有注意到自己猩红的喉咙深处在那儿跳啊跳的律动的脉搏。每次我们互相碰触的时间，也是她发现新事物的时刻——不是有关我的，而是关于她自己的，她的潮涨汐落，她的反应，她随身携带的位于身体深处的那个空空的、向外翻转的花瓶，像一个等待完成的或者尚未做好的作品。”

在他身后，有一些阴暗中的身影，他们弓着身，在几个被竖框分隔出来的屏幕后面伸出五指抓挠着，这些人都是侧面的影像，黑色的影子被灯光清晰地映在白布上，这些人都是一年级学生形体最好的人，因其修长的身材及侧面轮廓而被选入。他们都是被全班人精挑细选出来的。人们在挑选这些演员时，都眯起眼睛仔细地端量，直到眼睛里只能装下备选演员的外形轮廓线为止，并且可以通过观察巨大的轮廓本身就可以判定此人是否合适。

爵士乐队现在小心地转入了主题曲中，本剧中不断重复的主题乐曲，舞台上那些不断变换组合的人群现在已经转换成了另外一种形状，另外一个场景。灯光转换，音乐也发生了改变，黑桃国王被淹没在人群之中。

“你落了一点儿。”在黑桃国王最后听到了退出舞台的提示，躬身退出舞台之后，一个舞台监督这样说道。他正拿着一沓纸，一个大铁夹把它们夹在一起。黑桃国王的脸上画了暗影，舞台监督拿着这沓纸在他面前晃了晃，说:“你落了一整部分，他应该说：‘我怎么能在同一时间又保护这些女孩又让她们兴奋呢？’”

九月份

“有什么事不对吗？”斯坦利说，“这个创作剧？比如手枪已经上膛了，但是根本没有人知道枪是真的，或者是飞行时系在身上的绳子后来没被剪断，或者有人从空中的工作台上掉落，正好砸在了舞台上正在表演的演员。那些几乎太久之前发生的悲剧故事，都记不清了。”

“你太紧张了。”奥利弗一边滑入对面的座位，一边说道。他从背包里拿出一只苹果开始在两手之间倒来倒去。

“这样放任自流是有些可怕，”斯坦利说，“没有指导教师看着或者做什么，只是我们自己这么度过一个月又一个月的时间，我就是怀疑会不会有什么致命的错误发生，就像那个什么《蝇王》[①]。”

“你在担心自己被头饰上的钉子刺穿吧，”奥利弗说，愉悦地咬了一口苹果，一边嚼着，一边对着斯坦利咧嘴笑，“或者被那大黑袍给憋死？习惯致死。”

“那么，真就从来没有过什么不妥的事吗？”

“哦，如果一直没有的话，也许今年就会有了。”奥利弗享受着斯坦利愁眉不展的样子，过了好一会儿，才伸过手来拍了拍他的肩膀，说：“嘿，我说，你那个角色演得很好。你一离开房间，所有人都总是这么说。”

“我不是那个意思。”斯坦利说。他用双手拍打着桌面，叹了口气。

八月份

斯坦利一溜小跑，迈着轻快的步伐离开了学院的建筑物，身上裹着一件长毛纺风衣。他穿着一套西装，打着领带，鞋子熠熠发光，闪耀着黑色的光芒，三步并做两步地走在台阶上，与其他人分离开来，穿过方院，头向前倾着，两肩之间形成了一个微微的弧度，双手插在上衣的口袋里，紧紧地攥起来。他快步走着，很快就把其他人都甩在了后面，自己独自走在林荫道上。

在他身后，是混杂在一起的各个人物形象，比如田纳西·威廉姆斯、史蒂文·伯科夫、约内斯科以及戴维·黑尔[②]，他们都短时间地稍事停留，一旦确定了自己的目标之后，便都像他一样四散而去。一个女孩给自己穿上了塔夫绸连衣裙，裙子的下摆在膝盖以上，她看起来很不舒服，在这样冷飕飕的下午似乎穿得有些

① 英国作家威廉·戈尔丁的代表作。

② 均为著名剧作家。

过少了。她裸露的双腿血色斑驳，胳膊上精美的皮草上，毛发都竖起来。

斯坦利已经决定了要环绕整个公园走一圈，绕道躲避开儿童运动场，绕着湖边慢慢地走一走，之后从对面返回学校。他把头紧缩到衬衣领子里，步子迈得更大了。他认为自己身后会有别人跟着：表演主任、形体主任、即兴表演主任和声乐主任那天早晨都早就离开了学院，驻守在城市的一隅。

“你们千万不要离开所规定的界线。”表演主任曾经一次次强调，用食指敲打着那被照亮的区域，目光穿过投影仪的铁臂，看向下方。学生们人头耸动，都聚精会神地坐在自己的座位上。表演主任穿着帆布裤子、开领衬衫，看起来只比平日轻松了一点点，但是当学生们因为可以进行令人眼花缭乱的伪装而振奋不已时，他也受到了感染，他们中的一些人穿上了用别针别好的服装，换了某个特定的发型，都快认不出来了。

斯坦利离开了林荫道，穿过由钝头铁栏杆铸就的铁门，进入到植物园中。一个身着套装的男人在碎石路上从他身边走过，长久地盯着他看。斯坦利几乎已经把脸转向一边了，这时他快速地想起自己是乔·皮特，所以便尽可能长久地盯着对方，不错眼神地一直盯着那人走过去。他感到一丝丝欺骗别人的罪恶感，直到那人已经在温室那儿拐了弯，消失在视野中，这种感觉还没有消散。斯坦利认为自己用眼睛的余光看到了即兴表演主任正沐浴在阳光之中，坐在公园的长椅上，手里握着一份报纸，放在大腿上。他把衣服拉紧了些，继续向前走去。

假扮成别人给了斯坦利内心一种好奇的私密感。他内心深处的思想以及他对这一角色的诠释过程，只有当他选择让别人看到的时候才可能被别人看到，通过他的脸，通过他的手的姿态，以及通过他身体的弧度。它们像空气一样把他自己的思想包围，把真正的斯坦利包裹在双层薄膜的里面，里里外外都是乔·皮特。

他觉得很温暖，像是紧紧地蜷缩在一个坚果中，安心地知道在他的双重伪装之下，没人会真正看出来他是谁。

“哈喽。”一个很小的声音响起，突然之间那个钻进舞台侧翼的女孩，那个上音乐课的女孩出现在他的面前，正向他走来，萨克斯风乐器箱悬挂在她的肩膀上，像个箭囊。她咧嘴而笑，一边说着：“你在跟着我吗？”这实际上是他第一次在她脸上看到的真正而毫无保留的露齿笑容。

“如果是我跟着你的话，我不是应该走在你后面吗？”斯坦利说。

“我是说暗中追踪。”女孩还在咧着嘴笑，眼神上上下下地游移在斯坦利的外套上，这衣服穿在他身上太大了，袖子一直垂到他的手指尖上，好像他是个小孩子，正穿着爸爸的衣服玩过家家。

“哦，我正做我们表演学校的一个表演练习。”斯坦利想都没想就这么说了出来。话一出口，他就等待着腹中的一种坠落感：他已经在这个练习当中失败了；一定有人已经看到了，并且做了标注。“如果你告知任何人你正在做一个练习，或者以任何方式描述学院或者你的职业，”表演主任曾经说过，“那么，毋庸置疑你的这次练习就自动失败了。”

“我得在这一整上午都扮演这个角色，”斯坦利说，着急地补充道，“这些是规则。”那种坠落感并没有到来，而且他好奇地感到自己更轻松了，与这个漂亮的、仰着脸看他的女孩站在这公园里。他鸟儿展翅一样忽闪着那肥大的外套，大笑着。

“待会儿想喝杯咖啡吗？”他问，“我扮完乔·皮特。”

“好的，”伊索尔德羞涩地说，“乔·皮特是谁？”

“哦，他就像这样穿衣服，”斯坦利说，“除此之外，我就真说不出来了。”

“那么，你并没有扮演好他了。”伊索尔德说。

“我猜是的。”

斯坦利找到了那种轻松感的原因：他觉得*真实*，比他这几个月以来所感受到的都更加真实。

“我又怎么知道你现在没在表演呢？”伊索尔德说，这基本上可以被认为是一句废话，但是他原谅了她，因为他心中的轻松感，也因为她看起来是那么漂亮，她那粉红色的耳朵，那羊毛外套和她那双手套，为了抵御寒冷，两只手套正拍在一起呢。

“我怎么知道你现在没有呢？”斯坦利说。

伊索尔德微笑了起来，并做了一个搞怪的姿势，把双手向外翻，把身体提起来，放在脚尖儿上，以此来证明她的整个身体都不知道。斯坦利感到一阵快乐的激流潮水般涌上他的身体。

“那么，我猜这是一个我们都要去冒的风险。”他说。

在眼角的余光当中，他看到即兴表演主任正在向他们走近。

“我得走了，继续走完这一趟，”他说，“但我会在银杏树下面等你的。”

“我五点钟上完课。”伊索尔德说。

“我知道，”斯坦利说，“我一直在观察着呢。”

七月份

“你们得一直演，直到最后，”形体主任恼怒地大声说道，他的一只手正疲惫地放在头顶捋自己的头发，一遍又一遍，“现在很明显你们两人都知道这一幕即将结束，而你们在灯光熄灭之前就松懈下来。这只是片刻之间的事，但却非常重要。你们必须给人一种错觉，让他们认为这一幕仍会继续，在幕后。你们得一直演，直到最后。重来。”

斯坦利和女孩再一次回到他们原来的位置上，斯坦利站在那儿，手掌扣在女孩的面颊上，食指滑入她那又小又紧的花苞般的耳朵里。他们再次复述了一遍台词，试着不松懈下来或者松弛他们的身体，直到观众看不到他们为止。

“这是我想要的。这是我想要的。”这是斯坦利说的最后一句台词，为了强调，他用手捏紧了她的下巴，微微晃了晃。女孩抬头看着他。此幕结束。

斯坦利的脸距离她的脸很近，而她的面颊就在他的手里。他没有松懈下来：他俯身向下，吻了她，就像他是有意那么做的。

“哦，看在上帝的分上！”形体主任咆哮道，两人急忙跳开，“我什么时候说你要吻她了？我是说：‘一直表演，直到最后。’”

“我以为这是你的意思呢。”斯坦利说，陷于极度的尴尬之中，目光落到灯光以外。女孩抹着自己的嘴，看向地板。

“我们没有打算让幕布落到这一幕上，像是两个孩子在上演一出投入的感情戏。”形体主任喊道，“想一想这幕戏，伙计！”

形体主任通常是不会大喊的。总体上来讲，他没有表演主任那么凶狠，不怎么会羞辱或者打击他的学生，不惯于发火或者施加自己冷漠的鄙视。但是今天他却很容易动怒，板着脸，气鼓鼓的，像是喘不上气来，当他在正厅前排坐在自己的座位上向上看这两个人时，一阵巨大的愤怒和羞辱之感憋得他喘不上气来。

“这是什么？”他说，“迫不及待地找一次这样的机会，是吗？这算什么？”

斯坦利的脸上一副受伤的表情，他一直期盼的是祝贺，或者是赞扬，因为自己在身体上对这出戏的投入，为了艺术之名，自己把个人的考虑都放置于一边了；但是自己却被羞辱了，更有甚者，是在一个女孩面前被羞辱的。这次公开的羞辱完全有可能导致表演主任彻底破坏掉他们两个搭档之间的关系，会导致他们翻脸，继而分道扬镳。这一点这位指导教师是明白的，但是他并不在意。他只是突然之间对他们两人大为光火，男孩子扑闪着他那金黄色的睫毛，面目紧绷，一副受伤的样子，女孩则表现出一种经过排练似的、紧张的、天真无知的表情，这种表情在逐渐地消失。

“我只是认为这是你的意思呢，”斯坦利再一次说，“对不起。”

有好一会儿，形体主任没有说话。他想，他们一定是在用一种隐隐约约的可怜的目光看着他吧，就像是任何一个少年看着一个成年人的时候都会相信对方是完全性无能的人。他们在看着他，好像是他们相信，他们的身体抵在幕布的褶痕处所进行的蹩脚的、干涩的摸索就已经在某种程度上让他嫉妒了；好像是他们的碰触唤起了他的渴望，对他已逝的青年人所特有的自然而然的触摸的渴望，而他的突然发作正好印证了自己对现状的不满，印证了他已经意识到了自己的无法估量的损失。形体主任觉得很厌烦。他想转过头在地上吐痰；他想跨过那七级台阶爬到舞台上把他们从自鸣得意、自高自大的茧壳中剥离出来；他想要对他们大喊，让他们看到自己并没有嫉妒，他不可能妒忌任何两个乳臭未干的小屁孩儿之间在热射灯下的蹩脚的亲吻。如果真提到自己的感觉的话，那就是总体上的一种反胃感，对于自己被强迫看了这样一幕而感到反胃。

“重来。”形体主任懊恼道，把自己掷回到座位上。

九月份

伊索尔德从音乐课下课出来时，斯坦利正在银杏树下等着她，她一溜小跑下了凹陷的石阶，穿过庭院去拥抱他，轻快地在他的嘴上印上了一个吻痕。

“看看你,你这个吉卜赛小姑娘,”斯坦利一边向后退一边说道，“你这些包和所有这些东西。”

“周五真是恐怖，”伊索尔德说，“萨克斯风课、体育课还有艺术课，都在这个下午。”

“吉卜赛女孩。”

伊索尔德向外吐着气，像鸟儿展翅一样扑闪着自己的胳膊，之后向斯坦利咧开嘴笑了起来，一种开阔的、真诚的微笑，这使她周身都亮丽起来。当时也正是同样的这种毫无顾忌的笑容把萨拉丁先生吸引到维多利亚的身边，只是在此刻，这笑容已经转嫁到她的妹妹身上，在不同的脸上的同样的笑容。斯坦利探身向前，吻了她的鼻子。

“那么我什么时候能听到你的表演？”他说。

“我以为你站在这庭院中能听到我在上面吹奏呢。”

“但是我从来都搞不清楚哪个是你吹的，哪个是你的老师吹的，”斯坦利说着，咧嘴笑起来，“可能在我的想象中，你要比实际的你吹得好多了。”

“实际上我们的萨克斯风的声音确实很不一样，”伊索尔德说，“如果你懂得去聆听那种声音的话。我的吹嘴是硫化橡胶的，她的是金属的，金属吹嘴吹出来的声音真是很不一样。”

“像是人们说话的声音各自都不一样。”

“是的，”伊索尔德说，“对，像是一个女人与一个女孩之间的不同。”

他们身后的石头建筑物里面一片漆黑，所有的窗帘都是关闭的，灯光也是熄灭的。在建筑物的里面，由于夜晚临近，办公室的门也都被锁起来，在越来越浓重的暮色当中慢慢冷却。在阁楼一层，萨克斯风教师的窗户是黑的，好像是在伊索尔德离去之后，萨克斯风教师已经锁上了工作室，自己也离开了那儿，回家过夜，但是如果你透过银杏树的枝叶，你会看到一个墨渍般的身影正站在窗帘的旁边，目光向下投向庭院，看着银杏树下面这对站在一起的人。斯坦利和伊索尔德没有向上看，斯坦利用一只胳膊紧紧拥着伊索尔德，之后两人一起离开了，他们的头抵在一起，似乎还在悄声地说着什么，直到两人都隐没在回廊中，隐没在树枝下，直到两人的身影都消失。

九月份

“你知道自己为什么在这里吗？”在斯坦利坐定之后形体主任说。

“可能是因为那次‘外出’吧。”斯坦利说，没有把握地猜测着。

形体主任扬起了眉毛，陡然向上扬了扬下巴。“你的‘外出’？”他说。

“准是我的那次练习没通过。”斯坦利说，突然之间意识到自己应该谨慎些，于是试图让人看起来有点儿无辜和不知所措的样子。

“我不这么认为，”形体主任说，“我这儿有一份来自即兴表演主任的报告，她说她的印象很深刻，你是乔·皮特。”

“噢。”斯坦利说。

“我相信她对你的报告是赞赏有加的。”

“哦。”

斯坦利试图耸耸肩、笑笑，但是他最终做出来的只是一个哆嗦和面部的一次抽动。

“你认为自己会通不过吗？”形体主任问，密切地注视着他。

“没有，”斯坦利快速说道，“那么我猜我不知道自己为什么在这里。”

形体主任坐在那儿，向后面靠过去，把手掌放在前面的桌子上。他的脸上堆上了一副似乎已经经过了良久准备的、事关重大的、失望的表情，斯坦利的心开始怦怦乱跳起来。形体主任说：“有人对你做出投诉。有人针对你做出极为严肃的投诉。你知道有可能是关于什么吗？”

斯坦利一副迷惑不解的神情。“不知道，”他说，“谁？关于什么？”

形体主任没有立即说话。他用一种介于可怜与厌恶之间的表情看着斯坦利，斯坦利觉得自己在萎缩。

“一位在北院的工作室教课的音乐教师，”他说，“向我们投诉说你在骚扰她的几位学生。”

“什么？”斯坦利觉得自己无法抑制地开始想发作。

“骚扰她的几位学生，”形体主任继续道，“尤其是一位五年级的小女孩。这回你明白点儿什么了吧？”

斯坦利坐在那儿，有好一会儿没有说话。

“没想到什么？”形体主任说。

他谨慎地把他们之间的静默拖长，这静默就像是一种受压抑的呼吸。一种可怕的坠落感在斯坦利的腹部深处盘旋。他坐在那里，瞪视着形体主任手掌下那光洁的桌面光泽，什么也没说。

“通常来讲，”形体主任说，“我们当然是不会插手这种事的。通常来讲，我们会把你们当成成年人，期望你们能自行处理好这种事，但现在的事实是这位音乐教师已经直接把这事儿捅到我们面前——你看到了，我们是被迫与你谈这件事，你看到了。”

“是的。”斯坦利机械地说道，点了点头。

“这位音乐教师非常担心她的学生们的安全，考虑到她的工作室与我们学院的距离这么近。”形体主任说。

斯坦利再一次点了点头。

“发生什么了，斯坦利？”形体主任说，“到底是怎么回事？”

斯坦利迅速地抬头，遇到了形体主任的眼神，之后将自己的目光避开，转过头去看那些在档案柜上方用相框装帧好的海报和剧目表。它们都按照时间的顺序被整齐地排列，像是形体主任的生活内容的简单罗列，故事情节早已被安排好，形体主任正是顺着这样的生命轨迹，一直通往他现在正坐着的地方。现在他正坐在那张空桌子前，赤裸的双脚放到一起，脸上眉头紧锁。

“我不知道，”斯坦利最后说，“我不知道任何有关萨克斯风教师的事儿。”

“我说的是音乐教师。”

斯坦利使劲地吸了口气，再一次瞟了一眼形体主任，比上次动作更快，好像是这位指导教师的愁云惨淡的脸要不就是太热了，要不就是太刺眼了，所以他的眼睛无法长时间在上面停留。

“我知道她吹萨克斯风。”他平静地说，这句话无疑是一种可怕的默认，一句认罪的供词。从喉咙后部发出来的轻微的咳嗽让他所说的最后一个字卡了下壳。

“我假定你试图保持平静的原因是，这样就好像你就没有罪过了。”在又一次令人恐慌的停顿之后，形体主任冷冷地说道。

“我只是——”

事实是斯坦利只是没什么可说的。他耸了耸肩，主要是为了传达一种无助，而不是一种傲慢，但是形体主任的眼睛亮了一下，斯坦利看到自己的这一姿态激怒了后者，形体主任的冷淡似乎被进一步放大，他放在桌面上的手掌更使劲地向下压去。

“因为我们提到的这个女孩在上五年级，”形体主任说，“你明白她还没到十六岁。”

斯坦利仍旧在点头。

“因为她还没有十六岁，”形体主任说，“你明白一个成年人与之有可能发生的，或者已经发生的，任何一种形式的性关系都是一种犯罪，我在这儿是以你的指导教师的身份跟你说话。”

斯坦利再一次点头。他模糊地意识到他已经面无血色，嘴里已经开始充满了唾沫，舌头难受地收缩起来，似乎是呕吐的前奏。他觉得恶心，突然之间感觉自己的味觉极度敏锐起来：形体主任的羊毛衫正挂在房门的后面，现在斯坦利能闻到它潮湿的羊毛味；他还能闻到柜子上面的坚果的纸包装的味道；已经冷却的咖啡聚集于冰凉的水杯底部，这也是他的鼻子捕捉到的味道。他觉得自己的头眩晕起来。

形体主任审视了他一段时间。他睁大双眼，看起来一副严阵以待的样子，像是最糟糕的事情还没有到来一样。他俯身向前，轻轻地撅起嘴唇，在他仔细地寻找恰当的言辞时，嘴唇发出了一声干涩的相互碰撞声。

“斯坦利，”他说，“我想让你非常仔细地想一件事，你不一定必须回答，我只是想让你想想：如果本周末你们在表演你们一年级学生的创作剧目时，恰巧这小女孩儿的父母亲就在观众席上，那么这是否会改变些什么呢？如果他们在那儿的话？”

这是个奇怪的问题，斯坦利并不明白，他茫然地瞅着形体主任，说道：“我不知道你是什么意思。”

“那个女孩——”

“伊索尔德。”

“是的，她有个姐姐，我说得对吧？”

“我不知道，”斯坦利说，“怎么了？”

这时形体主任看他的目光已经是一种公然的讨厌了：“哦，得了吧，斯坦利，咱们别这样兜圈子了，这很可笑。”

斯坦利蠕动了一下喉结，伸手擦掉了覆盖于他上唇的一层汗珠。“对不起，”他说，“我一定是错过了什么。”

“伊索尔德的姐姐叫维多利亚，”形体主任喝道，“这是不是让你的哪根弦绷起来了呢？”

斯坦利盯了他只有那么短短的半秒钟，随后他就清醒了——这种清醒如醍醐灌顶，无异于那断头台上的铡刀正在令人毛骨悚然地向下颤动。维多利亚，他尖叫起来。维多利亚，他们的创作剧中的焦点人物，从报纸栏目中被剪下来的、被挣来抢去的、被窃取并被移植在所有的海报上的，以黑色与红色为主色调的，床柱皇后。如果维多利亚的父母在场的话，那会有什么改变吗——形体主任是这样问的问题。

随着他的清醒，第二片铡刀随即落下，如果真是这样的话，那么这第二刀似乎比第一刀更让人胆战心惊。斯坦利想到，他们认为伊索尔德被利用了，一个被我利用，为这次表演而去获取信息的兵卒，我的一个兵卒。

“当然，我是不应该知道任何有关一年级学生的创作剧目的内容的，”形体主任正在说，“事实上我确实对于你们正在排练的、正在创作的东西知之甚少。但是我却无法避免时常从你们开着的门前走过，或者听到你们在大厅中的只言片语的对话，你明白吧。”

斯坦利蜷缩在他那又湿又冷的椅子上，一股呕吐之感蠢蠢欲动，像块石头一样噎在他的喉咙后部，他艰难地吞咽着将它压住。

“伊索尔德知道吗？”他愚蠢地说。

“有关什么？”形体主任说。

“关于这个剧目，是什么内容，我们在做什么。”

“不清楚，”形体主任说，“我只和萨克斯风教师对话了，我们探讨了当前的状况，她提到这个家庭今年过得很艰难，因为有关他们的大女儿被强奸的事，不断有流言飞语。我记起了这个名字，自己把情节连起来。”

斯坦利恼怒地试图回忆他与伊索尔德之间的所有对话——他曾经提到过这个剧目吗？他曾经说过维多利亚这个名字吗？

“你打算告诉他们吗？”他问，“你打算给她的父母打电话吗？”

“我想这应该是由你做决定，斯坦利。我已经说过了，你是个成年人了，你可以自己解决的。”

“那音乐教师呢？如果她已经给他们打电话了呢？”他说。他从来没看到过伊索尔德的萨克斯风教师，但是他把她想象成一个邪恶而油滑的幽灵，站在窗帘旁边，目光透过树枝看向下面的庭院。

“我不知道，”形体主任说，他用一种奇特的眼神瞅着斯坦利，“这么说，你不知道，”他说，“关于她姐姐。”

“不知道。”斯坦利说。他觉得自己进一步萎缩起来。多蠢啊？甚至从来都没问过女孩姓什么。他从来就没问过——有关她的家庭，有关她的家庭生活，有关她家的房子，她在哪儿醒来，在哪儿冲澡，在哪儿吃早餐，又是在哪儿，她把乱糟糟的乐谱放在自己周围的地板上，自己练习萨克斯风：这些场景他从来都没有想象过，他从来没有想象过这个女孩不和他在一起时的样子，她只是——什么呢？是他自己所扮演的一个角色，或许。她只是为他提供了一个要去扮演的角色。

形体主任说："但是你确实与这小女孩发生了关系。"他审慎地阐述，在小字上略微强调了一下，好像在这个字眼上压上了一个手指印。

"没有……我是说……不是……她同意了的，"斯坦利说，"是的，我们发生了关系。"

"到她十六岁之前，斯坦利，她本人是否同意不那么重要。"形体主任说。他向后靠了靠，对斯坦利嗤之以鼻，似乎是要把自己从整个事件中抽身而出。

"他们不能来，"斯坦利说，"她的父母。不能让他们到那儿去，不能让他们知道这事。"

"是的，"形体主任说，"不能来。"

"我们要怎么做？"斯坦利问道，"要取消剧目吗？"

"剧日不在我的职责之内，"形体主任说，"售票工作不在我的职责之内，这个女孩不在我的职责之内。我的工作只是让你知道你需要知道的事。我不会把别人的选择当做我分内的事。我不想知道你和那女孩发生了什么，但是如果这件事以任何形式对学院造成伤害的话——我就必须采取行动了。"

斯坦利木讷地点了点头。

"真的吗，斯坦利，"形体主任最后说，这是他第一次真正地表达自己的恼怒，在这个小房间里，针对这个坐在他面前的苍白而又战栗的男孩，"我是想说，你怎么能不知道有人正在窥探你们呢？看在基督的分上，如果有人一直以来都在窥探你们的话，那就说明你们简直是太不小心了。”

九月份

“斯坦利，”伊索尔德说，“你想自始至终与我相伴吗？总有一天？”

斯坦利的手指顺着她的面颊滑下。内心深处他很懊恼，她甚至都不应该提这句话，她竟然将这种对未来的预期说了出来，付诸形状、付诸声音，这似乎很不适宜。他更希望这一幕永远不要被提及，直到它结束。他更希望自己不要说什么话，只是用自己的唇堵住她的嘴，一边去扯她的衣袖和腰带，将她剥光，像是在剥一颗成熟的水果。她的问题是有逻辑性的，是组织严密的，是具有归纳性的。他是不会这么问的，他是一个浪漫主义者。

“你觉得我们准备好了吗？”斯坦利说，狡猾地用另外一个问题来回答她的问题，但是用那样一种庄重的、深感懊悔的表情看着她，让她误以为他真的在斟酌眼下这个问题。

“是的。”伊索尔德说。在她还没有说完这个字的时候，就开始微笑了，他也向她微笑起来，之后凑近去亲吻她，与她一同大笑起来，对着她笑起来，牙齿抵在她的牙齿上。

“我也是，”斯坦利说，“我想我们准备好了。”

“你想吗？”伊索尔德羞怯地说。

“当然想了，”斯坦利说，“我只是在等待你做决定，我不想给你施加任何压力。我想要你先说出来。”

这不是真话，但是他很高兴这种悦耳的表达方式。

十月份

形体主任的办公室，门开着。斯坦利没有敲门，他轻轻地走到门口，在开口说话前，他停在那儿待了一会儿。

“我本来是通不过的，”他说，“我就是想告诉你这个。那次‘外出’，我本来是通不过的。我跟别人直接说了我正在做一个表演练习，甚至告诉了她我在扮演乔·皮特。”

形体主任抬起头来看他，写字台上的台灯是打开的，它散发出来的光线使他的眼睛和嘴都处于阴影当中。“为什么？”他说，没有示意让斯坦利进到屋里，所以斯坦利就仍旧待在门口，双手扯着背包上的带子，把重心从一只脚上挪到另外一只脚上。

“因为否则的话，她就有可能把乔·皮特当成是真正的我了，”斯坦利说，“我不想让她那么想。”

形体主任叹了口气，用双手搓了搓自己的脸。

“斯坦利，”他说，“你为什么告诉我这个？你不想在你的成绩单上出现一门不及格吧。这种成绩对你不利。如果你的良心过意不去，为什么不下决心下次做得更好些呢？你为什么决定毁掉自己呢？”

“想赢得你的尊重。”斯坦利说。

“想赢得我的尊重。”形体主任说。

斯坦利呼吸急促起来。“想让你看到我，”他说，“想让你在视力所及的范围之内能看到我。”

形体主任看着这个男孩，迟疑着自己是否应该变得温和些。斯坦利的嗓子发紧，说话的时候身体战栗着，但是在这紧张的表面之下，一缕沾沾自喜之情不断地涌入他的内心深处，即便是现在。形体主任感到丝丝的恼怒。即便是现在，他想，即便是现在，这个男孩仍旧在表演，并且迷恋着自己的表演，迷恋着自己。

“每年都有人跟你一样，斯坦利，”他说，“跟你一样的人会出现在这里，在你继续前行的时候，填充到你的空位上。每个从你嘴里说出来的词汇——它们都只是台词而已。这些是你精心背诵的台词，非常精心，以至于你已经认为这就是你自己的话，但是它们只能是台词。我以前已经听过很多次这样的台词了。”形体主任突然甩了甩头，抢白道，“为什么在你的视力所及的范围之内看不到我？我可以问我所有的学生这个问题，我的所有的自私的饼干模子般的学生，每年像死水一般流进来流出去的学生。”

“那和你一起待在艺术系的男孩呢？他也是一个饼干模子般的学生吗？”斯坦利酸涩地问道。

一片静默。形体主任扬起了眉毛。

“和我一起待在艺术系的男孩？”他说。

“残酷剧场的那个面具男孩，”斯坦利咕哝着，“尼克。”

“你想知道有关尼克的什么？”

“他是不是也是一个饼干模子般的学生呢？”斯坦利现在已经完全处于尴尬境地。

形体主任上上下下地打量着他，几乎快要笑起来了。“或许是吧，”他说，“但是他很像我，他像是曾经的我，我听他说话，看他行动，像是一种重生。我可以让自己重生，通过他。只是通过观察他，我就可以焕然一新。”

斯坦利看着地板，没有说话。

“谢谢你今天来找我，”过了一会儿，形体主任说，他的声音冷漠，他的面孔已经与之隔绝，“我们会修改你的成绩为不合格。”

第十三章

星期五

“你和你姐是好朋友吗，伊索尔德？”一个午后，在伊索尔德已经上完课，收拾自己的乐器箱之际，萨克斯风教师这样温和地问道。

“不算是。”伊索尔德说。

“你在学校里经常和她待在一起吗？”

“没有。低年级的学生和高年级的学生待在一起感觉很奇怪，而且她有自己年级的朋友，她们不喜欢我在她们身边。”

“如果你需要人倾听的话，你会讲给她听吗？”

伊索尔德立即面红耳赤起来。她转过头去，俯身去拨弄小背包上的钩环。“可能不会。”她说。

“好吧。”萨克斯风教师和蔼地看着她说。

“我不知道我要跟谁说。”伊索尔德咕哝着。

“不跟你的朋友们说吗？”

“不会。”

伊索尔德拢起乐谱，把它们塞到背包里。萨克斯风教师在那儿等着她。

“实际上维多利亚这么受人关注有点儿奇怪，”伊索尔德说，重新镇定下来，“因为她曾经被彻底抛弃过。三年前，在四年级的时候。她的朋友们觉得很不喜欢她，便开了个会，决定一下到底对她怎么办。后来，她们就在一次午餐时间聚到一起，告诉她不准她再和她们坐在一起或者和她们说话，之后她们就都走掉了。”

“我想她后来又找到新朋友了吧。”萨克斯风教师说。

“不可能的，真的，”伊索尔德说，“一旦你被一个团体抛弃的话，别的团体就会开始怀疑。她没有什么其他的事情可做，只能每天赖在图书馆里，上课时总是在最后一刻进入教室，只有这样才不会被人看出来自己正独自一人坐在那儿等着上课。

“为了安全起见，大多数女孩儿都会保持住最好的朋友，”她补充道，“你总会结成那种同盟，这样你才不太会被抛弃。”

“那么你姐姐是怎样又爬回去的？”萨克斯风教师问道，“如果她真是被彻底抛弃过的话，像你说的那样。”

“她与一些男孩子待在一起，”伊索尔德说，“她后来在午餐时间穿过马路与圣·斯尔维斯特的男孩子们一起待在河边，只有她自己和那些男孩子。那像是她的一个武器，自此之后女孩儿们又回到了她的身边。”

“你有没有被抛弃过？”萨克斯风教师说，“我是说，被某个团体。”

“没有。”伊索尔德说。现在她已经把自己裹到围巾和外套里面，之后用一种概括性的、爱莫能助的方式耸了耸肩，借此表明这次谈话已经接近尾声。

“下周见。”她说，有那么一刻，萨克斯风教师感到一股悲凉之感拨动心弦，让她非常想留住伊索尔德。每周为期半个小时对伊索尔德的生活的片刻了解，对于萨克斯风教师来说就像是自己正站在一条黑暗的街道边，只能看到几块被点亮的厨房窗户而已，能简单地看到通往房子里面的一个昏黄的通道，此外再别无他物。

伊索尔德现在已经礼貌地收拢双眼的光芒，表示课程已经结束，站在门口，乐器箱已经放到手里。在课堂上复苏的宝贵的亲密感已经溜走，萨克斯风教师只能微笑着向她挥手告别，一边说着："周一见，伊索尔德。小心。"

星期四

帕齐拿来了半月形面包和火腿，还有柔软的黄色奶酪，奶酪在黄油刀硬钝的刀刃下被压了下去。她们的谈话已经进行了将近一个小时了，萨克斯风教师一直都用一种无法抑制的不顾一切的目光看着帕齐，一副压抑、受伤的样子，像是一只负伤的小鹿，似乎要突然大哭起来了。帕齐似乎并没有注意这一点。

"帕齐，"萨克斯风教师最终说道，"你知道吗？每当我一个人和其他任何人亲近的时候，每当我自由放松的时候，或者会使别人大笑，或者亲吻别人，或者确实让别人感觉良好的时候——每当我真的感到自己作为一个爱人非常成功的时候，做得很对的时候——在所有这些时刻，我内心的一部分都希望你在看着我。"

"这种事情说出来很别扭。"帕齐说，向萨克斯风教师疑惑地半蹙着眉。她已经退缩了，坐在那儿，身体向后靠去，把手掌根部放到面颊上拨开一绺头发，顷刻之间把自己包裹得密不透风，好像她已经决心误解下去，不管萨克斯风教师接下来会说什么；顷刻之间她变得生硬而冷漠。

"我不是说我希望你在场，"萨克斯风教师说，"我的意思是我与其他所有人之间发生的所有事情都成了一种证明，好像是我在无形地向你证明些什么。好像我是在说，总是在这样说：'这是你所没看到过的我，这是你本来可以拥有的，这是你错过的。'"

"你想让我嫉妒。"帕齐说。

"不是的，"萨克斯风教师说，"并不是我想让你嫉妒。我只是想让你看到我最好的一面。有时候我做什么事的时候，就好像你确实在看着我，我只是想在内心深处证明这一点。有时候当我和别人处于最亲密的时刻，我会说一些我身边的人根本听不懂的话。这些话只有你能听懂。如果你在看着我的话。”

“亲爱的。”帕齐平静地说。

一阵静默。

“当然了，我会在镜子面前排练所有这些话，”萨克斯风教师最后说，“在我跟你说这些话之前，我会一遍一遍地进行排练，直到我有信心告诉你这些，把它说出来。”

星期一

“告诉我有关伊索尔德的事。”周一下午，在朱莉娅来上课时，刚一进门，萨克斯风教师便径直说。

朱莉娅扭动着身体脱下风雪衣，把它掷在单人沙发的靠背上。她带到房间里一股寒冷的气流，周身仍旧散发着寒冷的气息，萨克斯风教师吸气接住了这股短暂的气流，把它吸入体内，像是把它当做异域的香水。朱莉娅扬起眉毛。

“告诉我有关帕齐的事儿。”朱莉娅说。

“谁？”萨克斯风教师愚蠢地说，任凭自己的双臂滑落到身体两侧。之后她恼怒地扯着自己的衣袖，说道：“我的意思是，我知道谁是帕齐，我是说为什么。”

朱莉娅耸了耸肩。“我们的教室上面挂了一个牌子，”她说，“上面写着：在教室中，谁在问问题？”

萨克斯风教师眯起眼睛说：“你是怎么知道帕齐是谁的？”

“所有你的信件上都写着由帕齐转交，”朱莉娅强调地说，“她是你的爱人吗？”

萨克斯风教师面色潮红。“这是帕齐的工作室，”她以一种威严的口气说道，骤然扬起下巴，“帕齐把这个工作室留给了我。”

“像是在遗嘱中？”

“不是，她没死。从法律上讲，这个工作室还属于她，这也是为什么我的信件都由她的信箱转交。”

“那么说她不是你的爱人。”

萨克斯风教师在桌子上轻弹自己的手指。“告诉我有关伊索尔德的事。”她说。

朱莉娅用舌尖舔了舔下唇，之后说道：“我们在学校的戏剧物品储藏室里见面。没有人会去那儿，我们设法把门夹紧。我们用修女的衣服、纳粹的军装，还有圈环裙这些东西做出了一个小窝，铃声一响我们就一前一后地离开，两人之间留出一定的距离，所以没有人会注意。”

“还有呢？”

“还有什么？”朱莉娅说。

“这还不够，”萨克斯风教师说，“只知道你们在那里，这还不够。你们是怎么到那里去的？怎么开始的？”

“你为什么想知道这些？”朱莉娅问，“你仍旧只是作为一个旁观者在向里面看，即便你知道了所有事情，即便你知道了所有你不应该知道的事，即便是那样，你仍然只是一个旁观者。她为什么要把这个工作室留给你？”

她们对峙着，像是两只被链子牵着的狗。

“出于对我的音乐的信任，”萨克斯风教师说，“她教过我吹萨克斯风，曾经，但是她很早就得了关节炎。开始是在她的拇指关节发作，后来向外蔓延了，像是一种缓慢而疼痛的墨水渍，从拇指关节向外延伸到全手掌。她不得不停止教课。她回到了大学，我就接管了她的工作室。我替代了她，我猜。我现在给她租金。”

“她是你的老师？”

"曾经是的。"萨克斯风教师迟疑着,她用双手抓住自己的臂肘,但是之后她深吸了一口气,快速地说道:"你们在戏剧物品储藏室做什么?"

"多数时间我们说话,"朱莉娅说,"在戏剧物品储藏室和练习室之间只有一个隔板,所以我们必须得保持安静。伊索尔德说,萨拉丁先生和维多利亚就是这么被发现的,当时有人到戏剧物品储藏室,他们的声音从隔壁传过来。里面总是漆黑一片——我们不敢打开灯,因为那样的话,光线就会从门下面透过去了。我最喜欢她做的一件事就是,在黑暗中,她的两只手指变成了一个小小的圆规,她总是用这小圆规检测我是否在微笑,在黑暗中触摸我的脸,躺在那儿,手指轻轻地放在我的嘴角处。那是我最喜欢的事。"

"你们都说些什么?在你们说话的时候,你们都说些什么?"

"我们谈论所有这一切有多么珍贵,"朱莉娅说,"我们是多么幸运,我受吸引的点与她的一致。我们就躺在那儿感叹,相互触摸对方的肌肤,在内心深处,我觉得我比实际年龄要大得太多太多了——并不是说我倦怠了或者更精明了什么的,而是我内心的感受如此膨胀,它把我与一个更为广阔的、无限的空间连接起来,一个美丽的巨大的*未知的*穹隆,与之相比,任何种类的时间或者空间都只不过是一个小小的空囊而已。而如果不是因为这巨大的穹隆,那么那些空间或时间的小空囊就早把我包围了。就好像在那一刻,那*当下的*一刹那,那短暂的完美的一刻,触碰她的肌肤,品味她的舌尖,感觉完全被她俘获,完全地贴近她,那一刻就是我全部的需要,我整个的余生都需要它来滋养。"

萨克斯风教师用手摸索着找到了桌沿,她瘫软无力地靠在桌沿上。

"但与此同时,这种情感却被一种悲伤之情渗透,"朱莉娅说,"一种甜蜜的苦涩、喑哑的悲伤沉沉地压在我的喉咙深处,我久久无法将之吞咽下去，就好像我知道我会失去什么；什么东西正在向外渗漏，像是水正在渗入尘土之中。这是一种奇怪的感觉，一种失去的感觉——害怕失去的恐惧感强力地撕扯着我、拖曳着我——不是当一种关系结束的时候才开始有的感觉，不是当她的身影渐渐模糊，直至消失在我的视野之外，而我知道我永远也无法再让她回头了，不是在那时才有的一种感觉。这是一种从一开始就有的感觉，从我们在黑暗中撞击到一起，我们第一次相互触摸的那一刻起，这种感觉就存在了。那种天真无邪——其中的甜美与纯洁，其中的羞涩而又踌躇的柔情——那是我注定要失去的东西。”

朱莉娅向萨克斯风教师逼近了一步。“那也是你的感受吗？”她说，“和帕齐在一起时？”

“朱莉娅。”萨克斯风教师说，之后有一段时间她静默着没有说话。她抬手蒙住了双眼。“帕齐。”她说，但是之后她支吾着，改变了主意。

“我跟你说点儿什么吧，朱莉娅。”她最后说，“你刚才谈到的那一刻，那个完美的吻。就永远停留在那儿了。从这一刻开始，以后的所有事情都只能是复制品，亲爱的。你会努力去与你所有的爱人去复制那一吻，一遍遍地努力去让它重新上演；它会像是一个老旧的视频闭路电视，不断地在你面前的电视屏幕中播放，你会倾身向前用额头去碰触那冰冷的玻璃突出表面，你会用手指和面颊去轻触那由静电引起的旋涡状的毛茸茸的吸力，你会被照亮，会被它深蓝色的光亮、那突然爆发的光芒所点亮，但是到最后你实际上从未碰触到它，这完美的记忆，这浑然忘我的时刻，这一生当中只会发生一次的时刻，在这一时刻，你会忘却了自己身处何地，不知道你是谁，也不清楚你会变成什么样。你将永远不会再碰触那种感觉，朱莉娅。再也不会。”

“这是你的感受吗？”朱莉娅说，“和帕齐在一起？”

萨克斯风教师深呼一口气，什么也没说。

“帕齐现在哪儿呢？”朱莉娅说。

“哦，她仍然生活在这座城市，”萨克斯风教师说，虚弱地挥了挥手，西北偏北方向，“我们只是老朋友而已，朱莉娅。帕齐结婚了。我们只是老朋友而已。”

“跟一个男人结婚了？”

“是的，跟一个男人。”

“但你们曾经是恋人。”朱莉娅说。

“不是。”

“只有一次？”

“没有。”

“你在说谎。”

“又有什么关系呢，曾经是怎样？”萨克斯风教师抢白道，“我只能告诉你在我记忆中这是怎么回事，但从来不能告诉你它实际上曾经是什么样子。我那覆满褶皱的粗棉布似的记忆，上面都起满了球，蛀满了虫眼，放在阳光下，都能透过光线来。而你对于自己最喜欢的事情撒了谎，你从别人那儿偷来的概念，把它当成是你自己的。”

朱莉娅皱着眉头没有说什么。过了一会儿，她甩了甩头，说：“反正你可能知道所有这些，从别人身上。”

星期五

斯坦利正等着伊索尔德下课。他能断断续续地听到从里面发出来的两个萨克斯风合奏的声音，一个自信地在前面带领，另外一个则稍稍平淡一些，更羞涩些，更平庸些。他很紧张，希望自己已经打好了底稿准备好了要说什么。

萨克斯风的声音终于停了下来，他觉得自己通过那敞开的窗户听到了伊索尔德的老师的模糊的说话声，而伊索尔德则笑了起来。他拖曳着自己的双脚。

几分钟之后，伊索尔德现身于楼外，一路小跑下了那几个台阶，来到庭院当中，手里拿着她的乐器箱。她看起来很奇怪：她的笑容似乎是早就准备好的，太灿烂了，而她的双眼却充满悲伤。斯坦利并没有注意到这一点。他不断地拉着自己的衣领和头发，当他看她时，并没有长时间把自己的目光停留在她身上。

"嘿，你，"她说，"这回你听到我吹奏了吗？"

"是的，"斯坦利说，"你吹得很好。"

"想参加我的独奏会吗？不一定非要去的，或许会很枯燥。"

"当然。"斯坦利尴尬地说。他跟在她旁边，与她步调保持一致，当他们走出庭院后，他转头向萨克斯风教师的窗户看去。有人在那儿吗，站在窗帘的旁边，目光追随着他们？接下来上课的那个学生正在大厅中耐心地等着萨克斯风教师吗，等着她看完，整理好自己的头发，之后打开门邀请她进来？这一点从他站着的距离来看是无法分辨出来的。很快窗户就隐没在银杏树枝的后面。

"我父母会去，"伊索尔德说，"他们非常热烈地想见到你，尤其是爸爸。他可能是觉得今年我姐发生了那件不可思议的事儿，和一个老师睡觉，爸爸特希望我们的生活能走回正轨或者怎么样。他很兴奋，因为你没有三十岁，没有秃顶，也不是我在学校的老师。"

斯坦利犀利地向外呼出一口气，几乎要从她身边脱身走掉了。正是如此：所有他曾经需要的信息，密不透风的信息，现在却不费吹灰之力被她不经意间一口气和盘托出。太迟了。

"你为什么没有早点儿告诉我？"他说。

"哦，"伊索尔德轻描淡写地说，"不知道，只是厌倦了吧，我猜。现在所有人谈论的都是这些——什么维多利亚啊，强奸啊，类似的东西，还有多么艰难啊之类的。我只是不想和你谈起这件事儿。"

她伸手抓起他的手，把他拉得离自己更近些，比平日表现出来更多的爱意。

“没有什么大不了的。”她说。

“你是指什么，和她的老师睡觉？”斯坦利说。

“哦，显然现在的故事是她甚至都没和他睡过觉，”伊索尔德说，“我不知道。总是在变化。她把所有事儿都搞得扑朔迷离。”

“你一定知道，”斯坦利说，“她是你姐啊。”

伊索尔德奇怪地看了他一眼。“我不知道，”她说，“我什么都不知道。”

他们在静默中向前走了一会儿。

“你跟你的萨克斯风教师谈起过我吗？”斯坦利说，嗓音高亢而紧张。

“我猜是吧，”她说，“我是说，我提到过你。音乐教师都像是心理医生，有点儿。你们一周碰头一次，你告诉他们所有你需要告诉他们的，之后你就再次消失了。像是一种心理治疗。”她的嗓音也很大，好像是她不相信自己说的话。

“你是怎么说我的？”斯坦利说。

“哦，你知道的。”伊索尔德说。现在她看起来很尴尬。

斯坦利快速地做了一个决定，要告诉伊索尔德一半真相。他停下脚步，转向她。

“她投诉了我，”他说，“你的老师。她一定一直都在透过窗户观察我们。她投诉说我一直以来都在骚扰你——因为你这么小，我猜，而我不小。年龄小。我猜这是原因所在。”他喘着粗气，观察着她。

伊索尔德微微地张开嘴，但是什么也没说。她把自己的目光从斯坦利的脸上抽回来，越过他的肩膀去看一张贴在墙上的广告。

“那么你是怎么说我的？”斯坦利说，现在已经不耐烦了，“在你们的课上。”

“没什么。”伊索尔德迅速地说。

“你说了你提到过我。”

“只是一带而过。”

“那她为什么要投诉我呢？她有什么地方针对我啊？”

伊索尔德用一种揣测的目光看了他一眼。“你有麻烦吗？”她说。

“我只是想知道你说我什么了。”斯坦利大声说。沮丧当中，他忘记了自己实际上只告诉了伊索尔德一半真相。他开始责备她。他开始恼怒于她张大嘴巴的注视，以及她撅起的嘴唇呈现出来的丰满弧线，她看起来有多么小孩子气啊。

“是有关我姐的事，”伊索尔德最后说道，“我想她知道这件事对我的影响有多大，她知道我有多么脆弱，多么敏感，我有多么可能会去悄无声息地做些傻事，或者干脆四处徘徊游荡，只是为了让别人听到我的心声。当一个家庭面临着伤痛时，会有这种事情发生的。她在保护我，我猜。”

“针对我？”

“哦。是吧。我是说，有可能。”

“而且你是知道的。”现在他对她已经完全恼怒了。

“不知道，”伊索尔德说，“我不知道。她是背着我做的这件事，像是一个执著的妈妈想要操控孩子的命运。”

“这是胡说八道，”斯坦利说，“你和你的老师谈论我，你们两人一起。你在胡说八道。”

“你说什么呢？”

“你说我的时候，一定让她感觉我是个强奸犯。”

“我没让她感觉你是个强奸犯。”

“这事关我的名誉，”斯坦利说，“我在学校的名誉岌岌可危，不管你说了什么，都是你导致了她那样做，你致使她去投诉我。”

“我没有致使她去投诉。”

“一定是的，”斯坦利大喊道，“你是的，不管你说了什么。”

车辆从他们身边开过，乘客们把脸贴在窗户上看他们两人争吵。斯坦利使劲地甩着自己的双臂，伊索尔德的双手则交叉于腹部。最后斯坦利把手掌伸直做了一个切断的动作表示够了。他首先转身走掉。

星期一

“你会怎么办，”朱莉娅说，“如果我说我们在这儿单独待在一起时，你对我做了什么猥亵的事儿。如果我跟别人这么说，如果我情不自禁地哭起来。”

南风开始在屋顶两侧的山墙处盘旋，外面青涩漆黑，天空似乎要被拽下来了。萨克斯风教师穿过房间，把灯打开，使劲地把窗帘拉上，遮住了不断下沉的天空。

“我不知道我会做什么。”她说，没有看朱莉娅。

“我会撒谎，”朱莉娅说，她已经眯起眼睛，追随着自己的思绪，“我会杜撰银色的谎言，用完美的细节片段对其加以装饰，就像是那些马赛克碎片一样，锐利又持久，一些细微的没有瑕疵的细节，会让所有人都相信我所说的话都是真的。我会提供一些证据。我会让其他人介入，讲给他们一个故事，非常仔细地长时间地让他们提前进行排练，以至于很快他们所有人就开始相信他们所说的话实际上是真的。”

“听起来似乎要做大量的工作，”萨克斯风教师冷静地说，但是她的双手和眼睛却非常专注，她在全神贯注地看着朱莉娅，“这对你来说有什么意义呢？”

“这会改变我们学校的所有人对我的看法。”

“每个人对你的——”

“说我喜欢女孩子。”朱莉娅大声说。她的校服衬衫领子敞开着，脖子上凹陷下去的V字形区由于气恼而呈现出斑驳的红色。

“怎么做呢？”

“如果幕后有什么悲剧故事的话，”朱莉娅说，“那么这就似乎是一个理由或者原因，像维多利亚一样。”

“伊索尔德的姐姐。”

“是的，”朱莉娅激动地说，“伊索尔德的姐姐，不管她现在做什么，如果她神经错乱了或者怎么样，如果她以后和一万个人睡觉、酗酒成性、所有的考试都不及格，人们都不会仅仅认为她只是一个失败者或是一个荡妇。他们会知道这是因为她被伤害过，因为在这所有事情的背后都有一个原因存在，那就是她被强奸过。从现在开始，无论她做什么，都只会是一种证据。所以从某种意义来讲，她是自由的，她可以做任何事情，并且不必承担责任。她是有理由的。”

“这样看待这件事很有意思。”萨克斯风教师说。

“我想要一个理由，”朱莉娅说，“如果最终证明我曾被伤害过，那这就不再是我的过错了，就不是什么粗鄙的事情了，而是一个悲剧事件，这会是一种后果——我无法控制的一件事情的后果。我只会是一个受害者。”

“你们所有人都希望被伤害，”萨克斯风教师突然说，“你们所有人。这是我的所有学生的共同点。这是你们的主题和变奏：你们都渴望当一个彻头彻尾的受害者，你们把这当成是唯一可行的方式，唯一的在你的同学中间获得一种优势的方式，而你们是对的。如果我要骚扰你的话，朱莉娅，那么我就是帮了你一个无与伦比的大忙了，我就是在给予你一张门票，我就认可了这最不知羞耻的自我怜惜、自我倾慕以及自我憎恶，而你的同学当中甚至没有一个人能抱以与之相匹敌的希望。”

“是的，这正是我想说的。”朱莉娅说。

两人在静默中互相对望了一会儿。

“你打算讲什么样的细节？”萨克斯风教师说，“那些锐利的马赛克碎片一样的细节，会让你提供的证据规矩地排列起来的细节，就像是在由链环装饰的马甲上，一些硬币被紧致地排列成一条斜线一样。”

“首先，没有身体接触，”朱莉娅说，“否则的话会太明显了，谎言会太耀眼了，那样他们就会发现我是在说谎。是一些心理上的东西，一些内在而逐步渗透的东西，一种缓慢的侵蚀，但是到最后结果会更糟糕，比任何一种快速而又秘密的摸索和戏弄性的拍打都远远更不为人所察觉，却又远远更具有危害性。”

“这仍旧只会是一个谎言而已，朱莉娅，”萨克斯风教师说，“就其核心部分而言。你不会满意的。究其根源，这所有的一切都将只会是一个谎言。”

“你怎么知道？”朱莉娅说，“你怎么会知道你已经对我造成了怎样的影响？你怎么知道我没有受到伤害？你怎么知道我没有在心里一直记住你的一些小小的批评，一些你信口说出来的评论？可能早已被你忘记的，但是每当我磕磕绊绊地进行不下去时，或者每当我不如意时，我都可能会想起的那些评论？一个微小的颗粒，不断地向里面探入，越来越深，就像一个玻璃碎片从我的手指一直钻到了我的心里？一个微小的颗粒，会永远改变我的原状的颗粒——你怎么会知道？”

第一次，萨克斯风教师没有什么话可说。她向窗外望去，目光落到外面的鸟儿身上。

星期三

阿比·格兰其的爵士乐队萨克斯风部现在出现了人员空缺：首先是维多利亚，她已经决定不再回队，之后是布丽奇特，她永远也不会回队了。乐手们少了，椅子被向前拖了一小截，以使环状摆列的座位弧度更加紧凑。

“布丽奇特会很喜欢这个样子的。”第一长号手总是这样说，心里知道，已经死去的人总是非常敏感的，总是充满了喜悦，以及对简单事情的欣赏。她们中有些人仍旧在哭泣，不是为了布丽奇特，布丽奇特是不容易被记住的，而是为了她们自己，想象着自己死后的情景，以及自己会有多么不可替代。

学校里的基督教徒团体对萨拉丁先生遭遇解雇一事及其后果三缄其口，保持沉默；但是有关布丽奇特的死这一话题在他们那里却生长得枝繁叶茂。一个男人身上所散发出来的对女孩的强劲而难以名状的吸引力是属于一种人性的神秘，一直以来男人都被教导要对这种吸引力进行保护。更适于打开销路的是这种神圣的神秘：在湿漉漉的黑暗当中，没有灯光照明的女孩神秘地走上了灭亡之路。这刚好适合基督教徒团体的胃口，它们茁壮地成长起来：各个祈祷团体的广告如雨后春笋般出现在校园里，青年营的招募人数史无前例地达到最高点。基督薄饼支架出现在了午餐的庭院中，是几个热情高涨的年轻人摆设的，他们正把薄煎饼放到柠檬和糖中旋转，心灵的内在之光透射于他们身上，使他们周身发出耀眼的光芒。他们没有分发小册子，也没有传播他们的智语，或者进行一次集会，以祈祷更为美好的生活。他们只是分发了薄饼。这就足够了。很快，很多女孩就把自己的塑料性交手环换成了尼龙带子，这种尼龙带子的上面用韵律诗文写着什么，邀请她们想一想如果一个信仰基督的成年男人也面对着同样的选择，也面对着同样让人眩晕的诱惑，那么他会怎么做。布丽奇特本人曾有一段时间是其中一名成员，一个尼龙承诺带子的携带者——这是一种舒适，女孩们都是这么认为的，当她们默默地乞求自己的救赎，并伸手抓住旁边人的手的时候。

在午餐时间进行教会活动的年轻人团体从某个教室中转入到学校的大厅里，以此来满足他们膨胀的队伍的空间需要。心理辅导员会在此期间回到自己的磨砂玻璃隔间里待上很长一段时间，这个小隔间处于学校会计隔间与学校护士隔间的中间位置。年轻的领导者们则占据了他们的位置。他们得出这样的结论：十之八九，那个信仰基督教的成年男人会选择去做他们现在正在做的事情，并且当他们看着这些手环时，会获得一阵满足感，因为自己拥有这个被缝制在带子上的反问句的唯一而正确的答案。

从某种意义上讲，布丽奇特慢慢遮挡住了维多利亚的光环。维多利亚是否受到伤害令人质疑，她过于彰显的出尔反尔的痕迹，最终不能与毋庸置疑地在路旁被碾压而死这样一个事实相匹敌。但是死后的布丽奇特并不具有独一无二的、所有人都知晓的名声，不像是维多利亚曾经享受的狼藉声誉，后者本身就是声名的象征和所在；布丽奇特只是一个工具，不那么显眼，更易弯曲，也非常容易四散而去。这已经是她所能希望的最好结果了。

“我们中学里有个女孩儿死了，”若干年后，女孩们会这样说，“她是在兼职结束后骑自行车回家的路上被撞的。上帝，很悲惨。这件事确实对我们影响很大，你知道吗？我们所有人。我基本上不认识她，可还是这么受影响。真是悲惨。”

星期二

“那么，就是这样了。”在萨克斯风教师拿到她的教师证书时，帕齐这样说道。她们看着那张证书，上面盖着蓝色的水印，墨水的痕迹和闪亮的银色在玻璃镜框下光亮异常。“就是这样了，”帕齐说，“你没指望了。穷其一生世人都会认为你是个老处女，一个自我封闭的、能干的、嘴唇薄薄的老处女，会在夜晚穿上缀满亮晶晶的小亮片的衣服躺在床上，嘴巴紧闭，不喜欢也没有兴致把房间的灯打开。这是音乐教师们的一个现实，每个人都知道这一点：

她们独自一人，总是独自一人，在她们冰冷的办公室里无精打采、慢慢老去，在黑暗中等待着下一学生的到来，就像是一个乞丐等待着一顿餐饭。祝贺你！”

她们轻轻地碰杯，对酌。

“但你不是一个老处女。”萨克斯风教师说。她仍旧在看那张闪闪发光的证书，用眼睛追随着那些字迹。

“但是每个人还是会这么认为的。或者是一个同性恋。如果遇到慷慨的人，他们会认为我是个同性恋。”

“这就是为什么她向我要了那个戒指，”布赖恩说，指着帕齐左手的无名指，“她说：‘弄个能戴在手上的最大的最肥硕的旧宝石。’这不仅仅是一个象征，这简直是一场血腥的宣传运动。”

“这就是你拿来的东西。”帕齐说，挥舞着自己的手，做了一个讨厌状的鬼脸，好像是说这戒指一文不值。他们都大笑起来。

“不管怎样，很棒，老朋友，”布赖恩说，探过身来，用双手盖住了萨克斯风教师的手，“一个全新的开始。”

星期五

在伊索尔德打开乐器箱时，萨克斯风教师正在兴致昂扬地谈论即将到来的独奏会、演出的地点、其他的表演者，以及这次可以聆听其他人表演的机会。伊索尔德并没有在听，她打算提及萨克斯风教师对斯坦利投诉的事儿，要把这事儿提到桌面上来，这让她的心跳加快，预先准备如何措辞开始提出这个问题让她绞尽脑汁，完全不知所措。她感觉到这是个危险的话题，从一开始她就有些底气不足：她在不知不觉间做了错事，她会败下阵来。

这时一阵敲门声响起。

“等一下，伊索尔德，”萨克斯风教师柔和地说道，“我想可能是朱莉娅。”

“什么？”伊索尔德说。

“我想你们两人应该在一起试试拉谢尔二重奏，”萨克斯风教师说，“你们两人每人都在学其中的一部分，我觉得把两部分恰当地合到一起演奏会很有意思。”

伊索尔德红了脸。她看着萨克斯风教师，有一会儿没有说话，之后说：“我以前不知道我要演奏二重奏。”

“哦，”萨克斯风教师说，“我本来不确定朱莉娅是否能在周五抽出时间，算是最后一刻做出的决定吧。你知道，与另外一个人合奏真是很有意义。与另外一个人合奏会从中获得一种全新的享受。”她没有上前去开门：她在伊索尔德的身边徘徊，双手掐腰，观察着自己的学生。

“我本来可以加强练习的，”伊索尔德说，“如果我提前知道的话。”她的嘴突然很干。

“你记得朱莉娅的，对吧？”萨克斯风教师说。

“是的。”伊索尔德说。

“很好。”萨克斯风教师敏捷地走到门边拨开门闩，“欢迎。”她对这个年龄稍长的女孩子道。

朱莉娅快步走进屋子，一边说：“哈喽，亲爱的。”顷刻之间伊索尔德知道朱莉娅已经从自己的躯体中走出来完全变成了另外一个人：她在演戏，伊索尔德也必须演戏。

“甜心。”她说，她们像老朋友那样相互吻了吻面颊，像是三十多岁的朋友之间的举动，那对曾经的老师和学生。萨克斯风教师已经隐入墙壁构成的阴影当中。

“我知道这次安排是一次排练，帕齐，我们还有事情要做，”朱莉娅说，“但是我确实需要和你谈谈，在我们之间发生了这些事情之后。我很抱歉我突然这样跟你说，我已经提前在脑子里想好了要跟你说什么，一遍又一遍地在脑子里想，在外面的大厅里，我想我得在我太害怕而不敢说出来之前把所有的话都一股脑地说出来。就是这样。听起来奇怪吧？”

“不奇怪。”伊索尔德柔和地说道，但是她向后退了好几步，距离面前的这个女人远了些。萨克斯风被她拿在手中。朱莉娅的萨克斯风还没有从乐器箱中拿出来，所以她们看起来不那么协调，伊索尔德把乐器明亮的管身紧紧地拥在胸前，而朱莉娅却没什么武器，她展开自己白色的手掌。

“这似乎是太不公平了，简直让人绝望，”朱莉娅说，“你的印记在我心中挥不去，抹不掉，你的名字像刀刻一般印在我心里，留下了一片蓝色墨水痕迹，但是留在你心头的印痕却是可以洗掉的，帕齐。总是能洗掉，你自始至终都知道这一点。”

“得了吧，亲爱的，”伊索尔德说，“你只是在谈那个吻吧，你只是在谈那唯一的一次飘着红酒香气的吻吧，在夜色沉沉的黑暗中，听完那撩人心绪的音乐会，笼罩在那让人眩晕的激情之中。”

“是的。”朱莉娅热烈地说。

“那一次性的吻。”

“是的。”朱莉娅再次说道。

“得了吧，”伊索尔德再次说道，但是这次却虚弱起来，“我们反应过激了，一定是这样。我们的行为就像是十几岁的孩子一样。”

一阵沉默，她们相互看着对方。

“我想这比任何一种其他形式的耻辱都更让人感到羞耻，”朱莉娅说，“被人拒绝，不是因为一些不经意出现的事件，或者临时出现的情况，或者是因为你已经拥有了自己优先考虑的人或者条件等，而仅仅是因为一个唯一而决绝的原因，那就是，我是，而且永远会是那个多余的人。我觉得自己正站在聚光灯下，被钉在光秃秃、亮晃晃的如荒漠般的舞台上，完全无遮无拦，没有什么东西可抱怨。”她发出了冷酷而悲苦的一声短笑，不像是她自己的笑声。过了一会儿她说：“你能不能告诉我为什么？你能不能告诉我为什么会是布赖恩，却不是我？”

朱莉娅向前走了几步，对面的女孩没有退却。她们现在的距离更近了，伊索尔德长时间地盯住朱莉娅的眼睛，之后才开始说话。

伊索尔德说：“在我的想象当中，任何一个女人选择与另外一个女人在一起，都是一种反叛的选择，多数情况下都被清晰地划定在负面的模式当中，而所有这些负面模式都是她试图要避免的。我总是认为只有在这个女人已经决定了她不想要男人之后，她才有可能最终得出结论，她想要的是另外一个女人。这是一种公开的立场，其本质是一种实践主义。这是一种控诉，它标志着一种不满。这是一种只为某一特定种类的人所持有的态度：断然的、充满斗志的、激进的女人，那种会在道德层面上联合抵制某些公司的女人；会在罢工期间把守在工厂大门外面的女人。

“我意识到了你身上有一些这些特质的影子——你强硬的观点，你的怀疑主义，还有每次你说话时都带着不言自明的挑衅性。但是与此同时让我感到奇怪的是，我也慢慢地发现了你的另外一种特质——孩子般的无助的脆弱，一种渴求。正是这种特质给予了我看待这个世界的一个新的视角：一个女人对另外一个女人的选择有可能是一种发自内心的自由选择，基于其本身所需的一种选择，而不是残缺地退而求其次的选择，不是在所有男人都已经被检视了一遍并最终被排除掉之后，所进行的一种只能从半数中进行的选择。正是这种正面的界定——一个女人有可能爱上另外一个女人，只是因为出其本身也为其本身地爱她——使我感到紧张。”

“紧张，为什么？”朱莉娅说，又向前走了一步。出于本能，她伸出她细瘦的红彤彤的手把伊索尔德的手指握到自己手中。伊索尔德没有甩开。她低下头，看了一会儿两人的手，朱莉娅的还有墨迹残留的细瘦的拇指轻柔地抚摸着她的指节。她的手好冷。

“你想让我解释与布赖恩之间这种飞速发展的东西，”伊索尔德说，再次抬起头来，“它或许会也或许不会有什么结果，但是我不认为是我积极地在你们两人之间做出选择，你，女人的代表，布赖恩，男人的代表。正好相反，我把自己放在了一个我不必须得做出选择的位置上，我让自己成为他的诱饵，我尽最大可能表现得被动。当他前进的时候，我则不动声色。是你那笼罩于雾气之中的、沼泽般的、无法探测的深度让我感到紧张，亲爱的。我想要的是一种受到保护的东西，是被公认为正确的东西，我要的是一种大家都默认的东西，而不是令人紧张的、不确定的一个情感的禁地，在这禁地所有的东西都被覆上了一层惧怕甚至是负罪之感。我不想被引诱，我只是不想这样。我想要自己感觉舒服。”

“那怎么能是你想要的呢？”朱莉娅说，“怎么会呢？”

“就是这样的，”伊索尔德说，“最后的结果就是，就是这样了。”

朱莉娅上前吻住了她的唇，顷刻之间她们又回到了那个烟雾缭绕、浑浊迷离的酒吧，最后一个乐手正在吹奏，是最后一首歌。她们在角落里，刚刚起身要走，要再次把自己包裹在围巾和外套里，并向乐队展露自己的笑脸，借以向他们最后一次表达欣赏之情，一种告别。帕齐转向萨克斯风教师要说些什么，但是不管她想说什么话，都最后被锁在她的双唇里。她的眼睛顾盼生辉，目光落到萨克斯风教师的嘴上，之后萨克斯风教师上前，吻住她，她已经带上了手套，手指放在帕齐的面颊上。

帕齐没有伸手攫住萨克斯风教师的衣服，用那种一把抓住的方式；她没有把手滑下去，顺着萨克斯风教师的套头衣的衣角去摸索，以便让双手上移，去触摸她后背上的肌肤；她没有向前，使两人的胸部碰触到一起，两人的髋部碰触到一起，她们的身体紧紧地相互挤压在一起；她没有抬起手捧住萨克斯风教师的脸。她只是站在那儿，接受那个吻，闭住双眼。当萨克斯风教师抽身回去的时候，她睁开双眼，悲伤地微笑，点了点头，步行离去。

第十四章

十月份

“朦胧的想法？”当两个人在前厅中，用票根拍打着手腕，眼睛环顾着在饮料柜台附近的人群时，表演主任说道，“或者是担心，甚至？”

“只是担心。”形体主任说。他没有笑。

“这是一个五彩缤纷的团队，今年这帮孩子，”表演主任用他那种断然的、心不在焉的方式说道，“我已经充分做好准备要吃惊了。”

“他们的道具是什么？一副扑克牌，”形体主任说，自问自答，一边用手去搓后脖颈，“太容易了。应该说对创作剧来说，具有审美价值就基本上成功一半了。”

“我仍旧准备好了要吃惊了。咱们进去吧。”

观众席的沉重的大门终于被打开了，一个瘦削的看门人正在向下拨下平头插销，他是一个来自于服装部的小兵卒，被装扮成了黑桃 A，当他弯腰叩开门的时候，身体很僵硬，因为他身上挂着一块彩色的广告牌，脸上也被精心地画了油彩。他把插销推进销鞘当中，之后直起身来，调整了一下头饰。他的头饰是一个紧箍于头顶的黑色无边帽，像是一个戴在头骨上的游泳帽。他谨慎地微笑着。两位指导教师递给他那两张粉边的票根，一前一后穿过拱门进到前排座位当中。

星期六

“非常感谢你们的到来，”萨克斯风教师向黑暗中说道，她的嗓音比平日的声音要高一些，听起来有些古怪的紧张感，尽管她看起来并不紧张，双手安静地放在身体两侧，“你们都抽出时间前来观看，这真是太好了。”她低下头吸了口气，之后继续。

“正如所有在座的焦急的母亲一样，”她说，“今晚你们每个人都会看到你们想要看到的东西，别无他物。即使是现在，你们也在渴望我离开这讲台，以便让你们的女儿可以一个接一个站到舞台上，而你们中的每个人都可以获得巨大的舒适感，一个接一个地看到你们头脑中的想法逐一被证实。”

远远的，在黑暗中有人咳嗽，这给了他人以信心，这样别人就可以步第一位的后尘，松一口气，清清嗓子。

“我愿意鼓励所有的父母把这次独奏会当做一次公开的对爱的展示——你们很熟悉这个字眼——这是从下面这个意义上来说的，就是说这些表演永远只是一种象征或者只是一种暗示，”萨克斯风教师说，“但我必须要提醒你们所有人注意，当你们来到这独奏会时，如果你们指望会真实地看到你的女儿的话，那你的要求就是错的，是过分的要求。作为母亲，你们是被禁止在她们表演时与她们有亲密的交流或者探寻她们的隐私的。”

她脖子上的挂带挂在了衣领的侧面，使衣领被向外、向下拖曳着，露出了她胸部乳白色的肌肤。

她说：“如果你们不是这些女孩儿的母亲，那么你们可能会以一种不同的目光看待她们，把她们当做一个人或是一种人。如果你们不是母亲，那么如果你们非常仔细地观看，你们有可能会看到一个角色，一个人物形象，以及一个正努力扮好那个角色的人，是这样一个人，她从一开始就已经下定决心要让自己走入那个角色。

“有些人只能看到我们所扮演的角色，有些人则只能看到正在那儿装模作样的演员。但是非常罕见的和奇怪的事情是一个人具有能看到两者的能力：这种双重的视力是一种才能。如果你的女儿已经开始吓到你了，那是因为她们已经开始获得这种才能了。我主要是针对那个藏身于诸如温特夫人、西布利夫人、奥德莰夫人等的躯体下的那个女人说的这些话，”她补充道，“那个演员，我假装没有看出来她在演戏；那个女人，她扮演所有的女人，所有的女人，但从来没有扮演过女孩，从来没有扮演过女儿。正如你所知，女儿这一角色在你的身上已经丢失。”

她伸出一只手来，四指并拢成杯状，空空的，手心朝上。妈妈们都在点头。

“现在让我来介绍我的第一个学生，”她说，“来自圣·玛格丽特大学的学生，她已经跟着我学习将近四年了。请大家伸出双手，欢迎布里奥妮·罗斯走上舞台。”

十月份

“斯坦利，你好吗？”男孩儿费利克斯说。他在演员休息室的门口稍作停留，向里面观望，一副多管闲事的样子。

“我要放弃了，”斯坦利对着镜子说道，他的脸色苍白，“我做不到，女孩的父母在观众席上，我做不到，我要当逃兵了，我不想再当演员了，我无法坚持下去了，这会把演出搞砸的，但是我没法做到。对不起，我做不到。”

“你疯了，”费利克斯用一种他自认为是安慰的语气说道，“想一想咱们花的那些钱。如果咱们搞不到票房收入，这些钱都得从咱们所有人的腰包里掏，所有人都会恨你，你现在不能退出。”

“我会走掉的，”斯坦利说，“我会走掉一段时间，直到所有人都忘了这事儿。”他想把脸放在自己的手里，但是现在他满脸都化了妆，他知道那样的话他的口红啊香粉啊都会模糊成一片。他突然大叫起来，用双手拍打着梳妆台。“为什么他们在这儿？为什么？什么样的虐待狂父母真正想看一出演自己的女儿被强奸的戏啊？”

“什么？”费利克斯说，第一次听明白了，“你是说真实生活中的那个女孩的父母？那个叫维多利亚的女孩？”

斯坦利用呻吟声作为回答，使劲地踢了一脚散热器。他感到一阵痛快的疼痛向上蹿入他的小腿中，在那儿停留下来。

“狗屎，”费利克斯说，“他们怎么会知道的？没人知道这事啊。这是首场演出，连咱们的指导教师都不知道。你在哪儿听说这事的？”

斯坦利阴郁地将目光转向费利克斯，之后摇了摇头。“我看到他们了，”他说，“在前厅里，和他们的小女儿在一起。”

一阵沉默。之后费利克斯说：“什么样的虐待狂父母——”

“她是来看我的，”斯坦利说，“伊索尔德是来看我的，想给我个惊喜。”

“谁？”费利克斯说，现在他已经完全糊涂了。

“伊索尔德，”斯坦利说，“哦，上帝。她把父母带来了。她不知道这出戏是演什么的，她不知道是关于维多利亚的，也不知道任何其他事，他们就要——哦，上帝，我做不到，不能在他们面前。”

一丝恐慌在费利克斯的眼中闪现，因为他慢慢意识到斯坦利确实有可能实现自己的话，真的想逃跑。他快速地回头向化妆间的走廊处看了一眼，之后说：“你的父母今晚来了吗？”

斯坦利发出了另外一声吼叫。“我爸，”他说，“会让事情搞得更是乱作一团。我爸。”

“我爸也是，”费利克斯说。之后他试探性地说道：“如果那个女孩的父母真在这儿的话，斯坦利，他们已经做好了要震惊的准备了。你实际上不可能去买这样一场表演的门票，却预期自己……仍旧啥都不知道。不可能的。他们一定明白他们会遭遇什么。他们又不是孩子。”

“但是他们还不知道这是关于什么的呢，”斯坦利说，“这是首演之夜。那破节目表哪儿写了这出戏是关于他们的女儿的呢？没写。他们是来看我的，给我一个惊喜。”他在镜子中打量着自己。化妆师的工作很到位，在他棕色的眉毛上方扑了粉，并在黑色的眉峰处描了描，现在的眉峰比自己本来的样子更高些，也更尖些。他现在的嘴唇红润、小巧而向外撅起，脸上所有的阴影都用灰色加深，显得颇为自然：嘴巴周围的纹路、脸颊的凹陷处，还有下巴颏的下面。他的眼睛上画了黑色的眼圈。

费利克斯看起来仍旧很糊涂。“就好的一面讲，”他说，努力想把不利的局势扳回来，“你穿上戏服加上所有这些东西，他们都完全不会认出你。如果你是为此而担心的话，对那对父母。”

“是的。”斯坦利说。在他的妆容之下，他的下巴僵硬，眼睛血红，面色苍白，但是在镜子中，斯坦利所映射出来的是一副撅着嘴的漫画形象，脑袋抽搐着，甚至看起来是在微笑。

星期六

灯光开启，伊索尔德和父母已经在舞台上，伊索尔德远远地坐在长椅的一端，仍旧把身体向外倾斜，身子超过了扶手，身体的每一寸都试图与舞台上的另外两个人物拉开距离：一个健壮的蓄着胡子的父亲和一个瘦骨嶙峋的母亲，她一路向上系着纽扣。

“你需要知道的是，”伊索尔德的妈妈说，“这种想小小地尝试一下，看到底会是什么样子的心理，这种心理现在已经装在你心里了。你已经把它吞下，像是一个从棕色纸袋中倒出来的糖果一样。”

“你需要知道的是，”伊索尔德的爸爸说，“既然我们已经知道了，那么它就不会再次发生了。”

“要记住你和任何其他人之间的不同之处在于，”伊索尔德的妈妈说，“你准备在多大的代价之下，以及在什么样的情况下让步。”

斯坦利和他的父亲走入，从亚光的法式门走进，进入人造的背景幕之中，维多利亚走在前面，她向外伸出手掌，像是在指路。

“他在这儿。”她没必要地这样说道，多说了两个字，因为她只有这一句台词，而她希望被注意到。妈妈摆了摆手，维多利亚退下，抿着嘴唇，小心翼翼地退下，因为自己所扮的戏份太少，只表演了一个动作就下场了。

几个人站在那儿有好一会儿静止不动，斯坦利和伊索尔德相互对望着，目光静谧而灼热，上面一层的观众都无法看到这一场景，包括前排观众席上的视角受限区域的观众。

之后伊索尔德的爸爸僵硬地说：“刚才我正要说，既然大家都在这儿，那咱们就用一种文明的方式来解决这件事，像成年人一样。但是话都到了嘴边了，考虑到当前的状况，我意识到成年人这个词儿并不完全合适。”

一阵沉默。斯坦利的爸爸是第一个坐下的人。

星期六

“这次独奏会的目的，”萨克斯风教师说，“是真正地让学生讲述自己的心声，姑且就这样说吧。实际上这真的只是一个载体，让她们用声音表现自己的成长，自己的觉醒，像一个处女一样把它展露于圣坛之上，让你们所有人都能看到。今晚当你们观看表演时，你们最好问自己这样一些问题：这个表演正在向我们倾诉关于这位演奏者的什么？从这个女孩雾气一般稀薄的音乐中飘出来的是怎样的赤裸的形体？什么私密的东西正在被展示，以及什么私密的东西正无意间被流露？”

朱莉娅坐在第二排，等待着让她起身登台的信号，萨克斯风被她松松地放在大腿上。

“我提及这一点，”萨克斯风教师正在说，“是因为我下一个进行表演的学生今年度过了艰难的一年，如果我们非常幸运的话，今晚我们会看到这些悲怆的、美丽的东西在她的表演中被表现出来。置身于这种痛苦之中，她为你们吹奏的每一个音符都成为一首抒情诗，她所引领我们进入的世界里，不会仅仅只有渴望与失落之感。如果我们非常幸运的话，当然这也是我所希冀的，那么我们会看到她在这一年里所承受的莫大的艰难：我们会看到两个女人在一起的那种无以言表的非同寻常的情感，这种情感会在我们面前呈现，像是从一个保险箱中偷来的稀有的录音带。你们一定要认真地聆听。”

朱莉娅的手心直冒冷汗，她粗乱地在膝盖上擦拭手掌。

“在我欢迎朱莉娅上台之前，”萨克斯风教师说，“我要感谢今晚在座的所有母亲，因为你们允许我说出了没人听过的一些东西，从而让我拥有了这种奇异的满足感。”

十月份

“你没说他演主角啊，伊西，”伊索尔德的爸爸说，他指着节目单，“看，他的名字在最上面呢。”

“他什么也没告诉我，”伊索尔德说，“他甚至说不用麻烦来看表演了。我猜他是紧张。”她在抬着头看舞台，感同身受地有一种表演之前的紧张感。舞台乐池的灯光都亮着，她能看到乐手们都从隐蔽在墙里的半边门走出来，在各自的乐器前落座，一旦坐下之后，伊索尔德就看不到他们了。

“黑桃王后，”伊索尔德的爸爸大声读着，之后把自己的阅读镜拿下来，说，“关于什么的，嗯？”一边揶揄地用臂肘捣了一下伊索尔德。

“或许咱们不该在首演之夜来，”伊索尔德的妈妈说，把膝盖向侧面收起来，让一对年轻人过去，“如果他紧张的话。”

“我告诉过你他不知道我今晚要来的。”伊索尔德说。她伸着脖子四下里看着周围的人群。她看到了一群学院高年级的学生正蜂拥而至，挤到正厅前排靠后面的座位里，她突然觉得自己很愚蠢，带父母与自己一起来。那些学表演的学生都互相搂着、抱着，用剧烈的动作打着手势，共同讨论着什么。伊索尔德想象着在演出结束之后挤出一条路去后台给斯坦利一个惊喜，抬手敲他化妆室的门，站在门槛处羞涩地向他挥手，身后的走廊上来来往往的演员们尖叫着，大喊着，突然之间她有一种恐怖的畏惧感。

“我们不一定要去后台的，”她大声说，用以安慰自己，“我只要明天打电话给他就可以了。”

自从两人上次在路上吵架之后她还没有和斯坦利说过话。

“很精致啊，”伊索尔德的爸爸说，“看那个拱形上的石膏造型，做得漂亮。”

乐队开始演奏，观众席上的照明灯熄灭。

“我真希望现在有点儿薄荷糖，”伊索尔德的妈妈说，“希望有中场休息时间。”

十月份

“总是——而且唯一的感受——就是和他们一样感同身受。”形体主任在说，一边用手指不耐烦地敲打着放在他膝盖上的光滑的节目单封面。封面上是一个女孩的漫画形象，梳着马尾，穿着校服，还有剧目的名字：《床柱皇后》。表演主任正伸长了脖子四下里向人群张望，没怎么听，但是形体主任说话时却带有一种奇异而紧张的急迫感，他也不顾是不是有听众了，反正这话多半也是说给自己听的。他说：“你永远都不会避开这一点的，即使是在你最具实力的时候，在你最感同身受、最有灵感的时候，你永远只是……在旁观。”

九月份

“你知道吗？”斯坦利的父亲说。他坐在沙发上，身体向下转向伊索尔德。她转过头来，所以他们的侧影映在了那淡黄色的背景上：她精致的向上撅起的嘴，他的凹陷的脸颊及瘦削的下巴。

“在我对一组人做治疗时，”斯坦利的父亲说，“我是说我的工作——比如说，如果我在一个房间里有六七个或者更多的病人，或许是我在致力于治疗一大家子人——我的第一个原则就是绝对不透露任何想法。我问问题，邀请他们说话，提及事情的各种问题，但是我不说任何我的想法。我甚至不给予暗示。在第一次治疗期间，以及在第二次。

“到第二次治疗结束的时候，每个人就都开始在心里嘀咕了。他们想知道这个家伙是谁，这个只知道听的心理医生，坐在那儿听，有时候问个问题，总是不痛不痒的问题，从来没有异议，从来不做出强烈的反应。我的价格太高了，我太知名了，却只是听。他们开始对我警备起来。他们之间发生口角，之后相互之间不理不睬，刺激我去行动。

“我离开得很早，总是这样。我从来不逗留，我从来不邀请他们对我了解得更多，我与他们保持距离。而到了第三次治疗，当我走进房间的时候，他们都像老鼠一样。他们之间所有的纠纷都化解，而他们的注意力完全都放在了我身上，完完全全在我身上。在那之后——”斯坦利的父亲攥紧了手指，之后又把它们松开，像是放出一股烟雾，“在那以后，我就什么都可以说了，”他说，“第三次治疗是黄金时间，他们听从所有我说的话，他们能听进去。”

“这故事有什么寓意与童贞有关吗？”伊索尔德说，有点儿紧张。

“没有寓意，”斯坦利的父亲说道，“我不讲寓意故事，我讲荤段子，我也讲一些故事打发时间。”

“不错。”伊索尔德说。她转过头去，当她被吞没在舞台脚灯耀眼的雾气中之后，她脸上的阴影也随之消散。

斯坦利的父亲同情地看着她，说道：“顺便提一下，童贞是一个神话，没有开关按钮，不是一条不归路，它就像是任何其他的第一次体验一样。所有环绕在它周围的东西，所有的灯光、幕布以及特效——这些都只是这神话的一部分而已。”

伊索尔德转回头来看他，所有的阴影又都回来了，如潮水般汹涌而至，填满她的一侧脸，所以她再一次被分成了两半，像是一弦缺月。

斯坦利的父亲微笑着。他说：“别再相信这个。”

星期六

“但是心理咨询课还在继续，”朱莉娅在这么说，“像是一个被烤焦了的污渍贴在学校校历上，没有一个人愿意去把它撕掉。我们仍然会集合去讨论那个可疑的女孩强奸案，她会把自己衬衫上的领子纽扣解开，正好开到她胸罩上那白色玫瑰花瓣的中心位置。我们坐在一起谈论着那个女孩，她会在午餐的排练期间吸吮着一颗红色的棒棒糖，让那黏糊糊的糖球轻轻拉动下唇，这样你就可以看到她那湿漉漉的舌头在转啊转。

“而萨拉丁先生，”她继续冷冷地说道，“萨拉丁先生，其实他只要再等五个月，等待五个月之后的那次午夜钟声，那钟声会让维多利亚从一个小孩子变为一个成年人，这是一件确定无疑的事，就像那四轮大马车会变成南瓜一样，或是就像一匹负鞍的骏马变成一只普通的脏兮兮的厨房老鼠一样确定无疑。这甚至可以是一件生日礼物，只要他再等待一下的话。我们在心理咨询课上学到，萨拉丁先生的罪行，首要而且是第一位的，就是缺乏耐心。我们学到这其中的寓意就是：*他们因为跑得太快而摔跤。*”

母亲们都听得如痴如醉。

“不，没有，”朱莉娅说，“我们根本就没学到这一点。”

她说话的方式就像是一个魔术师或是一个马戏团的节目主持人。

“我们学到，这世界上的所有的东西都被分为两类：好的和坏的，男的和女的，真的和假的，孩子和成年人，快乐和痛苦。我们学到心理辅导员拥有一张图，这张图使所有的东西都简单明了。它是一把钥匙，像是制作剧目节目单一样，你把所有演员的名字列在一侧，把角色的名字列在另外一侧——某种非常清晰的分割，把虚幻的东西从真实的东西中分离出来。我们学到了有一种区别——总会是有区别的——是表演与表演者的区别，现实与谎言之间的区别。我们学到没有中间地带。”

朱莉娅俯瞰着她的听众。

“人们只能被分为看客，”她说，“以及那些忍受着别人目光的人。”

母亲们不敢发出任何声响。

“但是心理辅导员撒了谎，”朱莉娅说，“你撒了谎。关于期间的痛苦，你撒了谎；关于它错乱的状态，你撒了谎；关于你无法记住的那些无可计数的荆棘、悲悯和疼痛，你撒了谎。经年累月，丝丝薄雾层层叠叠罩在你的双眼之上，堆积得越来越厚，直到甚至是你自己的童年也消失在你模糊的视野之中。”

萨克斯风教师在舞台的一侧看着朱莉娅，喉咙里像是哽住了一块东西，胸中泛起一阵战栗的痛楚。或许是一种骄傲感吧。

“只要想想，”朱莉娅在说，“维多利亚可能今晚就与萨拉丁先生在一起，就在现在，正在什么地方，伸展着腰肢，充满年少的快乐，而她的妹妹及父母正在这座城市的另外一端，坐在某个礼堂昏暗的一隅。她有可能正赤裸着身体，低声吟唱，伏在他的身上，柔若无骨，肌肤奶油般细腻光滑。他有可能正在她的发际边细细呢喃，细数着越来越临近的那一天的到来，那一天她将成为她自己的主人，那一天她的身体将成为她自己的，那一天她的身体将成为他所拥有的。他有可能正在用他那成年人的经岁月洗礼的长了老趼的手掌在抚摸着她。”

她看着那些母亲。

“而你们希望自己在那里，”朱莉娅柔和地说，“你们希望自己在那里。”

星期六

伊索尔德和朱莉娅两人孤单地站在舞台黑色的幕布前面。没有背景，也没有风景，两人都穿着学校制服，但是看起来却不一样：伊索尔德的衣服干净而被熨烫过，朱莉娅的却软塌塌的，被缝过，邋遢又不自然。她们对望着。

伊索尔德说："是不是正因为我没有学会爱自己，所以我选择了转而把自己安心地埋藏在某个陌生的躯体之中，这一躯体与我自己的躯体有本质的不同之处，因而它也不会迫使我去比较？和你在一起时，我会被复制，被强化，自己的影子又被映射回来；而与他在一起时，我们的不同之处相互抵消，什么都不剩。"

"是的，"朱莉娅说，"但那只是一部分。"

伊索尔德说："那是不是因为我害怕了？是不是因为没有一个样板来指引我，我们的将来对我来讲是一个巨大无边的无法预期的世界，是一个完完全全的、令人恐怖的未知的深渊，这一切都太遥远了，太令人害怕了？对我来说它真是太大了——太大了，我无法让我的内心把它承担起来，就像是去承担一个完美无瑕的东西，或是一个悲怆至极的东西，或者是什么美妙绝伦的东西。"

"是的。"朱莉娅说。

"我以前从来没有过这种感觉，朱莉娅，"伊索尔德说，"那么害怕。"

"不要担心，"朱莉娅说，"你以后再也不会有这种感觉了。"

灯光转换。

"我记得在你的车里，你的车停在我家门外，"伊索尔德说，"我们两人都坐那儿，周身笼罩在街灯苍白而灰暗的光线下，安全带穿过我们的胸部，把我们绑在鳄鱼皮树脂坐椅上，把我们的身体展平。你转身看着我，发出轻微的笑声，好像是你真的很紧张的样子，你咬着嘴唇，任由发丝穿过你的脸庞，没有把那头发拂回去。之后你说：‘我能……？’你没有再问下去，而是伸手过来捧住我的下巴，俯身过来，抵住那试图将你拉回去的安全带，它使你无法靠前，把你搁置在那里。我当时是那么恐惧。我记着自己舔了舔嘴唇。我记着我的嘴是干的。我记得你吻了我。”

“只有那一次。”朱莉娅说。

“我的第一次。”

朱莉娅说：“我的第一次。”

伊索尔德说：“你会怎么样？”

朱莉娅从伊索尔德身上把自己的目光抽走，望向观众一个个鬼魅样的脸旁。有一刻她没有说话。之后她开口道：“所有我能想象到的，我猜，就是慢慢凋零，化为灰烬。”

十月份

“太容易了，”斯坦利的父亲从出租车中走下来，一边说道，“哦，斯坦利，这太容易了。无论如何我都得这么说。”

他跨过排水沟，张开双臂，给了斯坦利一个结结实实的拥抱。斯坦利能闻到爸爸衬衣上散发出来的熟悉的古龙水味儿。

“什么太容易了？”他们分开之后，他这样问道。出租车已经拐过弯去，不见了踪影。

“你改进了我的方法，”斯坦利的父亲说，“你接纳了我的观点，并付诸实施，把它们转变成连我自己都无法想到的东西，我深感荣幸、记忆犹新，同时也因为你不那么明智而稍微感到有点儿难为情。”

“你在说保险单的事儿吗？”斯坦利说。

“完全正确。”

“因为我给保险公司打了电话，”斯坦利说，“我打了几个电话，我问了问他们关于你那个挣一百万的主意，行不通。”

“当然行不通了，我只是开玩笑而已。顺便提一下，真让人尴尬，你竟然去实施了。”斯坦利的父亲说，“但是这——”

他大笑着，伸出自己的臂膀。在前厅的法式两扇门的上方悬挂着一副巨大的光彩熠熠的横幅：首演之夜！条幅在风中猎猎作响，绳子穿过横幅上的小孔，把它系在包厢的栏杆上，被风吹得鼓出了一个大肚子。前厅的两扇门上都贴了海报，上面表现的是一个穿着校服的女孩卖弄风情地把一张扑克牌滑入自己的连衣裙衣兜里。

“很棒啊，”斯坦利的爸爸说，“而且很热闹。但是如果你们能够持续上演一周的话，那我可就会觉得奇怪了。可能明天晚上就让你们停演了。”

“那可能并不是一件很糟糕的事儿。”斯坦利说。

“你有麻烦了？”

“是的。”

“需要帮忙吗？”他的爸爸说，第一次没用他那治疗的腔调，而是似笑非笑地凝视着斯坦利，像是他感到非常骄傲。

“是的，”斯坦利说，更加安静了，“有人投诉我。”

“很好，”父亲说道，“你可以在晚饭的时候告诉我，咱们吃中餐。”

十月份

“在你的记事本里，”伊索尔德说，“你那个带金色条纹的记事本里面，我看到一篇从报纸头版中剪下来的文章，标题是‘教师否认与学生发生性关系’。只是那不是一篇文章，是一篇文章的影印本，一个影印本的影印本，里面的关键词汇都用黄色标注出来了，可能是你标的吧。”

斯坦利坐在那儿，与伊索尔德之间有一定的距离，双手托着头。

“这篇文章的一半内容我很熟悉，”伊索尔德说，“贴近报纸折叠中缝的那一半，当时我妈猛然扑过来，试图撕掉那个头版，一边说着‘一群秃鹰！一群秃鹰’，之后她把那撕下来的报纸揉成了一团儿。在她离开房间之后，我读了剩下的那一页报纸上的内容，标题是‘教师性关系’，所有的单词都脱节了，互相对不上，我一片一片地试图给拼回去，拼凑有关我姐的爱情，被撕成一块块的参差不齐的破碎的爱情。”

斯坦利没有动，双手紧紧抓住太阳穴，蹲在那里，像是一个甘拜下风的拳击手。

“所以我读了那篇文章，”伊索尔德说，“被影印的、完整的文章，还有被标注出来的重点词汇，诸如‘收到特殊的学费’及‘暂时离校’等词汇。我奇怪它为什么会在你的记事本上，和你的公交卡、图书馆收据、你最喜欢的手抄十四行诗都放在一起。我想这可能是你们在学校正在做的一个练习吧，只是一个练习而已，一些关于桃色新闻的练习。”

突然之间，伊索尔德麻利地站起身来，把自己的臂肘移到身体的两侧。

“但是现在，”她说，“现在我才真正地知道发生了什么。我现在知道你在我的身上看到了一次机会。我现在知道我是一个走卒，一个周身光芒闪耀的走卒，这个走卒会跨越那用带着毛边的纸板做成的棋盘的中间边界线，一直挺进，最后变身成一位王后——一位王后，一位你表演中的、你剧目中的、你事业中的王后。我现在知道我身上的什么东西最终把她泄露，一些小小的相似的痕迹或者熟悉的味道使你看到了她，在我转头之际，在我咬住嘴唇的时候，在我把一绺头发掖到耳后的时刻，突然之间你看到了我身上所有你能利用的东西。我现在知道你曾自己暗自思忖：‘她和她姐的这种距离上的便利太有价值了。'”

伊索尔德向上挺了挺身体，好像是在聚集自己所有的生命线束，所有的支离破碎的肢体，把这些东西都再次组装起来，好让自己能够继续支撑。当她说话的时候，她的嗓音听起来几乎是在哽咽，似乎在默默地承受着莫大的伤痛，这让斯坦利的心脏抽搐起来，不忍再看她。

“对你来讲，我具有双重的作用，”伊索尔德说，“这种我浑然不觉的双重性把我从中间劈成两半：一半是利益，一半是利用。你想要利用我的便利条件，把我榨干，聚拢起所有的有关维多利亚的微小细节，像是聚拢彩色玻璃的碎片一样，最后拼凑出所有我知道的东西。你想要那个完整的故事，为了你自己。你想要我的姐姐，但是你却不想要她的全部：你想要她的身影，她的翻版，她的形象，就是那在报纸的头版上，沥沥渗透于新闻纸上的那个形象；你想要环绕在她身边的空气，她经过的空间，还有那些在她走过时碰触在她身上的东西。这就是为什么你想要我的原因。”

“伊索尔德，”斯坦利用低哑的嗓音压抑地说道，声音却被自己的双手盖住，“你没有被利用，你身上没有任何东西被利用，或者被用尽。”

“但是我却利用了你，”伊索尔德厉声喝道，她的嗓音清晰而明亮，“就像你利用了我一样，我也利用了你。这就是我到这儿来想对你说的话。你对于我来说是一种保护，就是这样。你是一种证据。”

星期六

“在我们结束之前，我想说最后一件事。”在最后一个女孩退下舞台，回到台下的座位上之后，萨克斯风教师说。在偌大的舞台上，萨克斯风教师看起来很渺小。在她身后，斯坦威平台钢琴被布罩住，像是一个巨大的墓碑向后倒地，被帆布盖住，就那样躺在那里。

“我要为我的一个学生致上颂词，”萨克斯风教师说，“一个细瘦而又蔫巴巴的学生，她在今年死去，当她值晚班之后在骑自行车回家的路上被车撞上。”

房间里立即死一般寂静。

“很长时间以来，我一直试图把布丽奇特的死当做一个悲剧，但是没有成功，”萨克斯风教师说，“最后我相信我可以用这种方式来看待这件事了。”

她看着地面以整理自己的思绪。

“当布丽奇特在星期三到达爵士乐队的时候，”她说，“那个永远不会到来的下一个周三，那个她永远不会看到的周三，她本来就要成为一个名人了。苍白而细瘦的布丽奇特，总是有小消息、小主意的女孩，总是在笑话讲完几秒钟之后才笑的女孩，总是尾随在妈妈身后的女孩，而她的妈妈则总是穿着平底鞋昂首阔步来主持正义，就是这个女孩，她本该已经发现自己具备了一些东西可以去展示，一些东西可以去跟别人说。当她透漏给每一个人，说她与萨拉丁先生在音像店里有了一次为时六分钟的谈话之后，她本该被众人包围起来，受到亲近，被催促着说出原委。每个人都本该会聆听她的叙述。房间里本该会完全寂静无声，而她会第一次真正体验到人生第一缕明亮而纤细的快感，被这种感觉所温暖。她会在片刻之间备受欢迎，因为在她短暂的不快乐的生命当中，这是她第一次具有真正货真价值的信息。布丽奇特被剥夺了这次小小的快乐。正是从这个角度来看，我们可以把她的死当做是一个悲剧。”

母亲们都在点头。

“可怜的布丽奇特，”萨克斯风教师柔和地说道，“这是一件残酷的事。”

十一月

朱莉娅和维多利亚正和其他几个昏昏欲睡的七年级学生坐在公共休息室里，在这近乎夏天的热浪包围之下，所有人都伸展着身体，懒洋洋的。她们在中学的时光几近结束，带着某种依恋的怀旧情怀，她们环顾自己的周围，看一看这马上就会被她们置于身后的世界。穿过玻璃窗，传来了运动场上女孩们的笑声和叫喊声。

慢慢地，公共休息室里的人都走了，一个接一个，直到房门在最后一个走出去的人身后咔嗒一声关上，房间里只剩下朱莉娅和维多利亚。朱莉娅正俯身在她的年末清拆申请书上，而维多利亚已经远远地盯了她好一会儿了。

“你和我妹妹之间有事儿吗？”维多利亚突然说道，她的嗓音很细，“今年年初，你们两人有没有勾搭上了或者怎么说？”

朱莉娅抬起头来，用一种无动于衷的表情审视着对方。“每个人都这么想的吧？”

“哦，”维多利亚说，听起来有些窘迫，“是的。”她看起来比平日要卑微一些，她嘟起嘴，这使她有那么几秒钟的时间看起来像是她的妹妹，就好像有那么一段时间她妹妹的形象在她的脸上闪现，像是一束光线穿过云层一般。

朱莉娅看着伊索尔德的形象闪现并消失，之后说：“你为什么不直接问问她呢？如果你真想知道的话，为什么不直接问问伊索尔德？”

这听起来太亲密了，伊索尔德的名字在朱莉娅的嘴里这样出现。两人都注意到这一点，都涨红了脸。

“我在等她来找我呢，我猜，”维多利亚说，“我在等着她告诉我呢，在我不得不问她之前。”

“而她从来没跟你提起。”

“是的。”

朱莉娅把头转开。“那么别人都在说些什么？”她说，把脸转向窗户和墙的方向。

“只是说你吻了她，一次。”

“就这么多吗？”

“还有有人在戏剧储藏室发现了一个性交手环，已经坏了的性交手环。”

“就这么多吗？”

“是的，就这么多。那么发生了什么呢？”

朱莉娅没有说话。维多利亚坐在那儿等待着。她的脸上表现出一副渴望与期盼的表情，身体稍稍前倾，所以看起来似乎是整个身体都在期待着答案，与此同时眉毛高高地挑起来。

朱莉娅的目光仍旧停留在窗外。窗外曲棍球场地的女孩们欢呼着，再欢呼着。

最后维多利亚叹了口气道：“朱莉娅，如果你告诉了我足够多的细节，让我可以想象一下当时的情景的话，我会很高兴的；这样我就可以自己勾画出当时的情景；我就可以想象自己当时真的在那里。”